欒城集

四部備要

集部

中華書局據明刻本校刊

桐鄉　陸費逵總勘
杭縣　高時顯　吳汝霖輯校
杭縣　丁輔之監造

欒城集卷第三十四

北門書詔祈祝九十首

批答四十四首

門下侍郎孫固乞致仕不許不允批答二首

覽表具之吾不出帷幄臨御家邦實賴股肱之良以持綱紀之要於其進退顧可輕聽之哉卿頃自近藩擢貳東省本以年德之故非有筋力之求若夫正顏色出詞氣使人望之而忠誠可信鄙倍自遠斯可矣豈以一病未能造朝遂欲舍而去哉誠請雖勤於義未也所請宜不許

省表具之卿事先帝於東宮覽兵要於西府忠厚之節始終不渝朕數求舊人所得無幾親之信之以爲手足尊之重之以爲蓍龜非有大故不可棄也豈以

一病而輕去哉雖會朝之常儀與坤成之大慶未能自力蓋亦何疑尚寧乃心終輔予治所請宜不允

劉昌祚免殿前副都指揮使不許不允批答二首

覽表具之衛兵虛帥累月于茲召節亟還辭章繼入既匪眷懷之素復稽總護之宜與其飾說以固辭孰若勤職而圖報所請宜不許仍斷來章

省表具之卿結髮兵間著績境外歸總環衛本以次遷懇避節旄再形謙請顧成命之不反宜就職以無辭所請宜不允仍斷來章

文彥博乞致仕不許不允批答二首

覽表具之卿以衛武之年踐呂尚之位安然無作則功名自隆默然無言則卿尹自化當以至靖之德坐

鎮羣動之樞不勞施爲以憊筋力今者初畢元祀遽聞告歸幾務多閑朝謁非病屬任既重披閱爲疑方假百年之令猷以觀庶尹之成效來請雖切殊匪吾心所請宜不許

省表具之老而謝事古之禮也而勢未可去蓋有不得謝者矣卿元豐之間引年而歸隆知足之風元祐之初承詔而起敦急病之義既進退之兩得謂始終之不渝方朝廷政事之優閑而卿志氣之康裕雍容師保之地儀刑卿士之前朕之望卿意未有艾誠請雖至義不可從所請宜不允

呂大防免明堂恩命不許不允批答四首

覽表具之吾聽政九重逮今四載觀孝孫之致享奉文子以配天神人既和禮樂備舉終事如素孰尸厥

功顧惟元臣宜與有慶往服休命其勿復辭所請宜
不許
省表具之朕臨御諸夏俛仰四年格茲秋成躬致禋
祀爕和鎮撫卿與有勞豈惟一朝顯相之勤實賴同
德贊襄之益國有成憲時錫寵章其罔復辭勉服休
命所請宜不允
覽表具之寵至而辭抑惟常禮義當而受顧亦何疑
永言宗祀之嚴實賴顯相之助加惠百辟罔遺一人
豈其股肱之良而無封邑之寵成命不易祗受勿違
所請宜不許仍斷來章
省表具之朕奉祀合宮祗見上帝諸侯致享邇臣侍
祠凡執豆籩咸被慶賜矧予元宰實代天工獨執謙
言孰先多士勉膺成命罔復固辭所請宜不允仍斷

來章

皇伯祖宗暉免恩命不許不允批答四首

覽表具之季秋致享羣后在廷卿奉祀濮園首帥宗子相我熙事不忘肅雍逮茲禮成宜受帝祉矧朝廷之寵數皆祖宗之舊章雖執謙辭莫回成命所請宜不許

省表具之朕推廣帝澤覃及海涯惟英祖伯仲之親與濮園烝嘗之奉顯膺異數實先諸臣矧茲均福之餘本緣升侑之慶祇服成命其又何辭所請宜不允

覽表具之無言不酬無德不報古之道也總章之祀成于顯相雖駿奔走執豆籩皆被其澤矣而況於王乎雖復固辭難遂來懇所請宜不許仍斷來章

省表具之屬尊則禮必異親近則寵必先國之舊章

朕何敢廢矧惟合宮之祀實賴顯相之勤雖欲不居
懼失常典載嘉誠請難徇固辭所請宜不允仍斷來
章

皇叔祖宗祐宗楚免恩命不許不允批答四
首

覽表具之吾祗命元孫躬饗上帝父兄在列君臣肅
然熙事告成大霈時舉宜因休命之降以爲羣臣之
先執謙而辭殊匪吾意所請宜不許

省表具之朕躬享上帝陟配文考事天事親一舉而
得既受帝祉懼不敢專思與父兄共享其福若尊屬
懿親辭而不有謂羣臣何其聽朕命服此休寵所請
宜不允

覽表具之祭祀之澤神所照臨祖宗之舊吾無加損

卿侍祠夙夜終事肅雍既同百僚咸被光寵豈獨潔己固陳謙詞懇請雖堅成命莫改所請宜不許仍斷來章

省表具之朕既有事于明堂凡執事之臣咸與有慶矧諸父兄之貴朕所尊禮而祖宗之所顧享者耶辭至于再深所未喻尚體至意無復煩請所請宜不允仍斷來章

皇弟佶似偲免恩命不許不允批答四首

覽表具之吾奉承先緒成就諸孫宗祀合宮畢見元良之盛大霈寰寓特先仲叔之賢率時舊章錫以休命體我眷厚其勿謙辭所請宜不許

省表具之兄弟之義譬如手足憂喜同之朕有事于合宮徽福于上帝中外臣庶咸被惠澤豈予諸弟之

親而有不遍者乎朕命惟允其勿辭可也所請宜不允

覽表具之席父兄之貴居王公之尊典禮既行爵命自至茲以廣愛豈將期驕與其被命而力辭孰若居寵而知畏祗服異數毋忘益恭所請宜不許仍斷來章

省表具之宗祀文王以配上帝此周禮也議于諸儒歷世不決逮我聖考一言而定朕奉而行之罔有增損至於禮樂之文赦宥之澤咸有成法非朕所私豈予諸第之賢弗迪前人之訓祗朕寵命其勿固辭所請宜不允仍斷來章

劉昌祚免恩命不許不允批答四首

覽表具之卿國之虎臣帥我爪士總章大祀宿衛有勞宜爲六軍之先以承大賚之慶辭而不有殊匪吾

心所請宜不許
省表具之卿爲環列之尹職在訓齊方總章之祠勞
於宿衞禮成加惠國有舊章上自將帥之聯下逮什
伯之長咸錫休命罔遺一夫苟將獨辭何以率衆所
請宜不允
覽表具之朝廷治安將帥閑暇因慶推賞或疑無名
孰知養之之優蓋由責之之重鎮靖吏士折衝蠻夷
苟誠能之尙有大者往服成命毋復固辭所請宜不
許仍斷來章
省表具之朕三歲親祠百辟來助因上穹之降福靡
好爵以廣恩非獨爾私尙將何避若夫閫外之寄師
中之權朕旣不以私假人卿亦宜以功受祿今此成
命其勿固辭所請宜不允仍斷來章

中書侍郎劉摯免恩命不許不允批答二首

覽表具之吾雙日而朝勤勞政事四歲之久庶幾成功幸斯民之小康見合宮之再享豈伊寡德實賴羣公苟天下之信安夫何賞之不可大賚之慶胡以辭爲所請宜不許仍斷來章

省表具之朕歷三歲以親祠馨四海之來祭雖祖考之德足以致此而左右之助豈其無人卿夙夜在公直諒不倚成我熙事爾勞居多惠澤之均率由舊典已行之命其罔固辭所請宜不允仍斷來章

尙書右丞許將免恩命不許不允批答二首

覽表具之祭有大澤惠及庶工凡自通籍之臣莫不指日而待卿位在丞轄手執紀綱辭而不居衆或未喻矧成命之不反宜勉受以勿違所請宜不許仍斷

來章

省表具之朕祇見昊穹嚴奉文考卿蚤以儒術用於

先朝蓋圖任有求舊之心而顯相有逮事之感實先

多士推霈渥恩其勿固辭往服成命所請宜不允仍

斷來章

文彥博致仕免兩鎮不許不允批答二首

覽表具之凡自一命告老于朝考之舊章必加以爵

蓋所以敦始終之義礪廉退之風國之故常吾敢失

墜卿自祖宗之世兼將相之權得謝神考之朝既履

師臣之貴老而復起功成告歸豈以上公之尊不如

命士之寵兼鎮之重故事可推雖曰非常之恩孰是

元臣之比勉膺成命毋煩固辭所請宜不許

省表具之朕越自沖年嗣承大統念昔師臣之美起

卿謝事之餘元老在朝國勢增重誨言時至典學日新方當問道之秋遽聞歸老之告留之不可爵之無加推考舊章以錫成命因有餘而戒得雖嘉乃心念不足於報功亦伸朕志所請宜不允

韓忠彥免同知樞密院不許不允批答二首

覽表具之吾以二三大臣分領兵政庶務雖職之煩簡或異而事之緩急略殊然而屬任惟均出入無間卿既與聞國論豈不明吾此心安有總轄中臺則足以參幾微之決至於論議西府則不能處軍旅之宜尚體眷懷毋復謙請所請宜不許仍斷來章

省表具之惟乃先正歷事累朝經國論道有賢相之規治兵禦戎得名將之略風績猶在子孫不忘今朕舉以試卿意卿得其遺意勉膺成命其勿煩請上可

以幹國之蠹下可以信父之志所請宜不允仍斷來章

蘇頌免尚書左丞不許不允批答二首

覽表具之國方治安典章文物可以御世朝有耆老風采議論足以服人吾以卿夙守名節練達故事舉而用之豈苟而已勉起就職毋廢成命所請宜不許仍斷來章

省表具之朕若稽古訓況於祖宗之法何所不考思得良士達於今昔之故明以來詔以卿立朝滋久稱道不亂擢寘綱轄之地以爲先後之寄明體茲意毋復來請所請宜不允仍斷來章

呂大防等乞御正殿復常膳不許不允批答二首

覽表具之吾勉而臨政志切爲仁凡克己以濟民皆
力行而不悔矧今久旱傷稼憂在阻飢豈以菲食逾
旬指爲難事而卿等因是徼澤率然上章雖嘉乃誠
殊匪吾意夫旱災之後荒政之所備者尚煩秋種雖
生終歲之可虞者非一與其君臣釋然而忘患孰若
上下相儆以圖安姑存降食之文以示畏天之實所
請宜不許

省表具之歷時不雨天之告戒已深因旱責躬朕之
誠意未怠今雖小雨繼至而二麥已傷饑饉有已見
之形禾黍無必穫之理卿等遽陳誠請求復故常朕
仰畏天威下念民瘼深愧治朝之盛未知肉味之甘
矧復神母愛民憂心如昨朕獨何意遄舉舊章須歲
事之有成與天意而皆復所請宜不允

第二表不許不允批答二首

覽表具之吾性本恭儉居不求豐時方旱災懼若無措是用側身念咎貶食以祈上將答於天心下以慰於民望今者膏澤既至黍稷可期此則上帝仁愛之深斯民鰥寡之幸在吾祇懼何敢弭忘卿等備位股肱亮此誠意豈可因風雨之微順忽陰陽之久愆方歲事之多虞姑復少俟苟民食之既足吾亦何辭所請宜不許仍斷來章

省表具之朕獲守丕基未習師保之訓不有善政以干陰陽之和去冬以來時雨弗若譴告之久逮今半歲有餘戒懼之誠豈以一雨而足永惟朝會之禮百辟具來膳飲之常庶珍咸在方斯民之未裕匪朕意之所存卿等寄在腹心志同憂樂奉我以黼扆之盛

不若處我於無過之中厚我以玉食之華不若助我以兼濟之眚所請宜不允仍斷來章

第三表不許不允批答二首

覽表具之乃者雩而得雨牟麥既傷田雖可耕禾黍猶病吾惟農夫之不易歲事之多艱未忘戒懼之誠不遑口體之養今者時雨既至秋稼稍蘇卿等遽與庶官求信前請吾將推先王菲食之意以終斯民豐歲之祈行之雖久而不謂勞卿其姑止以成吾志所請宜不許

省表具之朕庶政不明常暘爲譴奔走祠望降黜典常亦既逾時僅而獲雨永惟天意之難復民食之未充庶幾終歲之登成未免茲心之怵惕虛治朝之列位損內饔之常羞於朕心猶曰未安而卿等遽以爲

請昔成湯自省以六事楚莊常懼於無災朕既嘉前
王之小心豈以一雨而遂懈所請宜不允

第四表許允批答二首

覽表具之吾聞天之降異本以仁愛人君君知畏天
乃克保有邦國故旱雖傷稼而恐懼修政則變或可
消雨雖應祈而怠忽忘災則歲未可必頃者膏澤荐
至羣言上聞吾夙興念此降食如故今勤請繼至屢
却弗回惟衆意之不可重違故事之不可終廢膳羞
之設雖勉强以復常修省之心終頃刻而不去尚賴
多士同致此誠所請宜許

省表具之畏天卹民本朕躬平日之志避殿損膳抑
祖宗故事之常乃者亢陽爲災甘澤未遍朕祗率舊
典以行本心茲因屢請之勤審知時雨之足苟毋憂

於民食豈必廢於邦常朕既用僉言正坐食珍不改
國朝之舊卿等亦廣吾意修政謹備常若水旱之來
所請宜允

書九首

皇帝明堂宿齋第一次問太皇太后聖體答
書

太皇太后致書于皇帝祗事總章竭誠齋宿上承天
以報本内嚴父以顯親克慎多儀永膺繁祉

皇太后答書

皇太后致書于皇帝國有舊章禮嚴宗祀祓齋殿幄
之祕和調玉食之精益慎孝思以逆純嘏

皇太妃答書

皇太妃致書于皇帝齋居外朝躬承大祀穆然重屋

之邃煥乎右坐之嚴祇率舊章以承天貺

第二次太皇太后答書

太皇太后致書于皇帝祀嚴三歲卜告中辛既結佩以齋心將奠玉而致享克勤陟降以接明靈

皇太后答書

皇太后致書于皇帝講禮合宮祇事上帝將儀式於文考以教孝於諸侯尚慎威儀以承佑享

皇太妃答書

皇太妃致書于皇帝上帝降衷文考升侑精誠盡於齋宿進退比於樂文罔有告勞以須降福

皇帝謝禮畢太皇太后答書

太皇太后致書于皇帝奉承天休纘嗣先烈四及季秋之吉再款合宮之嚴禮成不違神貺昭答益懋仁

孝之本以格天人之和

皇太后答書

皇太后致書于皇帝秋物豐成克致粢盛之奉羣心祗若式觀職貢之來內盡純誠外殫庶物遂舉多儀之盛何慗累聖之隆降福孔多克勤無斁

皇太妃答書

皇太妃致書于皇帝絜齋居外有夙夜之勤旋辟致恭盡禮樂之變仰以報功於上帝俛以祈福於斯民及此休成葢亦勞止永膺福祚以保家邦

祝文十二首

北京南開二股河祭河瀆星辰祝文

維元祐四年歲次己巳月朔日嗣天子名謹遣承議郎行太常博士充祕閣校理武騎尉劉唐老敢昭告

于尾宿星乃者暑雨過常河流東溢因有司之來告請以時而決疏兵役暴興冀明靈之垂祐民心苟利幸開塞之協宜尚饗

景靈宮安鐵冰窗祝文

維元祐四年歲次己巳八月戊戌朔十六日癸丑皇帝遣昭宣使和州刺史內侍插班管勾景靈宮趙世長致祭于里域真官伏以靈宇邃嚴周渠捍密有司繕故以時易新既命涓辰敢告經始尚饗

後苑祈晴祝文

維元祐四年歲次己巳八月戊戌朔二十二日己未皇帝遣入內內侍省內東頭供奉官句當後苑譚扆等請僧三七人於後苑華景亭開啓祈晴道場伏以秋稼方登淫雨作沴矧合宮之大禮迫季月之近期

塗潦爲憂寢食幾廢仰祈法力之勝時歛積雨之祥開示秋暘以成歲事下慰勤農之念上全享帝之誠謹言

太廟整漏奏告宣祖皇帝祝文

維元祐四年歲次己巳九月戊辰朔六日癸酉孝曾孫嗣皇帝臣名謹遣朝議大夫守太常少卿直龍圖閣柱國賜紫金魚袋臣李周敢昭告于宣祖昭武睿聖皇帝伏以廟室久安霖雨乘隙飭工繕治選日告虔棟宇益堅威靈無𢙢尚饗

後苑粉壇祈雨祝文

維元祐五年歲次庚午四月丙申朔皇帝遣入內內侍省內東頭供奉官句當後苑譚扆等請僧三七人於後苑華景亭開啓粉壇祈雨道場伏以自冬常暘

涉夏未雨四方千里二麥一空惕焉不德之慙貽我烝民之病爰假佛乘之妙力大啓天竺之淨壇庶使鍾梵既交作雲雷於清晝膏澤普潤復禾黍於有秋豈獨微吏之私實亦衆志之願謹言

五岳四瀆祈雨祝文

維元祐五年歲次庚午月朔日皇帝名謹遣左朝散郎充集賢校理守尚書禮部郎中崔公度敢昭薦于東嶽天齊仁聖帝伏以君德不修天澤弗應自冬涉夏困於常暘失麥與禾何以卒歲率土之廣匪神孰依雖或政令之失宜嗟彼烝庶之何罪尚祈甘雨克畀豐年衆之所同神罔終棄尚饗

謝雨祝文

維元祐五年歲次庚午月朔日皇帝名謹遣左朝散

郎充集賢校理守尚書禮部郎中崔公度敢昭賽于
東嶽天齊仁聖帝伏以自冬歷春雨雪弗效由近及
遠麥禾可憂懼成凶年病我赤子神明昭答膏澤普
加力回大旱之餘卒致有秋之喜不腆之薦誠意斯
存尚饗

鳳翔府太平宮修殿告遷太宗神御祝文

維元祐五年歲次庚午月朔日孝曾孫嗣皇帝臣名
謹遣臣某敢昭告于太宗至仁應道神功聖德文武
睿烈大明廣孝皇帝伏以終南積高神明是宅仙廟
夙設容御攸存屬當圖新敢告遷寓少祈安妥旋復
故常尚饗

奏告五五星祈雨祝文

維元祐五年歲次庚午四月丙申朔八日癸卯嗣天

子名謹遣左奉議郎守尚書吏部員外郎趙屼敢昭告于東方歲星伏以膏澤不時咎在邦政烝庶何罪橫罹深災惟神聰明實司造化尚霈甘雨卒成豐年衆所共祈神豈弗荅尚饗

天地社稷宗廟謝雨祝文

維元祐五年歲次庚午五月乙丑朔十三日丁丑嗣天子臣名謹遣中大夫守門下侍郎柱國彭城郡開國公食邑二千戶食實封五百戶賜紫金魚袋臣劉摯敢昭賽于昊天上帝伏以旱始于冬牟麥既病勢延于夏禾黍亦傷憂心如焚靡神不舉雖責躬而何益賴靈德之好生甘澤霶流羣槁復作民有望於饘粥國無廢於粢盛仰止鴻私莫知所報尚饗

神廟寺觀謝雨祝文

維元祐五年歲次庚午五月乙丑朔十三日丁丑皇
帝謹遣左朝散大夫尚書吏部郎中胡宗回敢昭賽
于護國顯應公伏以民以食爲生神以民爲主亢陽
爲厲顧多匪德之慙靈雨既周終賴無私之施釋三
農之憔悴復九穀於登成利澤無窮恩德何報尚饗

嶽瀆謝雨祝文

維元祐五年歲次庚午月朔日皇帝名謹遣某官某
敢昭賽于東嶽天齊仁聖帝乃者歲方常暘民既艱
食賑倉廩而何救殫雩禜而莫聞雖懷閔雨之誠顧
乏應天之實是以並走羣望靡神不宗神惟不終棄
民國亦因以受賜油雲屢作甘雨俄均禾黍復生麻
菽可蓺民既勤止朝夕耘耔之閒神終相之時節風
雨之至尚饗

青詞十二首

福寧殿開啓明堂預告道場青詞

維元祐四年歲次己巳八月戊戌朔十三日庚戌嗣
天子臣名請女道士二七人於福寧殿開啓明堂道場一月罷散日設醮一座一百二十分位謹上啓元始天尊太上道君太上老君混元上德皇帝伏以嗣守丕業于今四年躬祀總章方期再見講魯之舊當先事于泮宮稽國之常亦預祈于中禁祓除祕殿祗竢真游降福儲祥望璇霄而非遠奉珪奠幣冀釐事之有成無任懇倒之至謹詞

罷散青詞

維元祐四年歲次己巳九月戊辰朔十三日庚辰嗣
天子臣名請女道士二七人於福寧殿罷散明堂道

場設醮一座一百二十分位謹上啓元始天尊太上道君太上老君混元上德皇帝伏以將款合宫祗見上帝遵道家之祕籙先祓不祥企真馭於太虚罔違誠悃錫茲祉福畀我休成無任懇倒之至謹詞

北京南開二股河道場青詞

維元祐四年歲次己巳月朔日嗣天子臣名謹遣承議郎行太常博士充祕閣校理武騎尉臣劉唐老請道士二七人爲開二股河開啓道場七晝夜罷散日設醮一座一百二十分位謹上啓元始天尊太上道君太上老君混元上德皇帝伏以大河西行已見歷年之久漲水東溢疑還故道之流兵役既興民力重困顧河朔災傷之末復惟天心惻怛以無私式遏横流少安北道無任懇倒之至謹詞

中太一宮祈晴青詞

維元祐四年歲次己巳八月戊戌朔二十二日己未嗣天子臣名謹遣入內內侍省內侍高品臣楊偁請道士三七人於太一宮真室殿開啓祈晴道場謹上啓元始天尊太上道君太上老君混元上德皇帝伏以多稼如雲淫雨若注勢逾三日害及百嘉永惟刑政之失中顧念蒼黔之何罪矧復宗祀有日百執致功泥潦塞途中外告病仰惟真聖之妙實司陰陽之權廓清繁雲煥發朝日屈伸俄頃變化無方使民獲收斂之功而國遂齋祠之禮永望霄極祇薦勤誠無任懇倒之至謹詞

明堂禮畢福寧殿道場青詞

維元祐四年歲次己巳九月戊辰朔十四日辛巳嗣

天子臣名請女道士二七人於福寧殿開啓明堂禮畢道場一七日罷散日設醮一座一百二十分位謹上啓元始天尊太上道君太上老君混元上德皇帝伏以因聽政之堂修饗帝之祀陟配文考大賚四方禮成不違神貺昭答念非寡德之致顧依妙道之餘祗祓禁塗遠逆真馭誠心上達微供獲陳無任懇倒之至謹詞

罷散青詞

維元祐四年歲次己巳九月戊辰朔二十日丁亥嗣天子臣名請女道士二七人於福寧殿罷散明堂禮畢道場設醮一座一百二十分位謹上啓元始天尊太上道君太上老君混元上德皇帝伏以饗帝合宮獲成嚴父之志薦誠祕殿復陳終事之儀靈科既修

眞貺斯格肅然神光之下怳然誠意之通明德甚微
愧天心之博應神功莫測保邦祚於無疆無任懇倒
之至謹詞

景靈宮預告雅飾聖祖青詞

維元祐四年歲次己巳九月戊辰朔十七日甲申嗣
皇帝臣名謹遣昭宣使和州刺史內侍省內侍押班
管句景靈宮臣趙世長請道士二七人於景靈宮天
興殿開啓雅飾預告道場三晝夜罷散日設醮一座
二百四十分位謹上啓聖祖上靈道高九天司命保
生天尊大帝伏以威神在天像設有位稍經歲月寖
失光儀輒因靈科以告增飾無任懇倒之至謹詞

裝飾聖祖御容青詞

維元祐四年歲次己巳九月戊辰朔二十日丁亥嗣

皇帝臣名謹遣昭宣使和州刺史內侍省內侍押班
臣趙世長謹上啓聖祖上靈高道九天司命保生天
尊大帝伏以真聖所依宜極華煥歲月既久必有增
嚴兹因卜日之良敢告飭工之始無任懇倒之至謹
詞

雅飾了畢開啓奉安聖祖真容道場青詞

維元祐四年歲次己巳九月戊辰朔二十七日甲午
嗣皇帝臣名謹遣昭宣使和州刺史內侍省內侍押
班管句景靈宮臣趙世長請道士二七人於景靈宮
天興殿開啓奉安道場三晝夜罷散日設醮一座二
百四十分位謹上啓聖祖上靈高道九天司命保生
天尊大帝伏以靈德常新威顏有耀儼若斯民之望
悅然真馭之臨肇自殊庭即安珍館稽首延佇降福

無疆無任懇倒之至謹詞

西嶽謝雨青詞

維元祐五年歲次庚午月朔日皇帝名謹遣入內內侍省內東頭供奉官張懷寶請道士二七人於□□開啓謝雨道場晝夜設醮分位恭賽于□□金天順聖帝伏以靈雨愆期農民驚顧精禱既格神應不違牟麥復存禾黍可望永惟千里之澤豈獨一人之私尚終降休迄有豐歲無任懇倒之至謹詞

中太一宮祈雨青詞二首

維元祐五年歲次庚午二月丙申朔二日丁酉嗣天子臣名謹遣入內內侍省內東頭供奉官臣李永言請道士三七人於中太一宮真室殿開啓祈雨道場謹上啓元始天尊太上道君太上老君混元上德皇

帝伏以冬雪不效春雨過期雲族屢興風災輒至牟
麥既病秋種未入嗟民何罪籲天不聞惟側身念咎
之誠不敢自赦而絜齋祈福之舊亦莫少愆庶見膏
澤之滂流尚俾飢民之粒食懇禱斯極真聖所臨無
任懇倒之至謹詞

維元祐五年歲次庚午五月朔日嗣天子名謹遣入
內內侍省內東頭供奉官句當三館祕閣臣李永言
請道士三七人於中太一宮真室殿開啓祈雨道場
謹上啓元始天尊太上道君太上老君混元上德皇
帝伏以常暘爲虐夏已及中精禱未孚雨不逾尺麥
雖粗入未足以充八口之飢禾則始生猶當竢三日
之澤人謀竭矣天意謂何惟至道之密微運元化於
俄頃慈閔衆庶覆護邦家召呼風雲廣施千里之潤

勃興黍稷終致百室之盈永與斯民同仰靈德無任
懇倒之至謹詞

朱表七首

福寧殿罷散明堂預告道場朱表

臣名言絜誠致享近在外朝先事告誠祇祓中禁企
聖真於璇極嚴科式於靈場忽悦攸通福祥來暨冀
奠玉而神享迄升煙而禮成終始莫違上下蒙慶臣
無任精虔激切之至謹奉表奏告以聞臣名誠惶誠
懼頓首頓首謹言

北京開二股河罷散道場朱表

臣名言秋水洊至河流灌盈溢於北都之南疑有東
行之漸亟興兵役永念民勞仰祈幽贊之功式遏横
流之勢浮議一定疲俗再安覬洪造之無私庶微衷

之不昧臣無任精虔激切之至謹奉表奏告以聞臣名誠惶誠懼頓首頓首謹言

明堂禮畢福寧殿罷散道場朱表

臣名言親祠之重每三歲而後成陟配之隆及中辛而既舉顧菲薄之何有賴真聖以爲依祇按靈科絜齋祕殿仙遊降格神貺普存上保邦家之休下祈民物之定眇然微悃過此何求臣無任精虔激切之至謹奉表奏告以聞臣名誠惶誠懼頓首頓首謹言

景靈宮奏告雅飾聖祖罷散道場朱表

臣名言於赫皇祖敷祐下民眷真宇之靚深儼粹容之肅穆雖道存不變而體有從新既祇薦於科儀期永安於像設臣無任精虔激切之至謹奉表奏告以聞臣名誠惶誠懼頓首頓首謹言

景靈宮奉安聖祖真宗御容罷散道場朱表

臣名言真源永久福千世以無疆遂宇穆清延萬靈之景從肇新遺像祇薦薄誠庶資法會之功敷錫烝民之祉臣無任精虔激切之至謹奉表奏告以聞臣名誠惶誠懼頓首頓首謹言

西嶽罷散謝雨道場朱表

臣名言歷時不雨千里同憂顧民何知惟帝是賴精禱既應多稼獲存饘粥之餘倉廩攸實仰憑道供少答神休臣無任精虔激切之至謹奉表奏告以聞臣名誠惶誠懼頓首頓首謹言

諸宮觀罷散謝雨道場朱表

臣名言生靈多罪丁旱暵以知窮真聖至仁視疾苦而能救不嫌屢請之黷溥施甘澤之慈禾黍復生囷

倉可望仰企霄漢莫報恩私臣無任精虔激切之至
謹奉表奏告以聞臣名誠惶誠懼頓首頓首謹言

表五首

泥飾諸陵神臺奏告表

臣名言伏以威神如在陵寢無疆風雨侵尋塗丹脫
落時加新飾以謹故封敢因良辰式告安宅臣無任
精虔激切之至謹差某官臣某奉表奏告以聞臣名
誠惶誠懼頓首頓首謹言

泥飾永裕陵神臺等奏告表

臣名言伏以陵臺鞏固殿瓦峻嚴雨澤浸淫丹粉墮
落恭擇良日以命衆工彩飾再完威神不竦臣無任
精虔激切之至謹差某官臣某奉表奏告以聞臣名
誠惶誠懼頓首頓首謹言

明堂禮畢內中奏謝諸佛表

伏以躬薦微誠克終大典致周公嚴父之志達聖人享帝之能顧菲薄之何功賴僊真之垂祐歸依靡極荷戴不忘臣無任精虔激切之至謹差某官臣某奉表奏告以聞臣名誠惶誠懼頓首頓首謹言

露香表

伏以大享告成舊章不墜祇答昊穹之貺升侑文考之靈精意潛通多福荐至敢因清夜躬薦薄誠臣無任精虔激切之至謹差某官臣某奉表奏告以聞臣名誠惶誠懼頓首頓首謹言

永裕陵添修屋宇奏告表

臣名言伏以宮寢崇深廊廡缺圮敢涓良日祇命衆工庶復從新以資永固臣無任精虔激切之至謹差

某官臣某某奉表奏告以聞臣名誠惶誠懼頓首頓首

謹言

欒城集卷第三十四

欒城集卷第三十五

制置三司條例司論事狀（奏乞外任狀附）

轍頃者誤蒙聖恩得備官屬受命以來於今五月雖勉強從事而才力寡薄無所建明至於措置大方多所未諭每獻狂瞽輒成異同退加考詳未免疑惑是以不虞僭冒聊復一言竊見本司近日奏遣使者八人分行天下按求農田水利與徭役利害以爲方今職司守令無可信用欲有興作當別遣使愚陋不達竊以爲國家養材如林治民之官棋布海內興利除害豈待他人今始有事輒特遣使使者一出人人不安能者嫌使者之侵其官不能者畏使者之議其短客主相忌情有不通利害相加事多失實使者既知朝廷方欲造事必謂功效可以立成人懷此心誰肯

徒返爲國生事漸不可知徒使官有送迎供饋之煩民受更張勞擾之弊得不補失將安用之朝廷必欲興事以利民輙以爲職司守令足矣蓋勢有所便衆有所安今以職司治民雖其賢不肖不可知而衆所素服於勢爲順稍加選擇足以有爲是以古之賢君聞選用職司以責成功未聞遣使以代職司治事者也蓋自近世政失其舊均稅寬卹每事遣使冠蓋相望而卒無絲毫之益謗者至今未息不知今日之使何以異此至於遣使條目亦所未安何者勸課農桑墾闢田野人存則舉非有成法誠使職司得人守令各舉其事罷非時無益之役去猝暴不急之賦不奪其力不傷其財使人知農之可樂則將不勸而自勸今不治其本而遂遣使將使使者何從施之議者皆

謂方今農事不修故經界可興農官可置某觀職司以下勸農之號何異於農官嘉祐以來方田之令何異於經界行之歷年未聞有益此農田之說輙所以未諭也天下水利雖有未興然而民之勞佚不同國之貧富不等因民之佚而用國之富以興水利則其利可待因民之勞而乘國之貧以興水利則其害先見苟誠知生民之勞佚與國用之貧富則水利之廢興可以一言定矣而況事起無漸人不素講未知水利之所在而先遣使使者所至必將求之官吏官吏有不知者有知而不告者有實無可告者不得於官吏必求於民不得於民其勢將求於中野興事至此蓋已甚勞此水利之說輙所以未諭也徭役之事議者甚多或欲使鄉戶助錢而官自雇人或欲使城郭

等第之民與鄉戶均役或欲使品官之家與齊民並
事此三者皆見其利不見其害者也役人之不可不
用鄉戶猶官吏之不可不用士人也有田以爲生故
無逃亡之憂朴魯而少詐故無欺謾之患今乃捨此
不用而用浮浪不根之人輙恐掌財者必有盜用之
姦捕盜者必有竄逸之弊今國家設捕盜之吏有巡
檢有縣尉然較其所獲縣尉常密巡檢常疎非巡檢
則愚縣尉則智蓋弓手鄉戶之人與屯駐客軍異耳
今將使雇人捕盜則與獨任巡檢不殊盜賊縱橫必
自此始輙觀近歲雖使鄉戶頗得雇人然至於所雇
逃亡鄉戶猶任其責今遂欲於兩稅之外別立一科
謂之庸錢以備官雇鄉戶舊法革去無餘雇人之責
官所自任且自唐楊炎廢租庸調以爲兩稅收大曆

十四年應于賦斂之數以定兩稅之額則是租調與庸兩稅既兼之矣今兩稅如舊奈何復欲取庸蓋天下郡縣上戶常少下戶常多少者徭役頻多者徭役簡是以中下之戶每得休閑今不問戶之高低例使出錢助役上戶則便下戶實難顛倒失宜未見其可然議者皆謂助役之法要使農夫專力於耕轍觀三代之間務農最切而戰陣田獵皆出於農苟以徭役較之則輕重可見矣城郭人戶雖號兼幷然而緩急之際郡縣所賴饑饉之歲將勸之分以助民盜賊之歲將借其力以捍敵故財之在城郭者與在官府無異也方今雖天下無事而三路芻粟之費多取京師銀絹之餘配賣之民皆在城郭苟復充役將何以濟故不如稍加寬假使得休息此誠國家之利非民之

利也品官之家復役已久議者不究本末徒聞漢世宰相之子不免戍邊遂欲使衣冠之人與編戶齊役夫一歲之更不過三日三日之雇不過三百今世三大戶之役自公卿以下無得免者以三大戶之役而較之三日之更則今世既已重矣安可復加哉蓋自古太平之世國子俊造將用其才者皆復其身胥史賤吏既用其力者皆復其家聖人舊法良有深意以爲責之以學而奪其力用之於公而病其私人所難兼是以不取柰何至於官戶而又將役之且州縣差役之法皆以丁口爲之高下今已去鄉從官則丁口登降其勢難詳將使差役之際以何爲據必用丁則州縣有不能知必不用丁則官戶之役比民爲重今朝廷所以條約官戶如租佃田宅斷買坊場廢舉貨

財與衆爭利比於平民皆有常禁苟使之與民皆役則昔之所禁皆當廢罷罷之則其弊必甚不罷則不如爲民此徭役之說轍所以未諭也轍又聞發運之職今將改爲均輸常平之法今將變爲青苗愚鄙之人亦所未達昔漢武外事四夷內興宮室財用匱竭力不能支用賈人桑羊之說買賤賣貴謂之均輸雖曰民不加賦而國用饒足然而法術不正吏緣爲姦掊克日深民受其病孝昭既立學者爭排其說霍光順民所欲從而與之天下歸心遂以無事不意今世此論復興衆口紛然皆謂其患必甚於漢何者方今聚斂之臣才智方略未見桑羊之比而朝廷破壞規矩解縱繩墨使得馳騁自由惟利是嗜以轍觀之其害必有不可勝言者矣今立法之初其說甚美徒言

徙貴就賤用近易遠苟誠止於此則似亦可爲然而假以財貨許置官吏事體既大人皆疑之以爲雖不明言販賣然既許之以變易矣變易既行而不與商賈爭利者未之聞也夫商賈之事曲折難行其買也先期而與錢其賣也後期而取直多方相濟委曲相通倍稱之息由此而得然至往往敗折亦不可期今官買是物必先設官置吏簿書祿廩爲費已厚然後使民各輸其所有非良不售非賄不行是以官買之價比民必貴及其賣也弊復如前然則商賈之利何緣可得徒使謗議騰沸商旅不行議者不知慮此至欲捐數百萬緡以爲均輸之法但恐此錢一出不可復還且今欲用忠實之人則患其拘滯不通欲用巧智之士則患其出沒難考委任之際尤難得人此均

輸之說轍所以未諭也常平條勑纖悉具存患在不行非法之弊必欲修明舊制不過以時斂之以利農以時散之以利末斂散既得物價自平貴賤之間官亦有利今乃改其成法雜以青苗逐路置官號爲提舉別立賞罰以督增虧法度紛紜何至如此而況錢布於外兇荒水旱有不可知斂之則結怨於民捨之則官將何賴此青苗之說轍所以未諭也凡此數事皆議者之所詳論明公之所深究而轍以才性朴拙學問空疎用意不同動成違忤雖欲勉勵自効其勢無由苟明公見寬諒其不逮特賜敷奏使轍得外任一官苟免罪戾而明公選賢舉能以備僚佐兩獲所欲幸孰厚焉

條例司乞外任奏狀

右臣近蒙聖恩召對便殿面賜差使仍奉德音不許
辭避伏自受命於五月雖日夜勉强而才性朴拙議
論迂疎每于本司商量公事動皆不合伏惟陛下創
置此局將以講求財利循致太平宜得同心協力之
人以備官屬而臣獨以愚鄙固執偏見雖欲自效其
勢無由臣已有狀申本司具述所論不同事件苟陛
下閔臣孤危未賜誅譴伏乞除臣一令入差遣使得
展力州郡敢不策勵駑鈍以酬恩私臣無任瞻天請
命激切屏營之至

陳州爲張安道論時事書

伏以中外臣庶各有職事越職而言國有常憲臣守
土陳州非有言責而輒言之計其狂愚茲實有罪然
臣伏念頃以老疾不任吏事陛下未忍廢棄親擇便

地以遂安養將辭之日面承德音以爲大臣之義皆當爲國謀慮不宜以中外爲嫌有所不盡古人有言雖乃身在外乃心罔不在王室伏惟聖德廣大無所不容而臣自到任以來于今一歲心目昏眩有加無瘳故嘗乞丐餘生求還閭舍區區之誠久而未獲陛下視臣志氣一衰至此豈復有意别白是非而與世俗爭議也哉是以得失之閒久無所與今者竊有所懷上爲陛下參之官吏下爲陛下驗之百姓而安危之機實在於此自惟受恩累聖邦之休戚身實同之志力雖衰於義不可嘿已然臣之所欲言者非敢遠引前古逆探未然以惑陛下之聰明也凡皆陛下之所嘗試而臣愚之所與聞者耳臣伏見陛下即位之始計慮深遠凡有所建動合天心始議山陵深卹費

用之廣推明先帝薄葬之命以詔有司四方聞之無不感泣其後一年之間誕布號令勸率宗族惇孝弟之行勉勵州郡先農桑之政復轉對以廣言路議徭役以寬民力盛德之事不可具記是時天下雖大變之後而無不翹然想聞德音以忘其憂兩宮歡欣九族親睦羣臣萬民蒙福而安紛紜之議不至於朝廷謗讟之聲不聞於閭里陛下優游無爲而天下已治矣爲國如此豈不樂哉陛下自今視之當日之政其可悔恨者凡有幾以臣觀之非獨陛下無所悔恨雖天下之人亦未有以爲失當者也何者政令簡易而人情之所安耳易曰易則易知簡則易從易知則有親易從則有功有親則可久有功則可大嚮使陛下推行此道始終不變則臣以爲久大之功可得而致

矣其後求治太切用意過當姦臣緣隙得進邪說始議開邊以中上旨於是延安有橫山之謀保安有招誘之計陛下餽之以金帛假之以干戈小人貪功慮害不遠輕發深入結怨西戎攘奪尺寸無用之土空竭內府累世之積大者疲弊秦雍小者身死寇讎西鄙騷然不寧而陛下始一悔矣然而陛下天姿英果有漢武宏達之量雖復兵吏失律而立功之意未嘗少衰是以左右大臣測知此心復進財利之說陛下樂聞其利而未暇深究其害於是舉而從之置條例司以講求天下之遺利己酉之秋新政始出自是以來凡所變革不可悉數其最大者一出而爲常平青苗再出而爲揀兵併營三出而爲出錢雇役四出而爲保甲教閱四者並行於世官吏疑惑兵民憤怨諫

爭者章交於朝誹謗者聲播於市陛下不勝其煩爲之當宁太息日旰而不食矣然猶幸其成功力排衆人之議而固守之天下方共厭苦而不知其所止也而揀兵併營之策其害先見武夫凶悍爲怨最深爲患最急陛下知其不可於是多支月糧復收退卒以順適其意而陛下既再悔矣然軍中之口猶復洶洶不靖陛下雖推恩撫之而終不以爲惠反謂陛下畏之耳不幸邊臣失算再生戎心帷幄之臣謀之不臧不務安之而務撓之臨遣執政付以疆事多出金幣豫書誥勅以成其深入之計當此之時天下之心知其必敗矣而陛下與一二臣者方以爲萬舉而萬全既而出兵無人之境築城不守之地困弊腹心以求無益之功使秦晉之民父子流離肝腦塗地戎人徼

勸受屈已築之城隨卽傾覆救援之兵相繼潰叛四方震動君臣宵旰而後下罪己之詔投竄元宰以謝二鄙而陛下旣三悔矣夫此三者方其未悔也陛下亦以爲是邪非邪陛下犯逆衆心力行不顧其必以爲是不以爲非也然而其終卒至於此然則方今陛下之所是而未悔者無乃亦類此歟臣聞衆而不可欺者民也勇而不可犯者兵也險而不可侮者鄰國也今陛下旣已欺民犯兵而侮鄰國矣夫犯兵侮鄰變速而禍小至於欺民則變遲而禍大變速而禍小者瓦解之憂也變遲而禍大者土崩之患也今瓦解之憂陛下旣知悔矣而土崩之患陛下未以爲意此臣之所以寒心也易曰不遠復無祇悔元吉事之未敗也陛下不悟其非必俟其敗而後悔如向三者則

陛下之復已遠而悔亦大矣且臣觀之方今陛下之所是而未悔者亦有三而已青苗助役保甲三者之弊臣不復言矣何也言事者論其不可非一人也百姓毀壞支體爊灼耳目嫁母分居賤賣田宅以自脫免非一家也陛下其亦知之矣徘徊而不改使民無所告訴加之以水旱繼之以饑饉積憾之民奮爲羣盜侵淫蔓延滅而復起英雄乘間而作振臂一呼而千人之衆可得而聚也如此而勝廣之形成此所謂土崩之勢也臣恐陛下至此雖欲復悔而無所及矣故臣願陛下取卽位之政與今日之事而試觀之天下擾擾不安孰與今日之甚羣臣交口爭辯孰與今日之衆陛下聽覽疲勸孰與今日之多悔恨自責孰與今日之切陛下誠以此較之則不待臣言之終而

得失可以自決矣且夫即位之政陛下之本心也今日之事臣下之過計也陛下棄即位之本心而徇臣下之過計臣竊以爲過也雖然臣竊聽之道路方今陛下則亦悔之矣悔之而不變非陛下之意也迫於建議之臣耳夫人臣進謀於其君苟事之不遂而變以從衆則人主有以測其深淺人主有以測其深淺則其用捨之命在於人主此人臣之所以不便也臣竊痛陛下爲社稷之計欲改過以安天下而怙權固位之臣持之而不釋陛下聰明睿智廢置自我而獨爲此鬱鬱也漢宣帝與趙充國議擊匈奴魏相非之以爲當與平昌侯樂昌侯平恩侯及有識者詳議乃可此三人者非賢於趙充國也然其與國同憂樂無僥倖功名之心與希望爵賞之意則過於充國遠甚

充國猶不可聽而況不如充國者哉陛下將安民保國而與喜功伐好權利者謀之臣不知其可也臣不勝區區忘身憂國之誠是以勢疎而言切惟陛下察之

自齊州回論時事書（附一畫狀）

臣自少讀書好言治亂方陛下求治之初上書言事陛下不廢狂狷召對便殿親聞德音九品賤官自此始得登對論事當此之時陛下好問之聲震動海內愚賤之人篤信寡慮以爲天下之事可得徐陳遍舉指顧而定矣既而誤蒙恩澤之受職條例抗論得失與有司不合得請外補於今七年而天下之治安終未可見臣竊疑之伏惟陛下天縱聖德聰明睿智不學而具其於謀慮措置曾何足云然自頃歲以來每

有更張民率不服蓋青苗行而農無餘財保甲行而農無餘力免役行而公私並困市易行而商賈皆病上則官吏勞苦患其難行下則衆庶愁嘆願其速改凡此四者豈陛下之聖明有所不知耶臣以爲非也陛下之聖明無所不知何以言之二年以來陛下屢發英斷廢置大吏數其罪愆明示臣庶凡天下之所共疾惡者陛下無一不知由此觀之凡天下之所共怨苦者陛下何所不察今者皇天悔禍啓道聖意易置輔相中外踴躍思覩寬政而歷日彌月寂寞無聞衆心皇皇如久飢而不得食臣雖愚陋竊獨爲陛下恨也陛下自卽位以來求治之心常若不及意將以堯舜之隆平易漢唐之淺陋不幸左右不明陵遲以至於此天下之人孰不知之今也既知其不可用而

去之又循其舊術而不改將遂代之任咎此臣之所以爲陛下恨也且今天下之安危智者不再計矣水旱連年死者將半遺民飢困盜賊滿野疆埸未寧軍旅在外府庫空竭邊餉寡少事之可憂者何可勝數術之不效斷可見矣然陛下獨遲遲而不決意者己爲之而己廢之恐天下有以窺其深淺耶臣聞人主之德如天天之於物也熾然而旱赤地千里草木皆死可謂虐矣然至雷雨時作膏澤洋溢百穀奮起民復粒食鼓舞盛德而忘旱之虐何者度量廣大改過無疑也如使密雲而不雨既雨而中止遲疑猶豫久而不忍則天之生物盡矣傳曰君子之過也如日月之食焉過也人皆見之更也人皆仰之今陛下誠先治其心使虛一而靜湛乎彼我得失莫能嬰也去惡

如棄塵垢遷善如救飢渴與民一新罷此四事青苗之既散者要之以三歲而不收息保甲之既團者存其舊籍而不任事復差役以罷免役之條通商賈以廢市易之令行之朞年而觀之苟民不安居水旱復作盜賊復起財用復竭誠有一事以憂陛下臣請伏罔上之誅以謝左右陛下誠不信臣數年之後親受其弊矣古人有言曰一慗之不忍將終身慗乎惟陛下爲社稷籌之臣謹列四事之害畫一以獻不勝愚忠憤懣之誠干犯天威伏俟鈇鉞臣轍誠惶誠恐昧死上書

畫一狀

謹案青苗免役保甲市易四事得失最爲易見上自中外臣寮下至田父野老無有一不知者但以朝廷

所行言其是則有功言其非則有罪是以畏避鉗默
不敢正言臣今謹采衆議人所共知灼然可見者畫
一開坐如後

一議者皆謂富民假貸貧民坐收倍稱之息是以
富者日富貧者日貧今官散青苗取息二分
收富人幷兼之權而濟貧民緩急之求貸不
異於民間而息不至於倍稱公私皆利莫便
於此然公家之貸其實與私貸不同私家雖
取利或多然人情相通別無條法今歲不足
而取償於來歲米粟不給而繼之以芻藁雞
豚狗彘皆可以還債也無歲月之期無給納
之費出入閭里不廢農作欲取卽取願還卽
還非如公家動有違礙故雖或取息過倍而

民恬不知今官貸青苗責以見錢催隨二稅
鄰里相保結狀請錢一家不至九家坐待奔
赴城市糜費百端一有逋竄均及同保貧富
相迫要以皆斃而後已朝廷雖多設法度以
救其失而其實無益也
一議者又謂平時差役破壞民家一夫爲役舉家
失業故使逐戶出錢官爲雇人謂之免役出
錢雖多而民免於破家之患以此爲說行之
不疑然不知三代之民以力事上不專以錢
近世因其有無各聽其便有力而無財者使
効其力有財而無力者皆得雇人人各致其
所有是以不勞而具今也棄其自有之力而
一取於錢民雖有餘力不得効也於是賣田

宅伐桑柘鬻牛馬以供免役而天下始大病矣且夫錢者官之所爲米粟布帛者民之所生也古者上出錢以權天下之貨下出米粟布帛以補上之闕上下交易故無不利今青苗免役皆責民出錢是以百物皆賤而惟錢最貴欲民之無貧不可得也至如京師百司郡縣刑法之吏無祿而役爲日久矣周制庶人在官雖曰有祿而事簡吏少勢或易供非如今時員數猥多不可供億況三代兵出於民而今世之兵坐而仰給若又兼舉大費爲力實難然議者以爲給之以祿然後可責之以廉蓋朝廷選吏之精必不如擇官之慎祿吏之厚必不如祿官之多今慎擇多祿之官

猶不免於貪而況於吏人乎且昔之爲法也
計贓得罪無祿者減等今用倉法則吏之得
罪反重於官顛倒失宜尤爲未可若朝廷誠
患吏貪但使官得其人則吏之受賕自有分
限若猶未也則雖重祿深法不能禁矣

一議者又謂三代之盛兵出於農故團結伍保以
寓軍令朝廷喜其近古亦謂可行然而三代
之民受田於官官之所以養之者厚故出身
爲兵而無怨今民買田以耕而後得食官之
所以養之者薄而欲責其爲兵其勢不可得
矣蓋自唐以來民以租庸調與官而免於爲
兵今租庸調變而爲兩稅則兩稅之中兵費
具矣且又有甚者民之納錢免役也以爲終

身不復爲役矣今也既已免役而於捕盜則
用爲耆長壯丁於催稅則用爲戶長里正於
巡防則用爲巡兵弓手一人而三役具焉民
將何以堪之且其爲巡兵弓手也一保甲之
中丁壯既出老弱守舍盜賊乘間如入無人
之境而其上番之期又不過旬日坐作進退
未能知也代者既至相率而反往來道路勞
弊何益至使盜賊縱橫官吏蒙責嘯聚羣黨
攻剽州縣未必不由此也古之循吏使民賣
劍買牛今也使之棄其農具而置兵器小民
無知緣以爲惡良民之畏事者一入而終身
不得脫姦民之好權者一補而終身不得免
其爲患害有不可勝言者矣

一議者常患百貨輕重制在富民少則貴賣以取贏多則賤買以要利利有所壅商賈難通於是置市易之官以平貴賤有司誠守此議不更別有所營則雖繁碎難行然亦未有深害今自置市易無物不買無利不籠命官遣人販賣南北放債取利公行不疑杜絶利源不與民共觀其指趣非復制其有無權其輕重而已也徒使小民失業商旅不行空取專利之名實失商稅之利國體卑辱海內離心巍巍盛朝何苦於此況復小民好利類無遠見爭取官債以救目前欺謾父兄妄引抵當期限既迫逃竄無所父子離散行路咨嗟奈何爲此陷穽誘而納之也至於姦民巨賈窺伺

閒隙取利則多或輸滯積不售之貨以易見錢或指殘破無用之屋以䝺實貨巧智百出難以具言有司蒙蔽指以爲利泉幣一散汗漫難收官之所藏徒文具而已竊聞朝廷近日將議窮究然而旣弊之法施行未已買賣百物猶且如故譬如含茹毒藥喉舌破敗胸腹脹滿知其非矣然且閉口不吐安坐切脉廣求方書其於速愈之術踈矣

右臣所陳畫一事件皆是耳目所接衆庶共知朝廷清明豈有不察若誠有意改易非復難行但朝出一紙詔書四弊夕去非如前代積弊或在列國或在四夷欲議改更恐其動搖海內故且維持含養苟自便安今事在朝廷出命則已衆所系望勢難久留而私

自顧戀遲遲不決以失天下之心臣竊不取也愚惷
之人志在憂國言詞激切干犯典刑區區寸誠甘俟
誅戮謹具狀奏聞伏候勑旨

欒城集卷第三十五

欒城集卷第三十六

右司諫論時事七首

論臺諫封事留中不行狀元祐元年之月十四日

右臣伏見皇帝陛下以至孝純仁承統踐祚太皇太后陛下以聰明睿智親攬庶政二聖協德以幸天下曾未朞歲而敝事稍去寬政復行元元之民免於流離之患蒙更生之福海內釋然無意外之憂不勝幸甚伏惟陛下恭勤祗畏發於天性猶復選於羣臣增廣諫員求直言以自助天下之士聞風相慶臣實何人得於今日備位於此然臣聞帝王之治必先正風俗風俗既正中人以下皆自勉以爲善風俗一敗中人以上皆自棄而爲惡中人自勉於善則人主耳目衆多易與爲治中人自棄於惡則臣下朋黨蕃殖易

以爲非蓋邪正盛衰之源未有不始於此者也昔真宗皇帝臨馭羣下奬用正人一時賢儁爭自託於明主孫奭戚綸田錫王禹偁之徒旣以諫諍顯名則忠良之士相繼而起其後毫期厭事丁謂乘間將竊國命而風俗已成朝多正士謂雖懷姦慝而無與同惡謀未及發旋卽流放仁宗皇帝仁厚淵嘿不自可否是非之論一付臺諫孔道輔范仲淹歐陽脩余靖之流以言事相高此風旣行士耻以鉗口失職當時執政大臣豈皆盡賢然畏忌人言不敢妄作一有不善言者卽至隨輒屏去故雖人主寬厚而朝廷之間無大過失及先帝嗣位執政大臣變易祖宗法度下至小民皆知其非而卿士大夫從風而靡則風俗之變於此見矣是時惟有呂誨范鎭等明言其失二人旣

已得罪臺諫有以一言及之者皆紛然逐去由是風俗大敗無一人復正言者天佑皇室啓迪聖德臨政未幾而以言路爲急天下竦然思見祖宗遺俗然臣自至闕廷聞臺諫封事一切留中不出既不施行又不黜責臣不勝憂疑夫朝廷所以待臺諫者不過二事言當則行不當則黜其所上封事除事干幾密人主所當獨聞須至留中外並須降出行遣上所以正朝廷之紀綱使無廢職業下所以全人臣之名節使無負公議若當而不行不當而不黜則上下苟且廉恥道廢風俗衰陋國將從之臣願陛下永惟邪正盛衰之漸始於臺諫修其官則聽其言言有不當隨事行遣大者可黜小者可罷使風俗一定忠言日至陛下垂拱於上群臣肅雍於下則太平之治可立而待

也惟陛下留神省察天下幸甚謹錄奏聞伏候勅旨

久旱乞放民間積欠狀十五日

右臣伏見陛下以久旱憂勞禱請勤至自冬歷春天意未荅宿麥枯瘁災害廣遠民自近歲皆苦於重歛儲積空匱若此月不雨飢饉必至盜賊必起保甲之餘民習武事猖狂嘯聚爲患必甚而陛下所以應天動民未有其實臣竊見去年赦書蠲免積欠止於殘零兩稅至於官本債負出限役錢皆不得除放民有破蕩家產父子流離衣食不繼有死而不可得者買撲酒坊先因實封投狀爭氣務勝競設高價既得之後利入微細不能出辦違限不納加以罰錢至於籍沒家產杻械生蟣虱而不得脫者臣願陛下降哀痛之書應今日以前民間官本債負出限役錢及酒坊

元額罰錢見今資產耗竭實不能出者令州縣監司保明除放使民得再生以養父母妻子朝廷弃捐必不可得之債以收民心民心悅附甘澤可致雖使天道幽遠雨不時應而仁澤流溢亦可以化服強暴消止盜賊臣謹按漢書文景宣元之間憂民之疲病每歲輒弛租稅減筭賦自損以厚下民戴其澤中遭王莽之變皆謳吟思漢漢已絕而復續夫漢世平安之日猶蠲必得之常賦以惠民而況當今旱勢未止災害方作前件欠負皆勢不可得柰何靳而不與哉伏願陛下斷自聖心特降手詔無使有司吝於出納以廢格聖澤則天人不遠宜有善應謹錄奏聞伏候勑

旨

貼黄臣竊見近年貪刻之吏習以成風上

有毫髮之意則下有邱山之取上有滂沛之澤則下有涓滴之施如先帝向時為瀘南用兵兩川應副疲極特放五等人戶賦稅而東川路轉運司公行格沮只放三等以下緣累經大赦不敢論列如此之類朝廷雖累行戒飭終恐不改若行臣此奏即乞痛賜約束如監司敢有違戾許州縣官吏具事由實封奏聞

論罷免役錢行差役法狀 十六日

右臣伏見門下侍郎司馬光奏乞罷免役錢復行差役舊法奉聖旨依奏施行臣竊謂近歲所行新法利害較然其間免役所係尤重朝廷自去秋已來改更略盡惟此一事遲留不決民間傾聽想聞德音臣竊

料此事既行民間鼓舞相慶如飢得食如旱得雨比之去年罷導洛市易鹽鐵等事其喜十倍非至仁至聖至明至斷誰能行此然臣有愚慮蓋朝廷自行免役至今僅二十年官私久已習慣今初行差役不免有少齟齬不齊譬如人有重病不治必死醫者用藥攻療必有瞑眩不寧要須病去藥消然後乃得安樂今中外用事臣寮多因新法進用既見朝廷革去宿弊心不自安必因差役之始民間小有不便指以爲言眩惑聖聰敗亂仁政兼臣竊觀司馬光前件劄子條陳差役事件大綱已得允當然其間不免疎略及小有差誤執政大臣豈有不知若公心共濟即合據光所請推行大意修完小節然後行下今但備錄劄子前坐光姓名後坐聖旨依奏其意可知自今以往

其必有人借中外異同之論以搖動大議臣願陛下
但思祖宗以來差役法行民間有何患害近歲既行
免役民間之敝耳目厭聞卽差役可行免役可罷不
待思慮而决矣伏乞將臣此奏留中不出時賜省覽
苟大法既正縱有小害隨事更張年歲之間法度自
備臣踈遠小臣初蒙擢用輒此深言罪在不赦但念
臣初無左右之助諫垣之命出自聖意不敢自同它
人更存形迹冒昧陳聞惟陛下裁幸謹錄奏聞伏候
勅旨

貼黃臣竊詳差役利害條目不一全在有
司節次修完近則半年遠亦不過一年必
有成法至於鄉戶不可不差役錢不可不
罷此兩事可以一言而决緣所在役錢寬

剩一二年間必未至闕用從今放免理在
不疑前來司馬光文字雖有役錢一切並
罷之文又却委自州縣監司看詳有無妨
礙臣竊慮諸路爲見有此指揮未敢便行
放罷依舊催理則凶歲疲民無所從出或
致生事欲乞特降手詔大略云先帝役法
本是一時權宜指揮施行歲久民間難得
見錢已詔有司依舊差役所有役錢除坊
郭單丁女戶官戶寺觀依舊外其餘限詔
到日並與出牓放免其去年已前見欠役
錢具數聞奏未得催理聽候指揮

論蜀茶五害狀 二十四日

右臣伏見朝廷近罷市易事不與商賈爭利四民各

得其業欣戴聖德無有窮已唯有益利秦鳳熙河等
路茶場司以買賣茶虐害四路生靈又以茶法影蔽
市易販賣百物州縣監司不敢何問爲害不細而朝
廷未加禁止臣聞五代之際孟氏竊據蜀土國用褊
狹始有榷茶之法及藝祖平蜀之後放罷一切橫斂
茶遂無禁民間便之其後淳化之間牟利之臣始議
掊取大盜王小波李順等因販茶失職窮爲剽劫凶
燄一扇兩蜀之民肝腦塗地久而後定自後朝廷始
因民間販賣量行收稅所取雖不甚多而商賈流行
爲利自廣近歲李杞初立茶法一切禁止民間私買
然循所收之息止以四十萬貫爲額供億熙河至劉
佐蒲宗閔提舉茶事取息太重立法太嚴遠人始病
是時知彭州呂陶奏乞改法只行長引令民自販茶

每茶一貫出長引錢一百更不得取息得旨依奏民間聞之方有息肩之望又却差孫迥李稷入川相度始議極力掊取因建言乞許茶價隨時增減茶法既有增減之文則取息依舊由是息錢長引二說並行而民間轉不易矣而稷等又益以販鹽布乃能增額及六十萬貫及李稷引陸師閔共事又增額至一百萬貫師閔近歲又乞於額外以一百萬貫爲獻朝廷許之於是奏乞於成都府置都茶場客旅無見錢買茶許以金銀諸貨折博遂以折博爲名多遣公人牙人公行拘攔民間物貨入場賤買貴賣其害過於市易又以本錢質典諸物公違條法欺罔朝廷蓋茶法始行至今法度凡四變矣每變取利益深民益困獘然供億熙河止於四十萬貫其餘以供給官吏及非

理進獻希求恩賞而害民之餘辱國傷教又有甚者夫逐州通判本以按察吏民諸縣令佐亦以撫字百姓而計筭息錢均與牙儈分利至於監茶之官發茶萬馱卽轉一官知縣亦減三年磨勘國之名器輕以與人遂使貪冒滋章廉耻不立深可痛惜又案盜賊之法贓及二貫止徒一年出賞五貫今民有以錢八百私買茶四十斤者輒徒一年出賞三十貫又遞鋪文字事一軍機及非常盜賊急脚遞日行四百里馬遞日行三百里違二日者止徒一年今茶遞往還日行四百里違一日輒徒一年立法太深茍以自便不顧輕重之宜蓋造立茶法皆傾險小人不識事體但以遠民無由伸訴而他司畏憚不敢辯理是以公行不道自始至今十餘年矣臣竊聞朝廷近日察知其

弊差官體量然猶恐未知其詳臣今訪聞稍得其實謹具條件五害如左

其一曰益利路所在有茶其間卭蜀彭漢綿雅洋等州興元府三泉縣人戶以種茶爲生自官榷茶以來以重法脅制不許私賣抑勒等第高秤低估遞年減價見今止得舊價之半乞委所差官取榷茶至今遞年所估價例對定卽見的實茶官又於每歲秋成糴米高估米價強俵茶戶謂之茶本假令米石八百錢卽作一貫支俵仍勒出息二分春茶既發茶戶納茶又例抑半價兼壓以大秤所損又半謂之青苗茶元條園戶茶一百斤許收十斤市例內一半入官一半用饒潤客旅今逐場一百斤有收至二十餘斤出剩者往往却僞作園戶中茶虛旁支出官錢入己近年卭州嘗有此獄又有見出剩數多陰與客旅商量納賂出賣者不貲指教及至賣茶本法止許收息二分今多作名

目如牙錢打角錢之類至收五分以上買茶商旅其勢必不肯多出價錢皆是減價虧損園戶以求易售又昔日官未榷茶園戶例收晚茶謂之秋老黃茶不限早晚隨時卽賣榷茶之後官買止於六月晚茶入官依條毀棄官既不收園戶須至和買以陷重禁此園戶之害一也

其二曰川茶本法止於官自販茶其法已陋今官吏緣法爲姦遂又販布販大寧鹽販甆器等物幷因販茶還腳販解鹽入蜀所販解鹽仍分配州縣多方變賣及折博雜物貨爲害不一及近歲立都茶場緣折博之法拘攔百貨出賣收息其間紗羅皆販入陝西奪商賈之利至於買賣之餘則又加以質當去年八九月間爲成都買撲酒坊人李安典糯米一萬貫每

斗出息八錢半年未贖仍更出息二分其宅非法類皆如此今四方蒙賴聖恩罷去市易抵當之弊而蜀中茶官獨因緣茶法潛行二事使西南之民獨不蒙惠澤此平民之害二也

其三曰昔官未榷茶陝西商旅皆以解鹽及藥物等入蜀販茶所過州軍已出一重稅錢及販茶出蜀兼帶蜀貨沿路又復納稅以此省稅增羨今官自販茶所至雖量出稅錢比舊十不及一縱有商旅興販諸處稅務畏憚茶官又利於分取息錢例多欺詐以稅爲息由此省稅益耗假有作稅錢上曆歲終又不撥還轉運司但添作茶官歲課公行欺罔訪聞元豐七年八月陸師閔劄子奏茶司全年課利內有一項條茶稅錢又茶官違法販賣百物商旅不行非唯稅虧兼害酒課蜀中舊使交子唯有茶山

交易最爲浩瀚今官自買茶交子因此價賤舊日蜀人利交子之輕便一貫有賣一貫一百者近歲止賣九百以上此省課之害三也

其四曰蜀道行於溪山之間最號嶮惡般茶至陝西人力最苦元豐之初始以成都府路廂軍數百人貼鋪般運不一二年死亡略盡茶官遂令州縣和雇人夫和雇不行卽差稅戶其爲搔擾不可勝言劉庠知永興日有澤州般茶人以疲勞不堪告訴庠令取狀在案判云候本府雇人般茶日呈後來永興卽不曾雇人後遂添置遞鋪十五里輒立一鋪招兵五十人起屋六十間官破錢一百五十六貫益以民力僅乃得成今已置百餘鋪矣若二百鋪皆成則是添兵萬人衣糧歲費二十萬貫見招塡不足旋貼諸州廂軍逐州闕人百事不集又茶遞一人日般四馱計四百餘斤回車却載解鹽往還山行六十里稍遇泥潦人力不

支逃匿求死嗟怨滿道至去年八九月間劍州劍陽一鋪人全然走盡沿路號茶鋪爲納命場此遞鋪之害四也

其五曰陝西民間所用食茶蓋有定數茶官貪求羨息般運過多出賣不盡逐州多虧歲額遂於每斤增價俵賣與人元豐八年鳳州准茶官指揮每茶一斤添錢一百其餘州郡准此可見又茶法初行賣茶地分止於秦鳳熙河今遂東至陝府侵奪蠟茶地分所損必多此陝西之害五也

五害不除蜀人泣血無所控告臣乞朝廷哀憐遠民罷放榷法令細民自作交易但收稅錢不出長引止令所在場務據數抽買博馬茶勿失朝廷武備而已如此則救民於網羅之中使得再生以養父母妻子

不勝幸甚如朝廷以爲陝西邊事未寧不欲頓罷茶事即乞先弛榷禁因民販茶正稅之外仍收長引錢一歲之入不下數十萬貫以見今長引錢數計之可見而商旅通行東西諸貨日夜流轉所得茶稅雜稅錢及酒課增羨又可得數十萬貫以未榷茶以前及榷茶後來年分自蜀至陝西沿路酒稅務歲課較之可見而罷置茶遞無養兵衣糧及官吏緣茶所費息錢食錢之類其數亦自不少則榷茶可罷灼然易見若異日西邊無事然後更罷長引錢如舊收稅而止然臣再詳師閔所營茶利雖使之裒斂一一如數止於二百萬貫無復贏餘矣若以前件茶引茶稅雜稅酒課等錢約七八十萬貫折除即止約有利一百二十餘萬貫若更除茶遞養兵衣糧及官吏緣茶所費約三四十萬貫即是師閔百端非理凌虐細民止

得八十萬貫前件兩項錢並且從小約計故師閔所得利有八十萬貫若依實計之恐不得及此數假令萬一蜀中稍有飢饉之災民不堪命起爲盜賊或如淳化之比臣不知朝廷用兵幾何費錢幾何殺人幾何可得平定今但得七八十萬貫錢置此不慮臣竊惑也兼臣訪聞陸師閔去年自成都移治永興仍取成都供給有本府衙前楊日新者爲之賣酒至十一月中師閔自覺非法始移牒永興成都止就用永興供給其違法差衙前賣酒及多請過成都供給即不曾舉覺其貪冒無耻一至如此亦乞令所差官便行體量如是詣實乞重行黜謫以慰遠方積年之憤謹錄奏聞伏候勅旨

貼黄陸師閔久擅茶事欺罔朝廷奏請如意爲吏民所畏憚若留在本職雖特遣使

命恐必難以體量實害欲乞先罷師閔職
任及利州路轉運使蒲宗閔昔同建議榷
茶曾竊冒恩賞顯有妨礙亦乞指揮不得
同簽書體量事所貴官吏不憂後害敢以
實告
乞更支役錢雇人一年候修完差役法狀
右臣伏見二月九日三省樞密院劄子節文應天下
免役錢一切並罷其諸色役人並依熙寧元年以前
舊法人數定差更乞指揮諸縣官吏看詳若依今來
指揮別無妨礙即便依此施行若有妨礙致施行未
得限敕到五日內具利害擘畫申本州本州限一季
聞奏奏到各隨宜修改奉聖旨依奏臣看詳上件指
揮大綱已得允當其間節目頗有疎略差誤未易一

一具言全在有司節次修完近見開封府奏開祥兩
縣於數日之內依舊役法人數差到役人臣竊惟自
罷差役至今僅二十年乍此施行吏民皆未習慣兼
差役之法關涉衆事根牙盤錯行之徐緩乃得詳審
若不窮究首尾忽遽便行但恐既行之後別生諸弊
臣竊見州縣役錢所在例有積年餘剩今年夏料雖
已放罷舊餘剩錢猶足支數年欲乞朝廷指揮將見
在役錢且依舊雇役盡今年而止却於今年之內催
督諸處審議差役令的確可行更無弊害然後於今
冬逓邐差撥起自來年役使鄉戶一則差役條貫既
得審詳既行之後無復人言二則將已納役錢一年
雇役民力紓緩進退皆便臣深恐諸道以爲朝廷已
行之命降到卽行雖有妨礙更不陳述致差役之條

未盡其利若朝廷以臣此言可用欲乞下三省疾速施行謹錄奏聞伏候勅旨

貼黄新法已來減定役人皆是的確數目行之十餘年並無闕事則舊法人數決爲冗長天下共知況近降指揮明使州縣相度有無妨礙至於揭簿定差亦無日限今來開封府官吏更不相度申請於數日之間一依舊法人數差撥了絕如壇子之類近年以剩員充者一例差撥役人監勒開祥兩縣迅若兵火顯是故欲擾民以害成法尚賴百姓久苦役錢乍獲復舊更無詞說不爾必須爭訟紛紜爲害不小乞下所司取問開封官吏明知有上件妨礙更不

相度申請及似此火急催督是何情意特
賜行遣以戒天下挾邪壞法之人

乞招河北保甲充役以消盜賊狀

右臣聞薄賦斂散蓄聚若以致貧而民安其生盜賊不作縣官食租衣稅廩有餘粟帑有餘布久而不勝其富也厚賦斂奪民利若以致富而所入有限所害無窮大者亡國小者致寇寇盜一起盡所得之利不償所費之十一久而不勝其貧也臣未敢遠引陳勝吳廣龐勛黃巢之類只如淳化中李順慶曆中張海等熙寧中廖恩此數火盜賊計其燔燒官寺劫略倉庫以至發兵命將轉輸糧食耗失兵械募士賞功之費大率不下數百萬貫但得事了豈敢言費然方其未發有能建言乞捐數十萬貫以消其變則上下爭

執如惜支體不肯割截此天下之大迷古今之通患也故臣願於元豐庫或內藏庫乞錢三十萬貫上以爲先帝收恩於既往下以爲社稷消患於未萌伏願陛下權福禍之重輕較得喪之多少斷而行之毋使有司吝於出納以害大計河北之民喜爲剽劫所從來尚矣近歲創爲保甲驅之使離南畝教之使習凶器一夫在官一家資送窮苦無聊靡所不至椎埋爲姦十人而九號爲保甲莫敢誰何若更一年不罷則勝廣之事可立而待也今雖已罷而弓刀之手不可以復執鋤酒肉之口不可以復茹蔬既無所歸勢必爲盜今河北寇賊成群訪聞皆是保甲餘黨若因之以饑饉則變故之作不可復知近歲富弼知青州是時河北流民百萬轉徙京東弼既設方略振活其老

幼而招其壯悍者爲軍不待朝旨皆刺指揮二字其後皆爲勁兵百萬之衆無一人爲盜者弼人臣便宜行事猶能若此況陛下富有四海而元豐及內庫錢物山積莫可計數只如近日內降睿思殿金銀一色令別庫收貯者自約及百餘萬貫皆是先帝多方收拾以備緩急支用不取於民聖筭深遠非凡所及若積而不用則與東漢西園殘唐之瓊林大盈二庫何異於先帝聖德不爲無損故臣願乞三十萬貫爲招軍例物選文武臣僚有才幹者一二人分往河北逐路於保甲中招其強勇精悍者爲禁軍隨其人才以定軍分本州無闕則自近及遠或押上京不過一二萬人則河北豪傑略盡矣其間武藝絕倫舊日以補班行者押赴闕試驗有實即以補內六班之闕或以

補本貫及鄰近闕額軍員但當嚴賜指揮候了日當
遣人覆按有不如法重坐官吏臣聞先帝本謂保甲
可用故欲隱兵於農以漸消正兵是以禁軍多有闕
額今保甲既罷正使無事猶合補填況如前所陳者
惟陛下深察果斷而力行之今冬春大旱二麥不熟
事勢如此恐不可緩謹錄奏聞伏候勅旨

論差役五事狀十五日

臣近奏言二月六日三省樞密院劄子同奉聖旨罷
免役錢行差役事大綱已得允當其間小節踈略差
悞乞令諸處審議候的確可行然後行下近日已蒙
聖旨差韓縝等四人置局看詳臣前所謂踈略差悞
其事有五謹具條件如左

一衙前之害自熙寧以前破敗人家甚如兵

火天下同苦之久矣先帝知之故剏立免役法勾收坊場官自出賣以免役錢雇役名人以坊場錢爲重難酬奬及以召募官員軍員押綱自是天下不復知有衙前之患而近歲所以民日貧困天下共苦免役法者乃是莊農之家歲出役錢不易及出賣坊場許人添價爭㓷致送納不前之弊也向使先帝只行官自出賣坊場一事自可了却衙前色役有餘其餘役人且依舊法則天下之利較然無疑獨有一弊所雇衙前或是浮浪不如鄉差稅戸可以委信然行之十餘年浮浪之害無大敗闕不足以易鄉差衙前搔擾之患今來略計天下

坊場錢一歲所得共四百二十餘萬貫若
立定酌中價例不許添價劃買亦不過三
分減一尚有二百八十餘萬貫而衙前支
費及召募非泛綱運一歲共不過一百五
十餘萬貫雖諸路多少不齊或是或否而
折長補短移用可足由此言之將坊場錢
了衙前一役灼然有餘何用更差鄉戶今
年二月六日所降指揮但云諸公使庫設
廚酒庫茶酒司並差將校勾當諸綱運並
召得替官員或差使臣軍大將將校管押
衙前若無差遣不聞有破產之人以此欲
差鄉戶至於坊場元無明文處置不知官
自出賣爲復却依舊法酬獎衙前若官自

出賣即如川蜀京東淮浙等路舊來坊場
優厚人人願爲長名元不差鄉戸去處今
來却須創差民情必是大段驚擾若依舊
法用坊場酬奬衙前即未委召募官員軍
員將校等押綱用何錢支遣若無錢支遣
即諸般重難還是鄉戸衙前管認爲害不
小
一坊郭人戸熙寧以前常有科配之勞自新
法以來始與鄉戸並出役錢而免科配其
法甚便但所出役錢太重未爲經久之法
今若全不令出即此農民反爲僥倖若依
熙寧以前科配則取之無藝人未必安今
來二月六日指揮並不言及坊郭一項欲

乞指揮并官戶寺觀單丁女戶並據見今所出役錢裁減酌中數目與前項賣坊場錢除支雇衙前及召募非泛綱運外常切樁留准備下項支遣所有月掠房錢十五千及歲收斛㪷百石以上出錢指揮恐難施行

一新法以來減定諸色役人皆是的確合用數目行之十餘年並無闕事即熙寧以前舊法人數顯是冗長虛煩民力今來二月六日指揮却令依舊人數定差未爲允當欲乞只依見今役人數目差撥若自前元差鄉戶充役後來却用剩員抵替如場子壇子之類其剩員所費請受合還運司者

即乞於前項坊場坊郭等錢支還

一熙寧以前散從弓手手力等役人常苦接送之勞遠者至四五千里極爲疲弊自新法以來官吏皆請雇錢役人既以爲便官吏亦不闕事今民力凋殘比之熙寧以前尤當憫恤若不免接送必有逃竄流離之憂欲乞依新法官吏並請雇錢仍於前項坊場坊郭等錢內支

一州縣胥吏並募情願充役不請雇錢如不情願量支雇錢仍罷重法亦以前項坊場坊郭等錢支如支用不足即差鄉戶仍許指射舊人官爲差雇代役其鄉戶所出雇錢不得過官雇數目

右件乞降付看詳役法所詳酌施行謹錄奏聞伏候
勑旨

欒城集卷第三十六

欒城集卷第三十七

右司諫論時事一十六首

乞賑救淮南飢民狀

右臣訪聞淮南久旱兩全未足二麥並已枯死浙中米價雖賤而運河無水客旅不至米斗直一百七十以來民間闕食甚覺不易而所在官吏並未見賑濟及奏請別作處置臣竊見頃立義倉至今已將十年所聚粮斛數目甚多每遇災傷未嘗支散一粒民情深所不悅臣欲乞指揮淮南官司先將所管義倉米數隨處支與闕食人戶兼將常平米減價出賣及取問監司州縣因何並不曾申請擘劃兼乞體訪諸路如有似此闕食去處一例施行謹錄奏聞伏候勑旨

乞廢忻州馬城鹽池狀

右臣訪聞河東除晉絳慈隰州舊賣解鹽外其餘州
縣盡只賣永利東西兩監鹽民間未嘗闕鹽食用自
元豐三年後來前宰相蔡確兄礪等始議創添忻州
馬城池鹽其鹽夾硝味苦人不願買故自四五年來
作分數抑賣與鋪戶多有訴免去年轉運司以此申
乞住收馬城池鹽而虞部李閎畏避蔡礪權勢曲生
問難自去年六月以來行遣未了却符下提舉司相
度意在觀望不肯依實定奪臣欲乞下河東轉運司
結罪保明只將永利東西兩監鹽供賣本路諸州有
無闕事如委無妨闕即乞依所請住收馬城池鹽依
舊只賣永利東西兩監鹽仍乞取問蔡礪等建議害
民及虞部官吏希合權要故作拖延情罪依法施行
謹錄奏聞伏候勑旨

貼黄訪聞忻州曾申本路轉運司乞枷錮
鋪戶前來買鹽以此顯見人情不願

再乞放積欠狀

竊見三省同進呈臣前奏乞將民間官本債負出限役錢及酒坊元額罰錢見今資產耗竭實不能出者令州縣監司保明除放事奉聖旨節文令戶部勘會應係諸色欠負科名數目仍契勘欠戶見今各有無抵當物力開具保明聞奏臣竊謂朝廷將施舍已責救民於溝壑之中其施行節次當如救焚不可少緩前件指揮令戶部開具欠戶見今抵當物力此事不在戶部惟州縣可見若令戶部取之州縣文字往來動經歲月反覆問難何時了絕救民之急不當如此此乃有司出納之常度而非朝廷救災之體如陛下

將布德施仁以收民心答天意但使惠澤滂流雖民
間小有僥倖何損於德況此積欠經涉久遠凶歲疲
民空煩鞭箠必無所得縱獲毫末無補國計乞特降
朝旨直下諸路監司與州縣一面依下項除放結罪
保明聞奏所貴小民早被聖恩不至失所別致生事
謹具條件如後
一官本債負在京乞委提點司與府縣及市易官
外道委轉運司與州縣同取索逐戶元請官
本若干經今多少年月合出息錢若干逐戶
從請出官錢後來已納到官本若干息錢若
干通計本息已納及元請官本之數即便與
放免如通計本息未及官本而家業蕩盡者
亦與除放如尚有些小家業而見今孤貧不

濟者卽權住催理官吏結罪保明奏聞聽候
勅裁
一拖欠坊場錢所委官司前項乞取索逐戶元認淨利錢若干自開沽以來違欠月分合納罰錢若干將本戶已納到淨利及罰錢通計若干如已通及元認淨利之數卽與放免如通計未及元認淨利之數而家業蕩盡者亦與除放如尚有些小家業而見今孤貧不濟者卽權住催理官吏結罪保明聞奏聽候勑裁
一出限拖欠役錢今來朝廷已行差役之法卽免役錢別無支用雖使差役未了間時暫留舊雇人執役自有從來寬剩役錢支遣其拖欠役錢乞與一切放免

右臣前奏係二月十五日及今已四十日而行遣迂緩未知何時恩澤可以及下伏乞陛下深念欠負人戶枷錮已久衣食不繼父子離散其愁苦無聊甚可哀閔斷自聖心依臣所乞特與除放無使有司爭執細故遷延歲月所得無幾而民間窮困小則病瘁怨苦感動陰陽大則計較死生起爲盜賊所失轉大雖悔無及臣不勝區區爲國深慮謹錄奏聞伏候勑旨

論發運司以糶糴米代諸路上供狀

右臣竊見近歲有司分掌利柄更相侵漁以自爲功究其本末其實皆朝廷財用而以此取彼此雖有得彼必有失其終均出於民是以民日益病無所告訴頃者發運司以錢一百萬貫爲糶糴之本每歲於淮南側近趁賤糴米而諸路轉運司上供米至發運司

者歲分三限第一限自十二月至二月第二限自三月至五月第三限自六月至八月違限不至則發運司以所糴米代之而取直於轉運司幾倍本路實價轉運司米雖至而出限一日輒不得充數江湖諸路自來皆係出米地分而難得見錢舊日官歲糴米錢散於民故農不大傷無錢荒之弊今發運司以所糴米代供而責錢於諸路諸路米無所售而斂錢以償發運司則錢日益荒而農民最病此東南之大患也訪聞發運司所收厚利別無所用不過以爲羨餘進奉以固結恩寵方今陛下恭儉節用食租衣稅專以利民何取於此臣乞指揮發運司今後諸道轉運司出限不到米依舊以發運司所糴米代發上京而不得於諸道責取米價候諸道般到米依數撥還據違

限欠數取勘轉運司官吏要使上供不闕而無所取
利諸道得以及時收糴錢有所洩而農不甚病此利
甚廣如朝廷以臣言爲可用伏乞下戸部立法施行
謹錄奏聞伏候勑旨

乞給還京西水櫃所占民田狀十八日

右臣訪聞頃年宋用臣引洛水爲清汴水源淺小行
運不足遂於中牟管城以西强占民田瀦蓄雨水以
備清汴乏水之用方用臣貴盛州縣皆不敢爭但中
牟一縣占田八百五十餘頃伏惟陛下卹養小民過
於赤子無名侵奪聖意不然臣欲乞指揮汴口以東
州縣各具水櫃所占頃畝數目及每歲有無除放二
稅仍具水櫃委實可與不可廢罷如決不可廢即當
如何給還民田以免怨望謹錄奏聞伏候勑旨

論三省事多留滯狀二十四日

臣竊見先帝改定官制因唐之舊布列三省使出入相鉤較文理密察得古之遺法然患有司推行不能盡如聖意參考之益未見而迂滯之害先著見今三省文書節次留礙比官制未行以前頗覺其弊臣嘗訪問衆人得其一二意欲因見行之法略加疏理務令清通簡便苟迂滯之病既除事不至雜冗難治官吏日有餘力則參考之功可得而見也謹具條件如後

一凡事皆中書取旨門下覆奏尚書施行所以爲重慎也臣謂國之大事及事之已成者依此施行則可至於日生小事及事之方議者一切依此則迂緩之弊所從出也假如百官乞

假有司請給器用之類此所謂日生小事也臣僚陳請興革廢置朝廷未究本末欲行勘當之類此所謂事之方議者也昔官制未行如此等事皆執政批狀直付有司故徑而易行自行官制遂罷批狀每有一事輒經三省謄寫之勞既已過倍勘當既上小有差誤重復施行又經三省循環往復無由了絕至於疆埸幾事河防要切一切如此求事之速辦不可得也故臣乞復批狀之法以便日生小事及事之方議者惟國之大事及事之已成者然後經歷三省則事之去者過半矣

一三省文書法許吏人互相點檢差誤毫末之失皆理爲賞罰故被罰者畏避譴訶巧作遷延

以求細密被賞者睎望勞績吹毛求疵務爲稽緩因此文書無由速了臣欲乞今後不以差誤爲賞罰惟有所欺弊及雖係差誤而害事者方行賞罰

一文書至尚書省自省付諸部自部付諸司其開拆呈覆用印皆有日限逐處且以五日爲率凡十五日其勘當於外日數極多幸而一出得完具者自諸司申部自部申省其限日如前則已一月有餘日矣不幸復有問難又復一月自此蓋有不可知者費日雖久而遣限如法雖欲加罪終不可得故臣欲乞以事之緩急減定日限亦救弊之一端也

一古者因事設官事不可已然後置官今官倣唐

制事本不須如此而爲官生事者往往而有
如應支錢物尚書度支行遣得旨許支合下
所管庫務支給者必先由太府寺本寺備錄
帖所管庫務又經比部句過然後送庫務支
給臣謂太府寺未嘗可否一事枉有經歷宜
令度支徑送比部句過又如諸路召募押綱
合得酬獎諸庫務已給朱鈔先經太府寺印
紙保明指定合得酬獎申尚書金部金部再
行勘驗詣實關司勳句覆然後關吏部施行
臣謂太府金部兩處勘驗保明顯有煩重宜
裁減一處又如在京職事官舍破白直并宣
借剩員或替換宣借昔未行官制以前皆係
所屬直下步軍司差撥自行官制並須經由

尙書兵部兵部但指揮步軍司依條施行臣謂兵部別無可否亦不須更令經歷如此等事數必不少非臣所能盡知乞下六曹及二十四司各具有無似此重複之事若能一切裁損必大有所益

右三省事務衆多條約繁夥非臣一人所能究悉臣前件所陳四事特其一二而已欲乞陛下降付三省推類講求立法施行或選擇臣僚精通明敏者一二人俾專治其事務令約而不遺多而不亂今三省胥吏比舊人數極多皆由法不省便枉費人力若將來法制一清此曹亦漸可減事清吏少此最爲治之要也惟陛下留神省察謹錄奏聞伏候勅旨

言科場事狀四月初三日

右臣伏見尚書禮部會議科場欲復詩賦議上未決而左僕射司馬光上言乞以九經取士及令朝官以上保任舉人爲經明行修之科至今多日二議並未施行臣竊惟來年秋賦自今以往歲月無幾而議不時決傳聞四方學者知朝廷有此異議無所適從不免惶惑懣亂蓋緣詩賦雖號小技而比次聲律用功不淺至於兼治宅經誦讀講解尤不可輕易要之來年皆未可施行臣欲乞先降指揮明言來年科場一切如舊但所對經義兼取注疏及諸家議論或出己見不專用王氏之學仍罷律義令天下舉人知有定論一意爲學以待選試然後徐議元祐五年以後科舉格式未爲晚也謹錄奏聞伏候勑旨

乞招畿縣保甲充軍狀

九日

右臣近奏乞招河北保甲充禁軍聞已有朝旨令逐州軍長吏等優給例物寄招在京禁軍去訖臣竊謂京畿諸縣保甲事體與河北無異而所在闕額禁軍尚多欲乞指揮京畿諸縣一依河北已得指揮招募施行臣又聞河北河東舊有義勇自來每年冬教以爲邊備民所習慣不以爲怪畿內百姓非邊民之比今來保甲雖罷按閱而未免冬教民情未安亦乞特與放罷謹錄奏聞伏候勅旨

乞令戸部役法所會議狀 十三日

右臣伏見閏二月十五日聖旨節文詳定役法所奏諸路衙前先以坊場河渡錢依見今合用人雇募不足方許揭簿定差臣竊聽中外之議以謂此法頗爲穩便蓋見今諸路每年所入坊場河渡錢共計四百

二十餘萬貫而每歲所費衙前支酬及召募押綱錢共計一百五十餘萬貫所費止用所入三分之一縱使坊場河渡價錢別行裁減不過比見今三分減一則是所費亦不過所入之半而免却民間衙前最重之役其爲利民不言可見續准閏二月二十七日聖旨節文詳定役法所狀再詳雇募二字切慮諸路承用疑惑將謂依舊用錢雇募充役欲乞改雇字爲招字衆謂此法既不以錢雇人空行招募必是招募不行要須一例差撥未委每年所得坊場河渡錢四百二十餘萬貫除支酬衙前重難及雇募押綱錢外其餘欲將何處支用又熙寧以前諸路衙前多有長名人數只如西川全係長名故衙前一役不及鄉戶淮南兩浙長名太半以上其餘路分長名亦不減半今

坊場既已拘收入官必無人願充長名則應係衙前
並是鄉戶雖號爲招募而上戶利於免役方肯投名
與差無異上等人戶既充免役衙前則以次人戶須
充以次免役如此則下戶充役多如熙寧以前方今
人戶久爲苗役所困物力比熙寧以前貧富相遠而
差役之法比舊特重此衆議所以未服也然臣竊聞
西邊熙蘭等州及安疆米脂等寨每年費用約計三
百六七十萬貫此錢大半出於苗役寬剩今苗役既
罷故議者欲指坊場河渡錢以供其費致使衙前須
至並差鄉戶臣謂朝廷養民備邊雖有內外之別而
其實一家之事耳若備邊之費實未有准擬則坊場
等錢存以待之亦不得已之計也今邊防之計詳定
役法所必未能周知其詳而暗指坊場等錢以備其

費則其養民之計亦已疎矣臣欲乞朝廷密切指揮
戶部與詳定役法官會議先計上件新置城寨歲費
幾何若干係西川茶錢若干係經制司錢若干係闕
額禁軍錢若干係內藏庫錢似此諸般科名外尚有
不足數目若干若此數目不至絕多臣乞計其所闕
三年之數於元豐庫及崇政殿庫錢內椿出訪聞此
庫錢物山積本先帝所蓄以備邊事今於此支用正
合先帝本意臣訪聞蘭州等處道里嶮遠決爲難守
朝廷見議棄捐以安中國三年之後邊境已定即非
久遠不絕之費所用錢數雖多亦有限量其坊場河
渡等錢既別不支用即乞依閏二月十五日聖旨指
揮雇募衙前施行若朝廷重惜二庫錢物未欲專行
支給即乞將坊場河渡等錢除雇募衙前等外量將

剩數添助邊費所貴養民備邊兩不失所謹錄奏聞
伏候勑旨
貼黃朝廷方議息民不宜爲邊費奪坊場錢專差衙前以困民力臣竊見諸路州縣累年積下青苗息錢及免役寬剩錢數目不少亦可以助西邊新置城寨三二年之費所貴留得坊場錢雇募衙前令民間無重役之患則朝廷恩德及民深矣

乞禁軍日一教狀 二十二日

右臣竊見諸道禁軍自置將以來日夜按習武藝劍槊擊刺弓弩斗力比舊皆倍然自比歲試之於邊亦未見勝敵之效蓋士卒服習止軍中一事耳至於百戰百勝則自有道不可不察也臣訪聞凡將下兵皆

蚤晚兩教新募之士或終日不得休息士卒極以爲苦頃歲西鄙用兵士自內部往卽戰地皆奮踴而去以免教爲喜先朝留意軍事每歲遣官按閱錫賚豐厚遷補峻速士心猶且如此臣觀今日所以厚之者不如先朝而所以勞之者如舊臣竊以爲疑也古之名將如李牧王翦將用人之死力必椎牛釃酒聽其佚樂養而不試士皆投石超距踴躍思奮而後用之故所向無敵今平居無事朝夕虐之以敎閱使無遺力以治生事衣食殫盡憔悴無聊緩急安得其死力臣請使禁軍除新募未習之人其餘日止一敎使得以其餘力爲生異日驅以征伐其樂致死以報朝廷宜愈於前日也謹錄奏聞伏候勑旨

乞差官與黃廉同體量蜀茶狀 二十五日

右臣近曾奏言益利等路茶事司以買賣茶虐害四路生靈朝廷已差黄廉體量利害乞先罷茶官陸師閔職任使四路官吏不憂後患敢以實害盡告黄廉今聞朝廷卻差黄廉就領茶事臣竊以爲黄廉若以專使按榷茶之弊則身無利害茶事巨細勢必具陳若身自領茶事有課利增損邊計盈虛之責則茶之爲害勢必不肯盡言兼朝廷本爲遠民無告特遣此使使事未達而就除外官小民無知必謂朝廷安於虐民重於改法此事體大宜速有以救之朝廷必謂陸師閔蠹害四路爲日已久不欲別差替人淹延歲月因黄廉在彼卽行替罷事雖稍便理有未盡臣欲乞選差清强官一人與黄廉同共體量候了日赴闕面奏利害所貴不敢隱蔽茶弊四路之人終被德澤

謹錄奏聞伏候勑旨

乞以發運司米救淮南飢民狀 二十八日

右臣伏見淮南旱災民食踴貴朝廷特令截留上供米三十萬石以濟其急卹民之深異時所未嘗有然臣訪聞本路自正月以來以義倉常平粮斛逐旋賑濟約至夏中麥熟稍得給足不意今旱勢益甚夏麥無望而秋收之期遠在百日之後雖有前件截留上供米分在一路恐未能遍及饑民訪聞發運司逐年將糴糶本錢一百萬貫趁賤糴米以代諸路違限上供米數外或遇米貴亦出賣收息臣欲乞指揮發運司約定今年合留代上供外其餘權令只依元買價盡數支撥於諸郡出賣不得收息仍先具若干留代上供若干可以出賣及元買價例申奏所貴米數稍

多救接饑饉可以支持至秋謹錄奏聞伏候勑旨

論明堂神位狀

右臣聞三代常祀一歲九祭天再祭地皆天子親之故於其祭也或祭昊天或祭五天或獨祭一天或祭皇地祇或祭神州地祇要於一歲而親祀必遍降及近世歲之常祀皆有司攝事三歲而後一親祀親祀之疏數古今之變相遠如此然則其禮之不同蓋亦其勢然也謹按國朝舊典冬至圓丘必兼饗天地從祀百神若其有故不祀圓丘別行宅禮或大雩於南郊或大饗於明堂或恭謝於大慶皆用圓丘禮樂神位其意以爲皇帝不可以三年而不親祀天地百神故也臣竊見皇祐明堂遵用此法最爲得禮之變自皇祐以後凡祀明堂或用鄭氏說獨祀五天帝或用

王氏說獨祀昊天上帝雖於古學各有援據而考之
國朝之舊則爲失當蓋儒者泥古而不知今以天子
每歲親祀之儀而議皇帝三年親祀之禮是以若此
其踈也今者皇帝陛下對越天命逾年郎位將以九
月有事於明堂義當並見天地遍禮百神躬薦誠心
以格靈貺臣恐有司不達禮意以古非今執取王鄭
偏說以亂本朝大典夫禮洽人情人情所安天意必
順今皇帝陛下始親祀事而天地百神無不咸秩豈
不俯合人情仰符天意臣愚欲乞明詔禮官今秋明
堂用皇祐明堂典禮庶幾精誠陟降溥及上下謹錄
奏聞伏候勑旨

乞借常平錢買上供及諸州軍粮狀 初八日

右臣聞自古經制國用之術以爲穀帛民之所生也

故斂而藏之於官錢幣國之所爲也故發而散之於
民其意常以所有易其所無有無相交而國用足焉
故自熙寧以前民間兩稅皆用米麥布帛雖有沿納
諸色雜錢然皆以穀帛折納蓋未嘗納錢也錢之入
官者惟有茶鹽酒稅雜利而已然方是時東南諸郡
猶苦乏錢錢重物輕有錢荒之患自熙寧以來民間
出錢免役又出常平息錢官庫之錢貫朽而不可較
民間官錢搜索殆盡市井所用多私鑄小錢有無不
交田夫蠶婦力作而無所售常平役錢山積而無救
饑饉蓋自十餘年間積成此弊於今極矣朝廷近日
雖已減損常平罷放免役使民休息然而錢積於官
無宣洩之道民無見錢百物益賤譬如饑人雖已得
食而無所取飲久渴不治亦能致死臣竊見國朝建

立京邑因周之舊不因山河之固以兵屯爲嶮岨祖宗以來漕運東南廣蓄軍食內實根本外威夷狄方其盛時足支十餘年近者歲運損耗糶賣不節太倉無五年之畜國計寡弱有識之士爲之寒心至於諸路軍粮大抵無備熙寧之間東南大旱民間闕食官欲賑濟無所從得不免誅求富民斂斗石之粟以濟億萬之衆勞而無益徒以爲笑然今諸路轉運司久以商賈不行農民罷病故酒稅不登收買軍器雜物封樁闕額衣粮等事故經費不足朝廷雖欲內實京師外實諸郡有司匱乏勢無所出臣欲乞指揮東南諸路轉運司各借本路常平見錢遇年豐穀帛價賤豫買三年上供米及本路州軍諸軍三年衣粮限以三年節次收糴重立禁約不得別作支用仍於五年

內收糴錢物撥還常平倉司每歲終具元借錢及所糴物及所還數提刑司保明申戶部點檢有無違法聞奏應干借錢糴買事有不如法並許提刑司覺察聞奏但令泉幣通行足以鼓舞四民流轉百貨倉廩充實足以贍養諸軍備禦水旱則上下皆足公私蒙利矣如許臣所請伏乞下戶部立法施行謹錄奏聞伏候勑旨

貼黃所借常平司錢非是直取以供國用當指揮轉運司勒令如期撥還務令常平司錢久遠不匱轉運司緩急有所借使實長久之利也

再乞差官同黃廉體量茶法狀 二十一日

右臣近奏乞選差清强官與黃廉同體量蜀中茶法

尋蒙朝廷差杜紘前去既而詳定編勑所奏留杜紘
紘既不行而蜀中茶法至今未見差人同黃廉體量
伏乞檢臣前奏別選差一人所貴黃廉不敢以課利
增虧自作身計盡具茶法利害聞奏謹錄奏聞伏候
勑旨

再言役法劄子 五月十六日

臣聞世無不弊之法雖三代聖人之政不免有害故
神而明之存乎其人臣竊見朝廷近罷免役復行差
役小民初免出錢鼓舞相慶士大夫因民之喜以爲
差役一行可坐而無事矣臣之愚意以爲免役之害
雖去而差役之弊亦不可不知也是以推言其故而
陛下察之國朝因隋唐之舊州縣百役並差鄉戶人
致其力以供上使歲月番休勞佚相代吏若循理不

以非法加民則破役之人本無大苦然役人既是稅戶家有田產誅求必得吏少廉慎凡有所須不免侵取故祖宗之世天下役人除正役勞費之外上自衙前有公使廚宅庫之苦中至散從官手力有打草供柴之勞下至耆長壯丁有歲時饋遺之費習以成俗恬不爲怪民破差役如遭寇虜神宗皇帝照知此害始議立免役之法前弊雖解而所取役錢多收寬剩民間難得見錢日益貧瘁今朝廷既已復行差役除見議衙前差募未有成法外其餘耆戶長弓手散從等役一切定差貪官暴吏私竊以此相賀何者市井之人應募充役家力既非富厚生長習見官司官吏雖欲侵漁無所措手今耕稼之民性如麋鹿一入州縣已自懾怖而況家有田業求無不應自非廉吏誰

不動心妄意朝廷既行差役凡百侵擾當復如舊訪
聞見今諸路此弊已行臣恐稍經歲月舊俗滋長役
人困苦必有反思免役之便者其於聖政爲損不細
頃者朝廷初革衆弊士懷異議多被遷逐睥睨新政
幸其不成者非一人也若此弊不除使民有怨言彼
立異之人佗日必指以爲事臣欲乞明降詔書丁寧
戒敕監司長吏使知朝廷愛惜鄉差役人與神宗朝
愛惜雇募役人無異應係自前約束官吏侵擾役人
條貫使刑部録出具委無漏落雕印頒下令一切如
舊出牓州縣使民知之仍常加督察有犯不赦應監
司所部有犯不能覺察致因事發露者重其坐庶幾
民被差役之利而無差役之害然後天下蒙賜深矣
取進止

欒城集卷第三十七

利害久而不決其一曰蘭州五寨所在嶮遠饋運不便若竭力固守坐困中國羌人得以養勇窺伺閒隙要之久遠不得不棄危而後棄不如方今無事舉而與之猶足以示國恩惠其二曰此地皆西邊要害朝廷用兵費財僅而得之聚兵積粟爲金湯之固蘭州下臨黃河當西戎咽喉之地土多衍沃略置堡鄣可以招募弓箭手爲耕戰之備自開拓以來平治徑路皆通行大兵若舉而棄之熙河必有晝閉之警所謂借寇兵資盜糧其勢必爲後患此二議者臣聞之久矣然以夏戎背畔雖屢有信使而未修臣職未請侵地則棄守之議朝廷無因自發今聞遣使來賀登極歸未出境而使者復至講和請地必在茲舉雖廟堂議論已得詳熟而小臣憂國不能嘿已輒嘗竊實其

事以爲前件棄守之議皆非妄言然而朝廷當決從一議欲決此議當論時之可否理之曲直筭之多寡誠使三者得失皆見於前則棄守之議可一言而決也何謂時之可否方今皇帝陛下富於春秋諒闇不言恭默思道太皇太后陛下覽政簾幃之中舉天下事屬之輔相當此之時安靖則有餘舉動則不足利在綏撫不利征伐今若固守不與西戎必至於爭甲兵一起呼吸生變緩急之際何所咨決況陜西河東兩路比遭用兵之厄民力困匱瘡痍未復一聞兵事無不狼顧若使外患不解內變必相因而起此所謂時可棄而不可守一也何謂理之曲直西戎近歲於朝廷本無大罪雖梁氏廢放其子而夷狄外臣本不須治以中國之法先朝必欲弔伐但誅其罪人存立

孤弱則雖犬羊之羣猶將伏以聽命今乃割其土地作爲城池以自封殖雖吾中國之人猶知其爲利而不知其義也曲直之辨不言可見蓋古之論兵者以直爲壯以曲爲老昔仁祖之世元昊叛命連年入寇邊臣失律敗亡相繼然而四方士民裹糧奔命唯恐在後雖捐骨中野不以爲怨兵民競勸邊守卒固而中國徐亦自定無土崩之勢何者知曲在元昊而用兵之禍朝廷之所不得已也頃自出師西討雖一勝一負而計其所亡失未若康定寶元之多也然而邊人憤怨天下咨嗟土崩之憂企足可待何者知曲在朝廷非不得已之兵也今若固守侵地惜而不與負不直之謗而使關右子弟肝腦塗地臣恐邊人自此有怨叛之志此所謂理可棄而不可守二也何謂算

之多寡棄守之議朝廷若舉而行之其勢必有幸有不幸然臣今所論於守則言其幸於棄則言其不幸以効利害之實今夫固守蘭州增築堡寨招置士兵方其未成而西戎不順求助北虜並出爲寇屯戍日益飛輓不繼賊兵乘勝師喪國蹙蘭州不守熙河危急此守之不幸者也割棄蘭州專守熙河倉庾有素兵馬有備戎人懷惠不復作過此棄之幸者也二者臣皆不復言何者利害不待言而決也若夫固守蘭州增築堡寨招置士兵且耕且戰西戎懷怨未能忘爭特出虜略勝負相半耕者不安餽運難繼耗蠹中國民不得休息此守之幸者也割棄蘭州專守熙河西戎據蘭州之堅城道熙河之夷路我師不利復以秦鳳爲境修完廢壘復置烽候人力既勞費亦不小

此棄之不幸者也夫守之雖幸然兵難一交仇怨不解屯兵饋粮無有休日熙河因此物價翔貴見今守而不戰歲費已三百餘萬貫矣戰若不止戍兵必倍粮草衣賜隨亦增廣民力不支則土崩之禍或不可測也棄之雖不幸然所棄本界外無用之城秦鳳之間兵民習熟近而易守轉輸所至如枕席之上比之熙蘭難易十倍有守邊之勞而無腹心之患與平日無異也夫以守之幸較棄之不幸利害如此而況守未必幸而棄未必不幸乎且朝廷以天地之量赦其罪惡歸其侵疆復其歲賜通其和市雖豺狼野心能不愧恥縱使酋豪內懷不順而國恩深厚無以激怒其民臣料一二年間其勢必未能舉動萬一不然而使中國之士知朝廷棄已得之地含垢爲民西戎背

恩彼曲我直人懷此心勇氣自倍以攻則取以守則固天地且猶順之而況於人乎故臣願朝廷決計棄此然後慎擇名將以守熙河厚養屬國多置弓箭手於熙蘭往還要路爲一大城度可屯二三千人以塞其入寇之道於秦鳳以來多置番休之兵以爲熙河緩急救應之備明敕將佐繕完守備常若寇至先爲不可勝以待敵之至庶幾可以無後患也臣自聞西使復來謹采衆議以三事參較利害反覆詳究理無可疑是以輒獻狂言惟陛下裁擇幸甚

貼黄臣竊見二聖臨御除去煩苛天下之民想見太平之風今西戎已有向化之漸若朝廷靳惜蘭州等處堅守不與激令背畔使邊兵不解百費復興則自前苛政皆

將復用太平之期不可復望深可痛惜伏
乞陛下與二三大臣詳議其事以天下安
危念勿爭尺寸之利以失大計則社稷之
幸也臣竊聞議者或謂若棄蘭州則熙河
必不可守熙河不守則西蕃之馬無由復
至而夏戎必爲蜀道之梗臣謂此皆切持
朝廷欲必守蘭州之說而非國之至計也
臣聞熙河屬國疆族甚多朝廷養之極厚
必不願爲西戎所有若帥臣能以恩信結
之統之以戍兵貼之以弓箭手又於熙蘭
要路控以堅城恐西戎未易窺伺而西蕃
之馬何遽不至乎至於蜀道之虞自非秦
鳳階成等處蕩然無城池兵馬之備則西

戎豈敢輕爲此計臣謂此說亦空言而已臣又聞說者謂韓縝昔與北朝商量河東地界舉七百里之地以畀之近者臺諫以此劾縝縝由此罷相故今朝廷議欲以蘭州等處復與西戎無敢主其議者臣謂蘭州等處與河東地界不可同日而語河東地界國之要地祖宗相傳誰敢失墜舉而與人非臣子之義至於蘭州等處本西戎舊地得之有費無益先帝討其罪而取之陛下赦其罪而歸之理無不可不得以河東地界爲比也

再論蘭州等地狀 七月七日

右臣近於六月二十八日奏以西使入界恐必有講

和請地之議乞因此時舉蘭州及安疆米脂等五寨地棄而與之安邊息民爲社稷之計見今西使已到竊聞執政大臣棄守之論尚未堅決臣竊見皇帝陛下登極以來夏國雖屢遣使而疆埸之事初不自言度其狡心蓋知朝廷厭兵是以確然不請欲使此議發自朝廷得以爲重朝廷深覺其意忍而不與情得勢窮始來請命今若又不許遣其來使徒手而歸一失此機必爲後悔彼若點集兵馬屯聚境上許之則畏兵而與不復爲恩不許則邊釁一開禍難無已間不容髮正在此時不可失也臣又聞昔日取蘭州及五寨地本非先帝聖意先帝始議取靈武內臣李憲畏懦不敢前去遂以兵取蘭州先帝始議取橫山帥臣沈括种諤之徒不能遵奉聖略遂以兵取五寨此

二者皆由將吏不職意欲邀功免罪而先帝之意本則不然其後元豐六年夏國遣使請罪先帝嘉其恭順爲敕邊吏禁止侵掠既又遣使謝恩請復疆土先帝仍爲指揮保安軍與宥州議立疆界因循未定而先帝奄棄萬國遂以至今由此言之蘭州五寨取之則非先帝本心棄之則出先帝遺意今議者不深究本末妄立堅守之議苟避棄地之名不度民力不爲國計其意止欲私己自便非社稷之利也臣又聞議者或謂棄守皆不免用兵棄則用兵必遲守則用兵必速遲速之間利害不遠若遂以地與之恐非得計臣聞聖人應變之機正在遲速之際但使事變稍緩則吾得算已多昔漢文景之世吳王濞內懷不軌稱病不朝積財養士謀亂天下文帝專務含養置而不

問加賜几杖恩禮日隆濞雖包藏禍心而仁澤浸漬終不能發及景帝用晁錯之謀欲因其有罪削其郡縣以為削之亦反不削亦反削之則反疾而禍小不削則反遲而禍大削書一下七國盡反至使景帝發天下之兵遣三十六將僅而破之議者若不究利害之淺深較禍福之輕重則文帝隱忍不決近於柔仁景帝剛斷必行近於强毅然而如文帝之計禍發既遲可以徐為備禦稍經歲月變故自生以漸制之勢無不可雖有十濞亦何能為如景帝之計禍發既速未及旋踵已至交兵鋒刃既接勝負難保社稷之命決於一日雖食鼂錯之肉何益於事今者欲棄之策與文帝同而欲守之謀與景帝類臣乞宣諭執政欲棄者理直而禍緩欲守者理曲而禍速曲直遲速孰

爲利害況今日之事主上妙年母后聽斷將帥吏士
恩情未接兵交之日誰使效命若其羽書沓至勝負
紛然臨機決斷誰任其責惟乞聖慈以此反覆深慮
早賜裁斷無使西戎別致猖狂棄守之議皆不得其
便則天下幸甚謹錄奏聞伏候勑旨

論京畿保甲冬教等事狀七月九日

右臣竊見仁宗朝河北河東初置義勇至英宗朝推
行其法漸及陝西皆以地接胡羌有守禦之備每歲
冬教一月民雖以爲勞而邊防之計有不得已及熙
寧中更置保甲使京畿三路之民日夜教習二聖臨
御知其不便率皆罷去民得歸秉耒耜盜賊因此衰
息歌舞聖德無有窮已惟有冬教一月之法三路以
被邊之故民習爲常不敢辭愬至於京畿諸縣累聖

以來爲輦轂所在素加優厚今乃與三路邊郡爲比一例冬教情所未安伏乞聖慈深念根本之地所宜寬卹特與蠲免兼訪聞京畿三路見今皆修蓋冬教場屋宇州縣頗以爲勞臣昔守官河北竊見義勇冬教並不置教場屋宇每遇教日皆權於係官屋宇及寺院等處安泊別無闕事朝廷若允臣所奏免畿內冬教則其教場屋宇已自不修如三路冬教乞下逐路監司相度只如目前權於係官屋宇及寺院等處安泊有無不便如別無不便亦乞罷修以寬民力謹錄奏聞伏候勅旨

論西邊警備狀 七月十九日

右臣近奏乞因夏國遣使入貢歸其侵地竊聞朝廷已降詔開許伏惟包荒之德與天地同量使西邊之

人自此得免餽餉之勞脫戰鬭之禍天下不勝幸甚然臣聞兵法受降如受敵夷狄獸心見利忘義雖以恩信深加結納而備豫不虞不可暫弛況朝廷數年以來舉兵攻討深入其地奪其疆土今雖接以恩禮其怨毒之意必未遽忘若因給賜城寨定立界至之際乘我無備輒肆猖狂則取笑四夷悔不可及謂宜明加約束所賜城寨須候逐路帥臣處置般運器甲抽那兵馬凡百了當立定期日然後得令人交割若未了之間不得令一人一騎先期窺覘仍指揮沿邊將吏常加嚴備因夏國新復侵地謹守誓約之際招塡士馬充實倉廩綏懷熟戶常若寇至不得爲其通和稍有弛廢如此數年朝廷常務懷柔以革其欲報之心邊臣常作隄防以折其內侮之志臣謂數年之

外必無後患縱使背畔而邊計已完士氣已復度其事勢亦不足深憂況背恩犯順彼曲我直雖復羌人亦當知非足使吾民坐而賈勇制勝之道始自今日惟願陛下深詔大臣安不忘危常以戒敕邊吏爲心則社稷之福也謹錄奏聞伏候勑旨

再論青苗狀 二十四日

右臣近奏乞罷支青苗錢兼訪聞臺諫官皆有文字論列至今並不蒙降出施行臣伏見熙寧之初王安石呂惠卿用事首建青苗之法其實放債取利而妄引周官泉府之言以文飾其事天下公議共以爲非是時韓琦富弼司馬光范鎮等皆昌言其失恨不能捄今二聖在上照知民間疾苦解去弊法既已略盡兼近日責降呂惠卿數其罪惡亦以創行青苗爲首

然天下俵散青苗其實至今未止民間疑怪以爲朝廷仍有好利之意臣博采衆論云近日有臣僚獻議以國用不足爲言由此聖意遲遲未決臣雖至愚竊爲陛下深惜此計何者自古爲國率皆祿養官吏廩給士伍崇奉郊廟鎮撫四夷然而食租衣稅未嘗有闕今陛下力行恭儉前代帝王所有浮費一切不爲今日之計但當戒飭天下守令使之安集小民若能稍免水旱之災復無流亡之患則安靖之功數年自見穀帛豐羨將不可勝用何至復行青苗以與民爭利也哉伏惟陛下聖性仁厚凡利民之事知無不爲若非左右搆此危語動搖聖聽則何至爲之廢格羣言以成邪說然臣竊恐中外不知本末但見臺諫之言皆留中不出妄意陛下甘於求利不卹細民遠近

傳聞所損不細臣欲乞陛下盡將臣僚前後所上章疏付三省詳議施行以弭斯謗謹錄奏聞伏候勑旨

乞放市易欠錢狀 二十七日

右臣頃曾上言乞將市易欠錢人戶通計所納息罰錢數如已納及元請官本數目即與除放蒙聖恩依此施行德澤滂沛所及甚廣然臣訪聞京師欠戶貧下之家從初多作詭名請新還舊以此無緣通計息罰故除放之恩多止上戶臣近日再行體問據通直郎監在京市易務宋肇爲臣言若截自欠二百貫以下人戶一例除放則所放人戶至多事亦均一仍具本務一宗節目及利害文字請臣論奏臣詳究其說竊以爲當行之事有五市易本錢前後諸處撥到共計一千二百二十六萬餘貫中間撥還內藏庫等處

共計五百三十萬餘貫朝廷支使過共計三百八十四萬餘貫卽今諸場務見在共計三百五十三萬餘貫將此三項已支見在計算已是還足本錢則今來人戶所欠皆出於利息若將見欠二百貫以下人戶除放所放錢數不多此事之當行者一也見今欠人共計二萬七千一百五十五戶共欠錢二百三十七萬餘貫其間大姓三十五酒戶二十七共欠錢一百五十四萬餘貫小姓二萬七千九十三戶共欠錢八十三萬餘貫若將欠二百貫以下人戶除放共放二萬五千三百五十三戶放錢四十六萬六千二百餘貫所放人戶九分以上而所放錢止及二分此事之當行者二也元豐年中朝廷催理欠負極爲峻急然一歲所納不過三萬貫頃來朝廷優假細民所催徵

細自今年正月至今止及六七千貫今且以三萬貫爲率猶須七十餘年乃可納足如此則小姓之家死喪流亡不可復知而國家每歲得錢六千貫臣所乞放二百貫以下欠戶錢數於見欠錢都數中止十分之二卽是每歲催及三萬貫數中不過催得六千貫而已如九牛一毛不爲損益而二萬餘家困苦爲害至大此事之當行者三也市易催索錢物凡用七十人每人各置私名不下十人掌簿籍行文書凡用三十餘人每人各置貼寫不下五人共約一千餘人以此一千餘人日夜搔擾欠戶二萬七千餘家都城之中養此蝨賊恬而不怪此事之當行者四也市易之法欠戶拖延日久或未見歸者及無家業之人皆差人監逐遇夜寄禁既有此法則一例公行寄禁然吏卒頑狡得錢卽放無錢卽禁榜笞捽縛何所不至若不別

作擘劃則日被此苦者不知其數此事之當行者五
也伏乞聖慈以此五事較其利害斷自聖意特與除
放或因將來明堂赦書行下或更溥行諸路則細民
荷戴恩德淪入骨髓社稷之利不可勝計然臣竊見
太府寺令歲終較課以本理息及一分以上具官員
等第保明聞奏自來市易官因此酬獎轉官及請賞
皆所得無算今來既見市易已支見在實數僅能還
足本錢則以本理息皆是欺罔從前官吏轉官請賞
皆當追奪官爵及所賞錢物亦乞朝廷根究前後緣
市易轉官請賞之人依理施行內有呂嘉問係創行
市易害民最深雖已經責降尚竊有士未允公議更
乞重行竄謫以謝天下所有宋肇劄子三道臣輒備
錄進呈如左謹錄奏聞伏候勑旨

貼黄臣所言放欠事上係二聖德澤唯當
直出中旨不宜更顯言者姓名或須至令
三省相度施行即乞指揮執政勿令宣布

言淮南水潦狀 二十九日

右臣竊見淮南春夏大旱民間乏食流徙道路朝廷
哀愍饑饉發常平義倉及截留上供米以濟其急淮
南之民上賴聖澤不至飢殍然自六月大雨淮水汎
溢泗宿亳三州大水夏田既已不收秋田亦復蕩盡
前望來年夏麥日月尚遠勢不相接深可憂慮訪聞
見今官賣米猶有未盡然必不能支持久遠臣欲乞
朝廷及今未至闕絕之際速行取問本路提轉發運
司令具諸州災傷輕重次第見今逐州各有多少粮
食可以賑濟得多少月日如將來乏絕合如何擘劃

施行立限供報所貴朝廷得以預先處置小民不至失所謹錄奏聞伏候勑旨

三乞罷青苗狀 初四日與東省同上

右臣等屢有封事乞罷青苗皆不蒙付外施行伏以王安石呂惠卿創行此法以來天下之士惟王呂黨人欲以青苗進身者則以其法爲是其它士大夫上自韓琦富弼中至司馬光呂誨范鎮下至臣等輩人未有一人以爲便者方安石惠卿用事忠言壅塞不得施用小民無告飲泣受害今者二聖臨御盡革衆弊天下欣欣日望青苗之去而近日刪立舊法益更滋彰中外狐疑不曉聖意竊聞近日左右臣僚有以國用不足欲將青苗補其闕乏者聖心未察是以爲之遲遲臣等雖愚以爲自古爲國止於食租衣稅縱

有不足不過輔以茶鹽酒稅之征未聞復用青苗放債取利與民爭錐刀之末以富國强兵者也藝祖太宗之世四方未平中國至狹歲歲用兵其費不貲及眞宗東封西祀遊幸亳宋造立宮室仁宗結好契丹平定西戎翦滅南寇此皆非常大費而常賦之外無大增加未聞必待青苗以濟國用今二聖恭儉安靜無爲四海之富與祖宗無異何憂何慮而欲以青苗富國乎臣等以爲皇帝陛下富於春秋未嘗接見多士太皇太后陛下覽政帷幄未能博聽羣議聽納之道於斯實難竊謂臣下每有獻言宜一切折以公議彼旣欲散青苗而臣等以爲不可陛下受其所言而臣等封事遂留中不出臣等不知陛下何以斷其是非而信之如此之篤乎陛下必欲決此深疑卽當盡

出臺諫所言付之三省使之公議得失不當隱忍不辨是非而陰用其言也如衆議必以罷之爲是即乞早賜裁斷以慰民心必以罷之爲非亦乞顯行黜謫以懲臣等狂妄謹錄奏聞伏候勑旨

申三省請罷青苗狀 初四日與東省同人

右轍等伏見熙寧之初始行青苗士無賢愚皆知其不便是時建議之臣盡力主張者不過一二人而賢士大夫極言其失者非一人也蓋今之執政嘗論之矣忠言讜論播於天下至今傳誦以爲口實小民呻吟欲聞更張亦已久矣伏自二聖臨御革去弊法而青苗之議獨無所變始者但令取民情願不立定額州縣或散或否事體不一天下固已疑之矣中間修完本法使夏料納者減半出息中外喧言朝廷欲依

舊放債取利此聲流傳極損聖政轍等備位諫官不敢默已遂與臺官前後上言僅數十章皆不蒙施行傳聞大臣奏對有以國計不足疑誤聖聽者遂致此議久而不決轍等雖愚竊所未喻也蓋聞古者聖人在上食租衣稅而已凡所以奉祀郊廟祿養官吏蓄兵備邊未嘗有闕也後世鄙陋乃始益以茶鹽酒稅之征然亦未聞放債取利若此之衰也今茲二聖在上恭儉無爲度越前世選用執政將致太平轍等與天下士民尚冀朝廷能寬酒稅之權損茶鹽之入以復三代之故不意今者乃欲以青苗富國失天下之望也王安石呂惠卿既以此負國使朝廷被此聲於天下今者又復以此誤二聖此轍等區區所深痛也近日朝廷責降呂惠卿告命之出首以青苗爲罪天

下傳誦人人稱慶奈何詔墨未乾復蹈其故轍乎且青苗之法其所以害人者非特抑配之罪也雖使州縣奉行詔令斷除抑配其爲害人固亦不少何者小民無知不顧後患聞官中支散青苗競欲請領錢一入手費用橫生酒食浮費取快一時及至納官賤賣米粟浸及田宅以至破家一害也子弟縱恣欺謾父兄隣里無賴妄託名目歲終催督患及本戶二害也逋欠未納請新蓋舊州縣欲以免責縱而不問三害也常平吏人舊行重法給納之賂初不能止今重法既罷賄賂公行民間所請得者無幾四害也四事爲害雖復除抑配之弊亦無如之何而況抑配未必除乎轍等職在言責目覩弊事默而不言則上負朝廷下負民物若未得請決無中止之義伏乞盡取前後

章疏看詳施行以允公議謹狀

請罷右職縣尉狀初八日上殿

臣伏見舊法縣尉皆用選人自近歲民貧多盜言事者不知救之於本遂請重法地分縣尉並用武夫自改法以來未聞盜賊爲之衰少而武夫貪暴不畏條法侵漁弓手先失爪牙之心搔擾鄉村復爲人民之患臣竊惟捕盜之術要在先得弓手之情次獲鄉村之助耳目既廣網羅先具稍知方略易以成功舊用選人雖未能一一如此而頗知畏法則必愛人使之出入民間於勢爲便不必親習騎射躬自格鬬然後能獲賊也今改用武夫未必皆敢入賊而不習法律先已擾民訪聞河北京東淮南等路凡用武夫縣分民甚患之欲乞復令吏部依舊只差選人所貴吏民

相安不至驚擾取進止

欒城集卷第三十八

欒城集卷第三十九

右司諫論時事五首

論戶部乞收諸路帳狀

准尚書戶部牒元祐元年七月二十五日勅節文

一府界諸路州軍錢穀文帳舊申三司昨撥歸逐路轉運提刑司點磨歲終刑部尚書點取勾訖帳勘覆今上件諸州軍錢穀文帳欲收歸戶部點磨

一府界諸路州軍常平等錢穀文帳舊申司農寺昨撥歸逐路提舉司點磨戶部右曹歲取提舉司勾訖帳赴部點磨今上件諸州軍錢穀文帳欲收歸戶部點磨者

右臣竊聞熙寧以前天下財賦文帳皆以時上於三司至熙寧五年朝廷患其繁冗始命曾布刪定法式

布因上言三部胥吏所行職事非一不得專意點磨文帳近歲因循不復省閱乞於三司選吏二百人顓置一司委以驅磨是時朝廷因布之言於三司取天下所上帳籍視之至有到省三二十年不發其封者蓋州郡所發文帳隨帳皆有賄賂各有常數常數已足者皆不發封一有不足即百端問難要足而後已朝廷以布言爲信帳司之興蓋始於此張設官吏費用錢物至元豐三年首尾七八年閒帳司所管吏僅六百人用錢三十九萬貫而所磨出失陷錢止一萬餘貫朝廷知其無益遂罷帳司而使州郡應申省帳皆申轉運司內錢帛糧草酒麴商稅房園夏秋稅管額納畢鹽帳水脚鑄錢物料稻糯帳本司別造計帳申省其驛料作院欠負修造竹木雜物舟船柴炭修

河物料施利橋船物料車驢草料等帳勘勾訖架閣蓋謂錢帛等帳三司總領國計須知其多少虛實故帳雖歸轉運司而又令別造計帳申省至於驛料等帳非三司國計虛贏所系故止令磨勘架閣又諸路轉運司與本部州軍地理不遠取索文字近而易得兼本道文帳數目不多易以詳悉自是內外簡便頗稱允當今戶部所請收天下諸帳臣未委爲收錢帛等帳耶爲并收驛料等帳耶若盡收諸帳爲依熙寧以前不置帳司不添吏人耶爲依熙寧以來復置帳司復添吏人耶若依熙寧以前則三二十年不發封之弊行當復見若依熙寧以來則用吏六百人磨出失陷錢一萬餘貫而費錢三十九萬貫之弊亦將復見臣乞朝廷下戶部令子細分析聞奏然臣竊詳司

馬光元奏自改官制以來舊日三司所掌事務散在
六曹及諸寺監戶部不得總天下財賦帳籍不盡申
戶部戶部不能盡天下錢穀之數欲乞令戶部尚書
兼領左右曹其舊三司所管錢穀財用事有散在五
曹及諸寺監者並乞收歸戶部推其本意蓋欲使天
下財用出納舒卷之柄一歸戶部而戶部周知其數
而已今戶部既已專領財用而元豐帳法轉運司常
以計帳申省不爲不知其數也雖更盡收諸帳亦徒
益紛紛無補於事矣臣謂帳法一切如舊甚便乞下
三省公議然後下戶部施行謹錄奏聞伏候勅旨

言責降官不當帶觀察團練狀 十四日

右臣伏以朝廷典章百世所守因事變法爲患常多
祖宗之世使相節度不領京師官局其奉朝請必改

宅官或爲東宮三師或爲諸衞將軍太平興國中以
趙普之勳自河陽還朝止爲太子少保以向拱張永
德之舊並爲環衞至今諸道鈐轄總管以防團老歸
者亦以諸衞處之蓋其遺法也至明道中錢惟演以
章獻皇后親嫌罷樞密使始以保大節度爲景靈宮
使治平中李端愿以長公主子亦以武康節度爲醴
泉觀使恩倖一啓自是戚里以節察居京邑不治事
者肩相磨也然猶未見以罪降黜而以觀察團練享
厚祿居謫籍者近日李憲以宣州觀察使提舉明道
宮王中正以嘉州團練使提舉太極觀二人貪墨驕
橫敗軍失律罪惡山積雖死有餘責聖恩寬貸皆寘
之善地而又首亂國憲假以使名臣恐後世推壞法
之始歸咎今日謂宜考修制度追還誤恩以存舊典

且使罪人知有懲艾亦非小補也臣不勝區區守法愛君之心欲乞追還前命使天下明知朝廷不以私愛害公議干冒鈇鉞俯伏待罪伏候勅旨

再論京西水櫃狀

右臣三月中奏乞令汴口以東州縣各具水櫃所占頃畝及每歲有無除放二稅仍具水櫃可與不可廢罷如決不可廢即當如何給還民田以免怨望尋蒙朝旨令都水監差官相度到中牟管城等縣水櫃元舊浸壓頃畝及見今積水所占及退出數目應退出地皆撥還本主應水占地皆以官地對還如無田可還即給還元估價直聖恩深厚棄利與民無所靳惜所存甚遠然臣訪聞水所占地至今無官地可以對還而退出之田亦以迫近水櫃爲兩水浸淫占壓未

得耕鑿知鄭州岑象求近奏稱自宋用臣興置水櫃以來元未曾以此水灌注清汴清汴水流自足不廢漕運乞盡廢水櫃以便失業之民臣愚以爲信如象求之言則水櫃誠可廢罷欲乞朝廷體念二縣近在畿甸民貧無告特差無干礙水部官重行體量若信如象求所請特賜施行不勝幸甚謹錄奏聞伏候勅
旨

乞復選人選限狀

右臣竊聞監察御史上官均上言極論官冗之弊已蒙朝旨降付給舍左右司看詳施行臣伏見祖宗舊法凡蔭補子弟皆限二十五歲然後出官及進士諸科釋褐合守選人幷州縣選人除司理司法縣尉外得替日皆合守選逢恩放選乃得注官所從來久遠

仕者習以爲常雖經涉歲月不以爲怪及先朝患天下官吏不習法令欲誘之讀法乃令蔭補子弟不復限二十五歲出官應係選人皆不復守選並許令試法通者注官自是天下官吏皆爭誦律令於事不爲無益然人既習法則試無不中故蔭補者例減五年而選人無復選限遂令吏部員多闕少差注不行訪聞見今已使元祐四年夏秋季闕官冗之患亦云極矣臣愚以爲方人未習法誘以免選於理亦宜及其既習雖無免選不患不習且爲吏而責之讀法本事之當然不爲過也謂宜追復祖宗守選之舊而選滿之日兼行先朝試法之科此亦今日之便也欲乞以臣所言付給舍左右司一處看詳立法謹錄奏聞伏候勅旨

論諸路役法候齊足施行狀

右臣訪聞諸路所定役法限日已滿近日夔州等路文字相繼申到旋已逐一進呈施行臣竊惟諸路役法所係民間利害至深至廣雖逐路事體各别條目必有不同而朝廷變法從便措置大意所謂海行條貫者不得不同也臣竊恐詳定役法所急於行法每遇逐路申到文字不候類聚參酌見得諸路體面即便逐旋施行因此致諸路役法大體參差不齊使天下之民不得均被聖澤欲乞指揮本所候諸路所申文字稍稍齊集見得諸處役法不至大段相遠然後行下謹錄奏聞伏候勅旨

中書舍人論時事一首

申本省論處置川茶未當狀

朝廷若罷益利路榷茶之法只榷陝西沿邊諸郡不
許客旅私販仍將沿邊每歲合用益利諸場茶色及
斤重配在諸場令及時立限和買隨每歲茶價高下比民間價例微高下如尋常和糴米粟之比可也買茶之限令茶場司立定州縣不得低估茶價令人戶不肯中官以致出限如有事故須至展限者具事由申本司量展五日仍不得過再展每茶戶入場中賣須即時揀選和買不得輒有留滯或更依客旅體例秋冬先放茶價令茶戶結保請領及時送納以上並不得輒行抑勒
官買數足方許私下交易除沿邊所榷地分外一任
客人興販如此擘畫比之頃年全榷益利及陝西諸
州其利有五益利茶戶不被官場以賤價大秤抑勒
收買一也昔茶未有榷民間採茶凡有四色芽茶早
茶晚茶秋茶是也採茶既廣茶利自倍自榷茶以來
官中只要早茶其餘三色茶遂棄不採民失茶利過
半今既通商則四色茶俱復採二也官所運茶止於

邊郡所須比榷茶之日所運減半則茶遞役兵及州郡雇腳皆得輕減三也陝西茶商既行岐雍之間民皆食賤茶四也益利諸州百貨通行酒稅課利理當自倍五也若比之今來有司所議但榷名山梁洋三處放行益利諸場茶貨其利有四名山梁洋三處榷法如舊而不榷之地犬牙相錯榷與不榷茶戶利害相遼例皆王民而咫尺之間不宜頓有此異一也榷與不榷地分不遠小人易以起動茶戶借如名山之西南出茶之地尚有雅州盧山滎經等處若放令此茶北出道過名山彼此相雜不可辨認若放令此茶由水路入嘉眉則名山之茶亦當從此走失寬則榷法自廢急則民遭誣罔横被徒配二也官中所買只用早茶則牙茶晚茶秋茶亦爲棄物民失厚利與墳

歲無異三也沿邊諸州蕃部所要茶色各別今只將
名山梁洋三色茶與之彼既未諳茶性必有不售四
也若比之今來或人之說兼榷陝西裏外諸州據合
用茶數於益利諸場和買官自般賣和買之於成都
路客人販茶不得過劍門利州路客人販茶不得過
陝西其害有三盡奪茶利商賈不行百貨不通酒稅
課利自減一也運茶既多遞鋪役兵及州郡雇腳勞
費與頃年無異二也岐雍之民仍食貴茶三也由此
觀之朝廷若但和買邊郡合用茶數只於邊郡立榷
法其餘率皆通商此法一行則上件三說之弊自除
至於供給蕃部收買戰馬之利則與三說無異以此
較之利害可見謹錄奏聞伏候敕旨

戶部侍郎論時事二首

因旱乞許羣臣面對言事劄子

臣伏見二年以來民氣未和天意未順災沴荐至非水即旱淮南饑饉人至相食河北流移道路不絕京東困弊盜賊羣起二聖遇災憂懼傾發倉廩以救其乏絕獨此三路所散已僅三百萬斛矣異時振恤未見此比然而民力已困國用已竭而旱勢未止夏麥失望秋稼未立數月之後公私無繼羣盜蜂起勢有必至臣未知朝廷何以待此臣竊見太皇太后陛下清身奉法與物無私皇帝陛下恭默靖慎動由禮義皇天后土照知此心而和氣不應深所未喻陛下嘗究其說否臣聞天氣下降地氣上騰陰陽和暢雨澤乃至君廣聽以納下臣盡言以奉上上下交泰元氣乃和今二聖居幃箔之中所與朝夕謀議者上止執

政大臣下止諫官御史不過數十人耳其餘侍從近
臣雖六官之長皆不得進見而況其遠者乎臣以謂
羣臣識慮深淺不同其心好惡亦異故須兼聽廣覽
然後能盡物情而得事實今陛下聽旣不廣則所行
之事不得不偏聽狹事偏則陰陽亢隔和氣不效必
然之理也臣觀祖宗故事百官有司皆得以職事進
對從容訪問以盡其情今二聖臨御四方履人主之
位而謙恭退託疎遠羣臣不行人主之事遂使百官
不敢以職事求見臣謂宜因此時明降詔書許百官
面奏公事上以盡羣情之異同下以閱人才之賢否
人心不壅天道必從則久旱之災庶幾可息臣蒙國
厚恩比聞詔書引咎自責避正殿損常膳分命臣僚
並走羣望私心踧踖不敢遑寧輒推天意人事影響

之應庶幾有補萬一惟陛下恕其愚僭略賜采擇取進止

論西事狀

右臣伏見西夏頃自秉常之禍人心離貳梁氏與人多二族分據東西廂兵馬勢力相敵疑阻日深入寇之謀自此衰息朝廷略加招納隨即伏從使介相尋臣禮甚至只自今年春末夏初以來始有桀心出兵數萬掩襲涇原殺虜弓箭手數千人復歸巢穴朝廷方事安衆難於用武接以君臣之禮加以冊命之恩特遣使人厚賜金幣戎狄獸心敢爲侮慢輒以地界爲詞不復入謝至於坤成賀使亦遂不遣中外臣子聞者無不憤怒思食其肉臣忝備侍從主憂臣辱義不辭勞況臣擢自小官列於禁近議論幾事既其本

職感激思報宜異常人是以冒昧獻言不避罪戾庶
幾聖意由此感悟雖被譴逐臣不恨也臣竊惟當今
之務以爲必先知致寇之端由審行事之得失然後
料虜情之所在定制敵之長筭誠使四者畢陳於前
羌戎小醜勢亦無能爲也董氊本與西夏世爲仇讎
元昊之亂仁宗賴其牽制深氏之篡神宗藉其征討
世効忠力非諸番之比乃者董氊老病其相阿里骨
擅其國事與其妻契丹公主殺其二妻心牟氏其大
將鬼章及温溪心等皆心懷不服阿里骨欺罔朝廷
自稱董氊嗣子朝廷不察情僞不原逆順郎以節鉞
付之謀之不臧患自此起阿里骨既知失衆虐用威
刑衆心日離而鬼章自謂與阿里骨比肩一體顧居
其下心常不悅夏人乘此閒隙折節下之先與阿里

骨解仇結懽令轉說鬼章舉兵入寇復誘脅人多保忠令於涇原竊發黨與既立羽翼既成是以敢肆狂言以動朝聽向若阿里骨以董氊之死來告立嗣朝廷因其所請遍問鬼章温溪心等以誰實當立若衆以阿里骨爲可立則既立之後衆必無詞若以爲不可則分董氊之舊秩以三使額授此三人阿里骨無僥倖之命鬼章無怨望之意則夏人無與爲援安能動搖加以數年以來朝廷本厭兵事羌中測知此意亦以自安頃者忽命熙河點集人馬大城西關仍云來年當築龕谷聲實既暴虜心不寧舉兵自强釁亦由此此所謂致寇之端由也先帝昔因梁氏篡逆之禍舉兵誅討侵攘地界爲怨至深羌虜之性重於復讎計其思報之心未嘗一日忘也徒以喪亂相繼兵

力凋殘陛下臨御之初意切懷納是以連年入貢以
休息其民雖有恭順之言蓋亦非其本意矣假令犯
順固猶有詞今朝廷因其承襲之後賜之冊命捐金
錢二十餘萬緡以爲之禮彼既與我有君臣之分然
後可責以忠順之節朝廷此舉於義甚長而羌虜無
謀遂肆桀傲內則其國中士民自知其不直必不爲
用外則中國兵將皆有鬬志易以立功曲直之幾於
此始定雖棄捐金幣以封殖寇讎小人謂之失策而
分別曲直以激勵將士智者謂之得計此所謂行事
之得失也元昊本懷大志長於用兵亮祚天付兇狂
輕用其衆頃爲邊患皆歷歲年然而國小力微終以
困斃今梁氏專國素與人多不協內自多難而欲外
侮中原料其姦謀蓋非元昊亮祚之比矣意謂二聖

在位恭默守成仁澤之深遠近所悉既無用武之意可肆無厭之求蘭會諸城鄜延五寨好請不獲勢脅必從以爲狂言一聞求無不得今朝廷既已漸爲邊備益兵練將則羌虜之心已乖本計不過秋冬寒涼之後小小跳梁以嘗試朝廷而已若朝廷執意不搖守邊無失則款塞請盟本無愧恥若朝廷用心不一惟務求和則求請百端漸不可忍此所謂虜情之所在也凡欲應敵必先正名夏人初起邪謀必有二說其一以爲慢詞既達則地界可得無窮之請因以滋彰其二以爲雖不得地實亦無損猖狂力屈稍復求和中國厭兵勢無不許方其不遜則張皇事勢夸示諸戎及其柔伏則略爲恭順使中國黽勉而聽今朝廷遣兵積粟地界之請固已不從然而號令未明逆

順未著臣恐夏人未知朝廷不憚用兵之意無以折
其姦心又恐將來姦窮力屈畧修臣禮便與講和要
約不堅必難持久昔趙欲與秦爲購其謀臣虞卿以
爲從秦爲購不若從齊爲購於是東結齊人而秦人
自至區區之趙尚知出此而況堂堂中國畏避畜縮
媮於無事不一分別曲直而反聽命於羌人哉臣願
陛下明降詔書榜沿邊諸郡其大意畧曰夏國頃自
亮祚喪亡先帝舉兵弔伐旣絶歲賜復禁和市羌中
窮困一絹之值至十餘千又命沿邊諸將吏迭行攻
討橫山一帶皆棄不敢耕窮守沙漠衣食併竭老少
窮餓不能自存朕統御四海均覆無外閔此一方窮
而無告遂敕諸道帥臣禁止侵掠自是近塞之田始
復耕墾旣通和市復許入貢使者一至賜予不貲販

易而歸獲利無算傳聞羌中得此厚利父子兄弟始有生理朕猶念孤童幼弱部族攜貳若非本朝賜之策命假以寵靈則何以威伏酋豪保有疆土是時朝士大夫咸謂夷狄反覆心未可知使者將行言猶未已朕有存亡繼絶之志欲修祖宗爵命諸侯之典以爲寧人負我斷而不疑故遣使出疆授以禮命金錢幣帛相屬於道邊人父老觀者太息以爲仁義之厚古所未有而狼子野心飽而背德不遣謝使不賀坤成朕以君道撫之而不以臣禮報朕天地所疾將相咸怒朕惟狂謀逆節止其一二姦臣國人何辜當被殺戮是以弭兵安衆未議攻討然而逆順之理不可不明其令沿邊諸將飭勵兵馬廣爲儲峙敢有犯塞即殺無赦彼既背逆天理不有人禍必有鬼誅姑修

吾疆以待其變臣料此命一出羌人愧畏雖未即款伏而姦計沮屈無以號令其下諸路兵民知彼曲我直人思致死勇氣一發邊聲自倍此必然之勢也今朝廷日夕備邊常若寇至而但曲加隱忍不降此命使虜衆一旦犯境終亦不免交鋒若聽臣此言要之亦不出兵坐而待敵初無有異而使士氣感忿以思戰虜情知難而自屈求和之請其至必速此所謂制敵之長筭也臣竊聞朝廷近已添屯兵將增廣邊儲議絶和市使熙河帥臣招來阿里骨鬼章温溪心人多保忠等此兵法所謂上兵伐謀不戰而屈人者陛下若能饒之以金錢而寛其繩墨使將帥得盡其心間諜得盡其力則事無不成而虜漸可制矣然有一事似非臣所得言者但以蒙國厚恩不敢不盡昔熙

寧元豐之間所行政令雖未必便民然先帝操之以法濟之以威是以令無不從而事無不舉頃者朝廷削去苛法施行仁政可謂善矣然而刑政不明多行姑息中外觀望靡然有縱弛怠惰之風平居無事姑以媮安可耳今虜方不順勝負之變蓋未可知緩急之際威令無素何以使衆臣謂宜因事正法以明示天下 臣前所言去歲大臣承用阿里骨欺罔之奏授以節制致令鬼章懷憤入寇夏人乘釁違命此則當時宰相樞密使副苟簡無謀之罪也近者涇原賊騎至者數萬殺掠數千斥候不明備禦不及熙河賊退經今累月而殺傷焚蕩之奏至今未止此則將帥弛慢不畏朝廷之罪也陛下恬不爲怪略無責問政之不修孰大於此中外相視以爲疑怪朝廷方將使人

蹈白刃赴湯火臣有以知其不能矣昔公孫弘爲相
諸侯有逆謀請歸侯印以塞責諸葛亮爲相任馬謖
不當請自貶三等以右將軍領事蓋大臣體國不惜
身自降黜爲衆行法今陛下何不取去歲冊命阿里
骨與議大臣不論去位在位皆奪一官至於兩路將
帥雖寄任不改而法不可廢皆使隨罪行罰以此號
令四方庶幾知所畏憚政修於朝廷之上而敵人恐
懼於千里之外勢之所至不足怪也今陛下未能正
羣臣而望西羌之畏威不可得矣臣聞范仲淹守慶
州因葛懷敏之敗請以任將非人因兩府遜謝損其
勳爵而復其位以激厲諸將感慰邊兵時雖不用而
范仲淹之言至今惜之臣雖不敏究觀往事以爲可
施於今不敢默也小臣狂僭斧鉞之誅無所逃避惟

陛下裁察取進止

貼黃或言阿里骨之請命與乾順之嗣立事體無異今臣言冊命乾順爲得策而封拜阿里骨爲失計似言之未當者臣以謂不然阿里骨之請命可否在我而乾順之嗣立朝廷且不得而知況能制其可否乎故臣以乾順之命爲是而以阿里骨之命爲非不爲妄論也

欒城集卷第三十九

欒城集卷第四十

戶部侍郎論時事六首

論陰雪劄子

臣伏見自去冬至今陰雪繼作罷民凍餒困斃道路聖心憂勞何所不至蓋嘗命有司發內庫之錢出司農之粟竭太府之炭以濟其急矣猶以爲未也則釋犴獄罷夫役凡可以惠民之事無不爲矣而天意不順雨雪如故臣竊惑之臣嘗觀先儒論五行之說以爲聽之不聰是謂不謀厥咎急厥罰常寒故周之末世舒緩微弱政在臣下則天應之以燠煖秦之末世峻刑暴歛海內重足而立則天應之以寒慄是以周亡無寒歲秦滅無燠年信如此言則朝廷之政今豈失於急歟竊惟二聖臨御以來革敝去煩施惠已責

凡所措置雖未盡得而民獲其所欲者多矣苟以爲急雖三尺童子不信也然則陰雪之應其咎安在 臣聞商高宗雉雊於鼎其臣祖己告之曰惟先格王正厥事夫所謂正厥事者無常事也惟因其非而正之耳故 臣竊推之古事以爲天大雷電以風而成王應之以逆周公衛國大旱而文公應之以伐邢夫親任三公非所以止風而興師伐人非所以致雨彼既爲之不疑而天亦報之如響者誠得其時當其事耳 臣竊惟近者天地之變常半歲苦旱半歲苦陰陰陽之氣一有過差浸淫爛熳而不能反今雨雪既甚久而不止則春夏之際又將復旱此其類似有以致之者古之爲政德刑並用寬猛相濟使天下懷其惠而畏其威和氣充塞而天地從之故陽不過而陰不忒自

頃以來朝廷之政專以容悅爲先務上下觀望化而爲一監司之臣以不報有罪爲賢郡縣之官以寬弛租賦縱釋酒稅爲優至於省臺寺監亦未聞有正身治事以辦集聞者也何者朝廷方兼容是非以不事事爲安靜以不別白黑爲寬大是以至此極也 臣竊惟朝廷之意其始蓋欲以寬治民耳而不知姦臣猾吏乘其間以侵虐細民其弊不可勝數名雖近寬而其實則虐也陛下誠欲消復此變宜訓敕大臣使之守法度立綱紀信賞必罰使羣下凜然知有所畏苟朝廷無偏甚不舉之政則陰陽過差浸淫爛熳往而不反之氣宜可得而止也不然雖空府庫竭倉廩以賑貧窮破囹圄焚鞭扑以縱罪戾 臣恐天地之意未易回也 臣待罪地官以簿書米鹽爲職出位而言罪

在不赦陛下頃自疎外擢臣而用之二年之間致位於此豈欲責臣齪齪以吏事自效而已哉是以冒萬死獻言惟陛下裁擇取進止

轉對狀

准御史臺牒五月一日文德殿視朝臣次當轉對臣待罪地官以財賦爲職朝夕從事於今半年耳目所接或干利病敢緣虞人守官之義庶幾百工執藝以諫謹條具本職三事昧死上獻

一臣伏見本部一月出入見錢之數率皆五十餘萬貫罄竭所得僅給經費而已稍加佗用輒干求朝廷方能辦事有司惴惴常有闕事之懼臣聞古之爲國皆食租衣稅而足降及近世始有鹽鐵酒稅之利凡郊廟朝廷祿士養

兵捍邊睦隣百色取具於此此蓋天之所生地之所產足以養人自三代漢唐至於祖宗之盛未有舍此而外求者也今四海萬里耕稼相屬而以不足爲憂臣實怪之孟子有言無政事則財用不足臣愚無知意者朝廷之政豈有所未立故耶臣觀諸道監司自近歲以來觀望上下無復厲精之實妄意朝廷以不親細務爲高以不察姦吏爲賢於是巡歷所至或不入場務不按有罪郡縣靡然承風懦者頹弛權歸於吏貪者縱恣毒加於民四方嗷嗷幾於無告其他害理而傷化者非臣之職臣不敢議也若夫兩稅征商榷酤無故虧欠者比比皆是此臣之職也欲乞陛下特降

指揮令本部左曹具諸路去歲三事增虧之
數其非因水旱災傷特以寬弛不職而致虧
欠者擇其最甚黜免轉運使副判官罰一以
勸百上意所向下之所趨也如此施行庶幾
財賦漸可治矣

一臣聞漢以九卿治事唐以六曹爲政漢非無尚
書而唐非無卿寺也蓋事不在耳先帝法唐
之故專任六曹故雖兼置寺監而職業無幾
量事設官其間蓋有僅存者矣頃元祐之初
患尚書省官多事少始議併省郎曹所損纔
一二耳而寺監之官如鴻臚將作舊不設卿
丞者紛紛列置更多於舊中外之議以此疑
惑以爲朝廷爲人設官非爲官擇人此言一

出爲損非細其於治體非臣所當議也而至於京師廩給之厚出於本部故臣願明詔有司減去寺監不急之官以寬不貲之費而已

一臣聞財賦之源出於四方而委於中都故善爲國者藏之於民其次藏之州郡州郡有餘則轉運司常足轉運司既足則戶部不困唐制天下賦稅其一上供其一送使其一留州比之於今上供之數可謂少矣然每有緩急王命一出舟車相銜大事以濟祖宗以來法制雖異而諸道蓄藏之計猶極豐厚是以斂散及時縱捨由己利柄所在所爲必成自熙寧以來言利之臣不知本末之術欲求富國而先困轉運司轉運司既困則上供不繼上供

不繼而戸部亦僨矣兩司皆困故內帑別藏
雖積如丘山而委爲朽壞無益於算故臣願
陛下舉近歲朝廷無名封樁之物歸之轉運
司蓋禁軍闕額與差出衣粮清汴水脚與外
江綱船之類一經擘劃例皆封樁夫闕額禁
軍尋常以例物招置而出軍之費罷此給彼
初無封樁之理至於清汴水脚雖損於舊而
洛口費用實倍於前外江綱船雖不打造而
雇船運粮其費特甚重複刻剝何以能堪故
臣謂諸如此比當一切罷去況祖宗故事未
嘗有此但有司固執近事不肯除去惟陛下
斷而與之則轉運司利柄稍復而上供有期
戸部亦有賴矣

右謹件如前謹錄奏聞伏候勑旨

請戶部復三司諸案劄子

臣以愚拙待罪戶部右曹僥仰幾歲訖無所補竊嘗以祖宗故事考之今日本部所行體制既殊利害相遠恐合隨事措置以塞弊原謹昧死具三弊以聞其一曰分河渠案以爲都水監其二曰分胄案以爲軍器監其三曰分修造案以爲將作監前件三監皆隸工部則本部所專其餘無幾出納損益制在它司頃者司馬光秉政知其爲害嘗使本部收攬諸司利權然當時所收不得其要至今三案之事猶爲諸司所擅深可惜也祖宗參酌古今之宜建立三司所領天下事幾至太半權任之重非它司比推原其意非以私三司也事權分則財利散雖欲求富其道無由蓋

國之有財猶人之有飲食飲食之道當使口司出納而腹制多寡然後分布氣血以養百骸耳目賴之以爲明手足賴之以爲力若不專任口腹而使手足耳目得分治之則雖欲求一飽不可得矣而况於安且壽乎今戸部之在朝廷猶口腹也而使它司分治其事何以異此自數十年以來羣臣不明祖宗之意每因一事不舉輒以三司舊職分建它司利權一分用財無藝他司以辦事爲效則不恤財之有無戸部以給財爲功則不論事之當否彼此各營一職其勢不復相知雖使戸部得才智之臣終亦無益於算矣能否同病府庫卒空今不早救後患必甚昔嘉祐中京師頻歲大水大臣始取河渠案置都水監置監以來比之舊案所補何事而大不便者河北有外監丞侵

奪轉運司職事轉運司之領河事也凡郡之諸埽埽之吏兵儲蓄無事則分有事則合水之所向諸埽趨之吏兵得以併功儲蓄得以併用故事作之日無暴斂傷財之患事定之後徐補其闕兩無所妨自有監丞據法責成緩急之際諸埽所有不相爲用而轉運司始不勝其弊矣近歲嘗詔罷外監丞識者韙之既而傷故物論所惜此工部都水監爲戶部之害一也先帝一新官制並建六曹隨曹付事故三司事多隸工曹名雖近正而實非利昔曹案所掌今內爲軍器監而止隸工部外爲都作院而止隸提刑司欲有興作戶部不得與議訪聞河北道頃歲爲羊渾脫動以千計渾脫之用必軍行乏水過渡無船然後須之而其爲物稍經歲月必須蠹敗朝廷無出兵之計而有

司營職不顧利害至使公私應副虧財害物若使專在轉運司必不至此此工部都作院爲戸部之害二也昔修造案掌百工之事事有緩急物有利害皆得專之今工部以辦職爲事則緩急利害誰當議之朝廷近以箔場竹箔積久損爛創令出賣上下皆以爲當指揮未幾復以諸處修造歲有料例遂令般運堆積以分出賣之計臣不知將作見工幾何一歲所用幾何取此積彼未用之間有無損敗而遂爲此計本部雖知不便而以工部之事不敢復言此工部將作監爲戸部之害三也凡事之類此者多矣臣不能徧舉也故願明詔有司罷外水監丞而舉河北河事及諸路都作院皆歸之轉運司至於都水軍器將作三監皆兼隸戸部使定其事之可否裁其費之多少而

工部任其功之良苦程其作之遲速苟可否多少在戸部則凡傷財害民戸部無所逃其責矣苟良苦遲速在工部則凡敗事乏用工部無所辭其譴矣利出于一而後天下貧富可責之戸部而工部工拙可得而考矣事在本職在臣不得不言如果可采伏乞付外施行取進止

貼黃三司設案舊職今分隸膳部光祿寺雖所掌飲食帳設利害非大如臣所言可采亦當如上三案分隸戸部

論開孫村河劄子

臣爲戸部右曹兼領金倉二部任居天下財賦之半適當中外匱竭不繼之時日夜憂惶常慮敗事竊見左藏見緡一月出納之數大抵皆五十餘萬略無贏

餘其他金帛諸物雖小有羨數亦不足賴臣之愚怯
常恐天災流行水旱作沴西羌旅距邊鄙繹騷河議
失當賦役橫起三事有一大計不支雖使桑羊劉晏
復生計無從出矣而況於臣之駑下乎今者幸賴二
聖慈仁恭儉天地垂貺諸道秋稼稍復成熟雖京西
陝西災旱相接而一方之患未爲深憂羌人困窮旋
聞款塞惟有黄河西流議復故道事之經歲役兵二
萬人蓄聚稍椿等物三千餘萬方河朔災傷困敝之
餘而興必不可成之功吏民竊嘆勞苦已甚而莫大
之役尚在來歲天啓聖意灼知民心特召河北轉運
司官吏訪以得失近聞回河大議已寢不行臣平日
過憂頓然釋去然尚聞議者固執開河分水之策雖
權罷大役而兵工小役竟未肯休如此則河北來年

之憂亦與今年何異今者小吳決口入地已深而孫
村所開丈尺有限不獨不能回河亦必不能分水況
黃河之　性急則通流緩則淤澱既無東西皆急之
勢安有兩河並行之理哉縱使兩河並行不免各立
堤防其爲費耗又倍今日矣臣聞自古聖人不能無
過過而能改善莫大焉故君子之過如日月之食過
也人皆見之更也人皆仰之朝廷舉動義當如此今
議河失當知其害人中道而復本何所愧雖使天下
知之亦足以明二聖憂民之深爲之改過不吝今乃
顧惜前議未肯曠然更張果於遂非難於遷善臣實
爲朝廷惜之然臣聞議者初建開河分水之策其說
有三其一曰御河堙滅失饋運之利其二曰恩冀以
北漲水爲害公私損耗其三曰河徙無常萬一自虜

界入海邊防失備凡其所以熒惑聖聰沮難公議皆
以三說藉口夫河決西流勢如建瓴引之復東勢如
登屋雖使三說可信亦莫如之何矣況此三說皆未
必然臣請得具言之昔大河在東御河自懷衛經北
京漸歷邊郡饋運既便商賈通行今河既西流御河
堙滅失此大利誰則不知天實使然人力何及若議
者能復澶淵故道則御河有可復之理今河自小吳
北行占壓御河故地雖使如議者之意自北京以南
折而東行則御河堙滅已一二百里亦無由復見矣
此御河之說不足聽一也河之所行利害相半夏潦
漲溢浸敗秋田濱河數十里爲之破稅此其害也漲
水既去淤厚累尺粟麥之利比之他田其收十倍寄
居丘冢以避淫潦民習其事不甚告勞此其利也今

河水在西勢亦如此遠爲堤防不與之爭正得漢賈遜治河之意比之故道歲省兵夫稍芟其數甚廣而故道已退之地桑麻千里賦稅完復爲利不貲安用逆天地之性移西流之憂爲東流之患哉此恩冀以北漲水爲害之說不足聽二也河昔在東自河以西郡縣與虜接境無山河之限邊臣建爲塘水以捍胡馬之衝今河既西行則西山一帶胡馬可行之地已無幾矣其爲邊防之利不言可知然議者尙恐河復北徙則海口出虜界中造舟爲梁便於南牧 臣聞虜中諸河自北南注以入于海蓋地形北高河無北徙之道而海口深浚勢無徙移 臣雖非目見而習北方之事者爲 臣言之大略如此可以遣使按視圖畫而知此河入虜界邊防失備之說不足聽三也 臣願以

此三說質之議者則開河分水之說誠不足復爲矣
又臣訪聞今歲四五月間河上役兵勞苦無告嘗有
數百人持板築之械訪求都水使者意極不善賴防
邏之卒擁拒而散盛夏苦役病死相繼使者恐朝廷
知之皆於垂死放歸本郡斃於道路者不知其數若
今冬放凍來歲春暖復調就役則意外之患復當如
前臣不知朝廷何苦而不罷此役哉今建議之臣恥
於不效而堅持之於上小臣急於利祿不顧可否隨
而和之於下上下膠固以罔朝廷其間正言不避權
要纔一二人耳然事非本職亦不敢盡言臣以戶部
休戚計在此河若復緘默誰當言者惟斷自聖心盡
罷其議則天下不勝幸甚取進止
貼黃臣訪聞河北轉運司今年應副開河

費用錢七萬三千餘貫粮一十七萬餘石梢草一百五十二萬餘束方災傷之後極力㓤刷先了河事後及經費極爲不易若使今年不興河役則上件錢粮梢草別將應副他事已自有餘深爲可惜雖已往之事不可復追而來年不可復使河北重有此費

再論回河劄子

臣頃聞朝廷議罷回河來年當用役兵開河分水臣以爲天下財賦匱竭河朔災傷之後民力未復未堪此役輒奏言不便既而採察衆議聞河北轉運使謝卿材到闕昌言於朝曰黃河自小吳決口乘高注下水勢奔快上流堤防無復決怒之患而下流湍駛行

於地中日益深浚朝廷若以河事付臣臣請不役一
夫不費一金十年之間保無河患大臣以其異己罷
歸本任而使王孝先俞瑾張景先三人重畫回河之
計三人利在回河雖言其便而亦知其難成故於議
狀之末復言若將來河勢變移乞免修河官吏責罰
都下洶洶傳笑以爲口實蓋回河之非斷可知矣然
近日復聞內批降付三省如云若河流不復故道終
爲河朔之患外廷疎遠不知此說信否然衆心憂懼
深恐羣臣由此觀望不敢正言得失臣職在財賦憂
責至深不敢畏避誅戮願畢陳其說方今回河之策
中外講之熟矣雖大臣固執亦心知其非無以藉口
矣獨有邊防一說事係安危可以竦動上下伸其曲
說陛下深居九重羣言不得盡達是以遲遲不決耳

昔眞宗皇帝親征澶淵拒破契丹因其敗亡與結歡好自是以來河朔不見兵革幾百年矣陛下試思之此豈獨黄河之功哉昔石晉之敗黄河非不在東而祥符以來非獨河南無虜憂河北亦自無兵患由此觀之交接夷狄顧德政何如耳未聞逆天地之性引趨下之河升積高之地興莫大之役冀不可成之功以爲設險之計者也昔李垂孫民等號知河事嘗建言乞導河西行復禹舊迹以爲河水自西山北流東赴海口河北諸州盡在河南平日契丹之憂遂可無慮今者天祚中國不因人力河自西行正合昔人之策自今以往北岸決溢漸及虜境雖使異日河復北徙則虜地日蹙吾土日紓其爲憂患正在契丹耳而大臣過計以爲中國之懼遂欲罄竭民力導河東流

其爲契丹謀則多爲朝廷慮則疎矣議者或謂河入虜境彼或造舟爲梁長驅南牧非國之利臣聞契丹長技在鞍馬舟楫之利固非所能且跨河繫橋當先兩岸進築馬頭及伐木爲船其功不細契丹物力寡弱勢必不能就使能之今兩界修築城柵比舊小增輒移文詰問必毀而後已豈有坐視大役而不能出力止之乎假設虜中遂成此橋黄河上流盡在吾地若沿河州郡多作戰艦養兵聚粮順流而下則長艘巨纜可以一炬而盡形格勢禁彼將自止矣臣竊怪元老大臣久更事任而力陳此說意其謀已出口重於改過而假此不測之憂以取必於朝廷耳不然豈肯於天下困弊河朔災傷之後興數十萬夫費數千萬物料而爲此萬無一成之功哉夫大役既興勢不

中止預約功料有少無多官不獨辦必行科配官出其一民出數倍公私費耗必有不可勝言者矣苟民力窮竭事變之出不可復知飢餓相逼必爲盜賊昔秦築長城以備胡城既成而民叛今欲回大河以設險臣恐河不可回而民勞變生其計又出秦下異日雖欲悔之不可得也陛下數年以來休養民力如恐傷之今河已安流契丹無變而强生瘡痏以擾之非計之得也故臣願陛下斷之於心罷此大役唯留神察之自河決小吳於今九年不爲不久矣然虜情恭順與事祖宗無異陛下誠重違大臣姑復以三年觀之事久情見大臣之言與天下之公議可以坐而察也臣不勝區區憂國之誠干犯斧鉞死無所避取進止

貼黃朝廷雖已遣范百祿趙君錫出按回河利害然大臣方持其議事勢甚重中外誰不觀望風旨百祿等雖近侍要官臣不敢保其不爲身謀能以實告也故不避再瀆復爲此奏非陛下斷之於心天下之憂未知所底也

三論回河劄子

臣近者聞有內批降付三省言黃河若不復故道終爲河北之患初聞此旨中外無不驚愕以爲黃河西行已成河道大臣橫議欲壅令復東異同之論方相持未決而此旨復降臣下觀望誰敢正言方衆心憂疑之際旋聞復有聖旨收入前降批語羣臣釋然咸知陛下虛己無心欲來公議深得古先聖王改過不

吝之美正人端士始有樂告善道之意然臣竊聞近又降敕以北京封椿京東新法鹽錢三十五萬貫指揮河北收買開河梢草繼又商量調發來歲開河役兵二事既出中外復疑何者朝廷近遣范百祿等按行河事利害若開河之議可行無疑則安用遣使若猶遣使則開河之議尚在可疑今使未出門而一面收買梢草調發役兵則是明示必開之形欲令使者嘿喻欲開之旨臣雖愚暗竊恐非陛下虛己無心欲來公議之意也伏乞速降指揮收回買梢發兵二事使范百祿等明知聖意無所偏係得以盡心體量不至阿附大臣以誤國計今中外財賦匱竭見錢最爲難得新法鹽錢不屬戶部要是百姓膏血不可輕用況河北災傷之餘明年大役決不可興雖如今歲止

用役兵如臣前奏所言役苦財傷爲害已甚將來若
范百祿等以開河爲便猶當計校利害寬展歲月調
兵買梢皆非今歲所急若范百祿等以開河爲不便
則聚兵積梢梢草輕脆稍經歲月化爲糞壤皆非計
也況所用梢草動計千萬一時收買價必踴貴若止
令和買則所費不訾必非止三十五萬貫可了若令
配買則河北災傷之餘民間大有陪備或生意外之
患不可不慮也臣受聖恩至深至厚位下力微竊不
自量再三干與國論罪當萬死不敢逃避取進止

欒城集卷第四十

欒城集卷第四十一

戶部侍郎論時事三首

乞裁損浮費劄子

臣等竊見本部近編成元祐會計錄大抵一歲天下所收錢穀金銀幣帛等物未足以支一歲之出今在藏庫見錢費用已盡去年借朝廷封樁米鹽錢一百萬貫以助月給舉此一事則其餘可以類推矣臣等聞古者制國之用必量入爲出使三年耕必有一年之食故三十年之間而九年之畜可得而備也今者文武百官宗室之蕃一倍皇祐四倍景德班行選人吏胥之衆率皆增廣而兩稅征商榷酒山澤之利比舊無以大相過也昔祖宗之世所入既廣所出既微則用度饒衍理當然爾今時異事變而奉行舊例有

加無損今日天下已困弊矣若更數年加之以饑饉
因之以師旅其爲憂患必有不可勝言者臣等備位
地官與聞朝廷大計而喑默不言異日雖被誅戮何
補於事故臣等願及今日明勅本部取見今朝廷政
事應干費用錢物者隨事看詳量加裁損使多不至
於傷財少不至於害事二聖以身率之大臣以身行
之使天下曉然皆知事之當然而非朝廷有所靳惜
則誰不信伏昔治平熙寧之間因時立政凡改官者
自三歲而爲四歲任子者自一歲一人而爲三歲一
人自三歲一人而爲六歲一人宗室自袒免以上漸
殺恩禮天下晏然莫以爲言此則今日之成法也臣
等伏乞檢會寶元慶曆嘉祐故事於本部置司選擇
近臣共議其事嚴正近限責以實效法度一成數歲

之後費用有節府庫漸充傳之無窮久而不弊則其於聖德實非小補也臣等愚拙不能修明職業以廣財賦冒昧獻言罪當萬死取進止

貼黃勘會頃降朝旨令本部裁減浮費前後所減三十餘事率皆浮費之小者然所減已約及二十餘萬貫不爲無補今若事無大小並量行參酌裁損則其爲利必大伏乞聖慈早賜施行

論侯偁少欠酒課以抵當子利充塡劄子

臣竊見今月二十二日勅滑州韋城縣百姓侯偁少欠酒務課利等錢特許將子利並充欠數已拘收抵當契書依舊在官仍許納錢收贖所欠課利等錢與均作七年送納仍免差人監催餘人不得援例臣竊

以民間欠負合催合放皆有條法上下共守凡有寬
貸皆先經戶部勘當於法無礙然後施行未有如侯
儞之比直自朝廷批下聖旨更不問條法可否一面
行下仍令衆人不得援例者本部官吏皆竊疑怪不
敢奉行深恐此令一行應干欠負之家皆懷不平之
意已具狀申尚書省乞朝廷裁酌施行去訖 臣今竊
聞侯儞係皇太妃親戚二聖篤於恩愛特爲降此指
揮疎賤之臣不當更有論奏然臣職在右曹專掌坊
場法度祖宗條約當與天下共之不宜以宮禁之私
輒有撓敗 臣恐此門一啓宮中遞相扳援其漸可畏
臣若失職不舉其罪大矣竊惟皇太妃供養二宮動
循禮法外廷雖疎未聞有過差之事今侯儞所欠不
過萬數千緡耳若以私親之故出捐金帛以濟其急

下足以存骨肉之恩上足以全祖宗之法天下傳誦無復間言公法既完國勢增重其於太妃盛德亦非小補也臣不勝區區守法愛君之心欲乞追還前命使天下明知朝廷不以私愛害公義干冒鈇鉞俯伏待罪取進止

貼黄契勘人戸承買場務如有拖欠官錢已拘收抵當在官其所收子利自合納官兼拘收抵當亦合依條出賣今所降聖旨有此違礙

再論裁損浮費劄子

臣等近奉勅裁減冗費上自宗室貴近下至官曹胥吏旁及宮室機器凡無益過多之用皆得量事裁減唯獨宮掖浮費名件不少有司不得盡見未敢輒議

竊見近降詔書以方將裁損入流以清取士之路遂
命今後每遇聖節大禮生辰太皇太后皇太后皇太
妃所得恩澤並四分減一欲以身先天下詔書既出
中外臣庶皆知聖明以私徇公至有感激流涕者臣
等仰測聖意克己爲人無所不可其欲裁損宮掖浮
費與裁損私門恩澤何異然而至今未見施行者蓋
有司失於建明則臣等之罪也謹案寶元二年嘗命
近臣詳定裁損冗費時諫官韓琦建言請令三司取
入內內侍省幷御藥院內東門司先朝及今來賜予
支費之目比附酌中減省其無名者一切罷去時有
詔禁中支費只令入內內侍省御藥院內東門司相
度減省報詳定所其臣僚支賜卽許會問入內內侍
省等處施行及慶曆元年又詔入內內侍省等處取

先帝時帳籍比較近年內中用度之數以聞是時所損浮費數目極多爲益不細臣等欲乞陛下推廣前日減省恩澤已行之心仰法寶元慶曆祖宗已試之效使天下明知陛下節用裕民自宮禁始則凡有裁損誰不心服臣等不勝區區干犯鈇鉞取進止

翰林學士論時事八首

論黃河必非東決劄子 元祐四年八月初十日上

臣去歲領戶部右曹以財賦不足而開河之議不決河北費用不貲曾三上章論河流西行已成河道而孫村以東故道高仰勢決難行是時大臣之議多謂故道可開西流可塞朝廷因遣范百祿趙君錫親行相度以人情論之符合大臣則易爲言違背大臣則難爲說而百祿等既還皆謂故道不可開而西流不

可塞何者地形高下可指而知水性避高趨下可以一言而決故百祿等不敢蒙昧朝廷希合權要效其誠說而致之陛下陛下亦知其言明白信而行之中外公議皆以爲當今自夏秋之交暑雨頻併河流暴漲出崖由孫村東行以理言之葢河上每歲常事耳而都水監勾當公事李偉與河埽使臣因此張皇申報以分水爲名欲因發回河之議都水監從而和之亦以僥倖欲成回河之役臣竊以爲此輩類多小人不知遠慮河若安流則無以興起功役功役不起則此輩差遣請受不可僥求惟有河事一興則求無不可而況大臣以其符合己說樂聞其事乎臣竊聞見今河道西行孫村側左大約入地二丈以來而見今申報漲水出崖由新開口地東入孫村不過六七尺

欲因六七尺漲水而奪入地二丈河身雖三尺童子知其難矣然朝廷遂爲之遣都水使者興兵功開河道進鋸牙欲約之使東今方河水盛漲其西行河道若不斷流則過之東行實同兒戲昔鯀堙洪水汨陳五行逆天地高下之性九載而功不成鯀以殛死今一河雖小而河朔百萬生靈安危所係奈何不計利害而輕動之哉臣願陛下急命有司且徐觀水勢所向依累年漲水舊例因其東溢引入故道以舒北京朝夕之憂其故道堤坊壞缺之處略加修完免其決溢而已至於開河進約等事一切不得興功仍不許奏辟官吏調發夫役候河勢稍定然後議之不過一月之後漲水既落則西流之勢決無移理而羣小妄說不攻自破矣若不待水勢稍定倉猝之間卽行應

副大役一起小人既得差遣請受因緣生事勢難禁止則河北之患有不可知者矣臣兄軾前在經筵因論黃河等事爲衆人所疾迹不自安遂求引避臣今出位而言正與兄軾無異然不忍朝廷莫大之害而舉朝臣僚懲創前事無有一人爲陛下言者是以不能自已狂愚率易伏俟誅譴取進止

貼黃訪聞孫村出崖漲水今已斷流河上官吏未肯奏知朝廷臣乞特降聖旨差不干礙官司體量聞奏

乞罷修河司劄子元祐五年二月十三日上

臣於去年嘗再具劄子論黃河漲水於孫村出崖東流本非東決而吳安持李偉等附會大臣欺罔朝聽欲因此塞斷北流東復故道差官調夫於今年春首

興起大役臣竊疾之是以不避煩瀆越職獻言以爲河北生靈連歲灾傷不宜輕有舉動乞陛下斷之於心力止其事是時大臣固執前議天聽高遠言不能回臣尋被命出使契丹道過河北見州縣官吏訪以河事皆以目相視不敢正言及今年正月還自虜中所過吏民方舉手相慶皆言近有朝旨罷回河大役命下之日北京之人驩呼鼓舞以爲二聖明見千里之外雖或巧爲障蔽而天日所照卒無能爲惟減水河役遷延不止耗蠹之事十存四五民間竊議意大臣業已爲此勢難遽回既爲聖鑒所臨要當迤邐盡罷今月六日果蒙聖旨以旱災爲名罷修黃河候今秋取旨大臣覆奏盡罷黃河東北流及諸河功役民方憂旱皇皇之際聞命踴躍實荷聖恩然臣竊詳聖

旨不謂減水河必不可開而託名旱災曲全大臣不欲明指其過而大臣復請遍罷諸河以蓋獨罷減水之迹上下相蒙體實未便何者北流堤坊積歲不治近來南宮宗城等處決溢皆由堤坊怯薄夏秋水漲勢不能支都水官吏竊幸其事因以爲回河減水之說既不依常理興功貼築甚者又大計閉塞決口功料以形比孫村回河之費意謂彼此費用相若則孫村之役不爲過當由此北流之患漫不禁止臣昨過瀛深洛等州界吏民皆言今年若不治堤數州之民受害尤甚至於東流故道地勢積高必不可復所開減水河雖不開掘每歲漲水必由此行歲歲淤高往事可驗縱復開掘深廣河淤一上勢不復存於此施功顯是枉費國力而捨彼爲此欺罔可知然臣之所

憂非特在此何者河流之不可復東若使上下誠有不知誤與大役雖傷財害民爲患不小而事有過誤於君臣之間逆順之際未爲大不便也今者大臣之議違衆悖理決不可爲而協力主張膠固爲一去歲所罷今歲復行順之者任用違之者斥去雖被聖旨猶復遷就以便其私陛下之言上合天意下合民心因水之性功力易就天語激切中外聞者或至泣下而大臣奉行不得其半由此觀之則是大臣所欲雖害物而必行陛下所爲雖利民而不聽至於委曲回避巧爲之說僅乃得行君權已奪國勢倒植臣所謂君臣之間逆順之際大不便者此事是也董仲舒有言尊其所聞則高明矣行其所知則光大矣今陛下既得其所聞知然未能尊而行之臣恐羣臣顧望有

不爲陛下用者矣故臣願陛下有所不知知之必行
有所不行行之必盡黃河既不可復回則先罷修河
司只令河北轉運司盡將一道兵功修貼北流堤岸
罷吳安持李偉都水監差遣正其欺罔之罪使天下
曉然知聖意所在如此施行不獨河事就緒天下臣
庶自此不敢以虛誑欺朝廷弊事庶幾漸去矣臣待
罪翰苑身無言責冒昧納忠譏訶貴近罪合萬死然
念頃自初任知縣蒙二聖非次拔擢首尾五年叨在
禁近恩德深重羣臣少比臣而不言天下無敢言者
矣斧鉞之誅所不敢避取進止

貼黃訪聞修河司承受內臣鄭居簡近爲
黃河故道不可復行不敢虛占本職請受
乞先罷任已蒙朝廷允許以此觀之顯是

修河司不消復存其吳安持李偉尙自貪祿怙權未卽引去伏乞早賜罷免所有修河司見管職事卽乞依去年正月二十八日已降指揮令河北轉運司結絕

訪聞修河司妄舉大役略無所益而費用錢糧物科萬數不少河北災傷之後極不易應副縱是封樁錢物亦出自民力深可痛惜臣欲乞委河北提轉不干礙官具前後所費用過數目結罪保明聞奏所貴朝廷上下具知蠹害之實今後愼於興作

北使還論北邊事劄子五道

一論北朝所見於朝廷不便事

臣等近奉使出疆見北界兩事於中朝極爲不便謹

具條列如後
一本朝民間開版印行文字臣等竊料北界無所
不有臣等初至燕京副留守邢希古相接送
令引接殿侍元辛傳語臣轍云令兄內翰謂臣
兄軾眉山集已到此多時內翰何不印行文集
亦使流傳至此及至中京度支使鄭顓押宴
爲臣轍言先臣洵所爲文字中事迹頗能盡
其委曲及至帳前館伴王師儒謂臣轍聞常
服伏苓欲乞其方蓋臣轍嘗作服伏苓賦必
此賦亦已到北界故也臣等因此料本朝印
本文字多已流傳在彼其間臣僚章疏及士
子策論言朝廷得失軍國利害蓋不爲少兼
小民愚陋惟利是視印行戲褻之語無所不

至若使得盡流傳北界上則洩漏機密下則取笑夷狄皆極不便訪聞此等文字販入虜中其利十倍人情嗜利雖重為賞罰亦不能禁惟是禁民不得擅開板印行文字令民間每欲開板先具本申所屬州為選有文學官二員據文字多少立限看詳定奪不犯上件事節方得開行仍重立擅開及看詳不實之禁其今日前已開本仍委官定奪有涉上件事節並令破板毀棄如一集中有犯只毀所犯之文不必毀全集看詳不實亦准前法如此庶幾此弊可息也

一臣等竊見北界別無錢幣公私交易並使本朝銅錢沿邊禁錢條法雖極深重而利之所在勢無由止本朝每歲鑄錢以百萬計而所在

常患錢少蓋散入四夷勢當爾也謹案河北
河東陝西三路土皆產鐵見今陝西鑄折二
鐵錢萬數極多與銅錢並行而民間輕賤鐵
錢鐵錢十五僅能比銅錢十而官用鐵錢與
銅錢等緣此解鹽鈔法久遠必敗河東雖有
小鐵錢然數目極少河北一路則未嘗鼓鑄
臣等嘗聞議者謂可於三路並鑄鐵錢而行
使之地止於極邊諸州極邊見在銅錢並以
鐵錢兌換般入近裏州軍如此則雖不禁錢
出外界而其弊自止矣伏乞下戶部令遍問
三路提轉安撫司詳講利害如無窒礙乞早
賜施行惟河東路極邊數郡訪聞每歲秋成
必假銅錢於北界人戶收糴乞令相度若以

紬絹優與折博有無不可此計若行爲利不小

二論北朝政事大略

臣等近奉勑差充北朝皇帝生辰國信使尋已具語錄進呈訖然於北朝所見事體亦有語錄不能盡者恐朝廷不可不知謹具三事條列如左

一北朝皇帝年顏見今六十以來然舉止輕健飲啗不衰在位既久頗知利害與朝廷和好年深蕃漢人戸休養生息人人安居不樂戰鬬加以其孫燕王幼弱頃年契丹大臣誅殺其父常有求報之心故欲依倚漢人託附本朝爲自固之計雖北界小民亦能道此臣等過界後見其臣僚年高曉事如接伴耶律恭燕

京三司使王經副留守邢希古中京度支使
鄭顓之流皆言及和好咨嗟歎息以爲自古
所未有又稱道北朝皇帝所以館待南使之
意極厚有接伴臣等都管一人未到帳下除
翰林副使送伴副使王可離帳下不數日除
三司副使皆言緣接伴南使之勞以此觀之
北朝皇帝若且無恙北邊可保無事惟其孫
燕王骨氣凡弱瞻視不正不逮其祖雖心似
向漢未知得志之後能彈壓蕃漢保其祿位
否耳
一北朝之政寬契丹虐燕人蓋已舊矣然臣等訪
聞山前諸州祗候公人止是小民爭鬭殺傷
之獄則有此弊至於燕人強家富族似不至

如此契丹之人每冬月多避寒於燕地收放住坐亦止在天荒地上不敢侵犯稅土兼賦役頗輕漢人亦易於供應惟是每有急速調發之政即遣天使帶銀牌於漢戶須索縣吏動遭鞭箠富家多被强取玉帛子女不敢愛惜燕人最以爲苦兼法令不明受賕鬻獄習以爲常此蓋夷狄之常俗若其朝廷郡縣蓋亦粗有法度上下維持未有離析之勢也

一北朝皇帝好佛法能自講其書每夏季輒會諸京僧徒及其羣臣執經親講所在修蓋寺院度僧甚衆因此僧徒縱恣放債營利侵奪小民民甚苦之然契丹之人緣此誦經念佛殺心稍悛此蓋北界之巨蠹而中朝之利也

右謹錄奏聞乞賜省閱亦足以見鄰國向背得失情
狀取進止
三乞罷人從內親從官
臣等近奉使北朝竊見每番人從內各有親從官二
人充牽檐官訪聞自前牽檐官並只是宣武長行不
差親從官止於近歲始行差充緣親從官多係市井
小人既差入國自謂得以伺察上下入界之後恣情
妄作都轄以下望風畏避不敢誰何雖於使副亦多
蹇傲夷狄窺見於體不便昨來左番有李寔一名見
作過犯已送雄州枷勘施行緣選差使副責任不輕
謂不須旁令小人更加伺察況已有譯語殿侍別具
語錄足以關防欲乞今後遣使其牽檐官依舊只差
宣武長行更不差親從官取進止

四乞隨行差常用大車

臣等近奉使北朝每番於車營務差到車六兩般載官司合用諸物其車多是低小脆惡纔行一兩程即致損壞沿路不輟修完僅能到得雄州極爲不便蓋爲國信內有鞍轡等匣舊例不得使常用大車須得別準備此車專充入國既居常不使風雨暴露積久損爛臨時差撥但取數足致有此弊竊見每歲接送伴北使只使常用大車頗極牢壯今若令入國亦只選差常用大車四乘令勾當使臣等自辦簟竹於車箱前後夾縛安置諸匣別無不便免使沿路修車煩擾州縣極爲穩便取進止

五乞立差馬及駞日限

臣等近奉使北朝竊見一行所用馬及橐駞並於太

僕寺及馳坊差撥檜會條貫俱未有差撥日限由此坊監公人例於使副臨起發日然後差撥蓋逐坊監多有病患馳馬本處避見倒死退換科較利在臨時差撥雖要期限迫促入國使副雖知不堪無由退換以此入界之後經涉苦寒嶮遠多致倒死有誤使事欲乞今後所差入國馳馬並於起發半月以前差定仍即時關報使副令看驗揀擇取進止

爲旱乞罷五月朔朝會劄子 元祐五年四月

臣伏見去冬無雪今歲春夏時雨絶少二麥不收秋種未入旱勢闊遠歲事可慮伏惟太皇太后陛下皇帝陛下聖心焦勞請禱備至發倉粟留上供米以救饑饉苟可利民無所愛惜而天意未回旱氣日甚臣實憂之竊惟古之明君遇災恐懼內既竭其誠心齋

用勸分以濟民厄外必避殿減膳廣求直言以答天
意今二聖旣勤其內而外事未修五月之旦將御文
德朝羣臣臣恐九重之祕憂懼之實民莫得知徒見
陛下晏然坐朝臨御大衆民愚無知或謂陛下不畏
天災不卹民瘼人心一疑天意弗順以此救旱所損
大矣臣愚伏願陛下舉行祖宗故事明詔有司罷朔
會避正殿損常膳令百官吏民皆得上封事指陳時
政闕失如此施行雖未得雨而人知陛下寅畏天戒
不吝改過羣情悅伏神亦將助以此救旱非小補也
近日執政大臣雖曾奏乞解罷職任以答天變而所
請未力無益於事今若陛下旣自引咎則大臣勢難
獨止雖未可遽從若且例降一官竢得雨而復君臣
協心災庶可止臣備位禁林心有所見不敢緘默或

加采納乞不出臣此章只作聖意行下於體尤便取
進止

欒城集卷第四十一

欒城集卷第四十二

御史中丞論時事七首

乞舉御史劄子

臣以空疎備位執法當得僚佐以助不逮竊見兩院御史見止三人而兩人辭免未入不獨言者寡少於朝廷得失有所不盡而六察所治事務至煩力有不及則百司怠廢墮者員缺不補動經歲月衆論莫不疑怪臣竊見唐制臺官皆大夫中丞自辟有不由此除授勅命雖行皆拒而不納至本朝雖稍損其舊然亦必令本臺與兩制分舉而人主自擇其可者用之初無執政用人之法也然人才之難非獨今日故自唐太宗以來兼設監察裏行以待資淺之士而祖宗舊制亦許用京朝官知縣以上立法稍寬易於應格

近日舉法須得實歷通判一考人物衰少莫甚於今
而獨於言事官重爲艱阻實未允當臣頃在內外制
見每有詔下同列相視患無合格可舉之人所舉既
上又多不用却於前任臺官中推擇任使雖云舊人
不免出自執政所可殊失祖宗愽舉之意臣今欲乞
並詔本臺及兩制依放舊制舉升朝官初任通判以
上或第二任知縣（通判以上及知縣人所舉各半）從聖意選擇補足
見闕仍依舊置監察裏行所貴祖宗選任臺官舊法
不至隳壞而綱紀之地易於得人亦免遺曠取進止

乞罷熙河修質孤勝如等寨劄子

臣伏見西夏輕狡屢臣屢叛爲患莫測昨與延安商
量地界遷延不決捨歸本國招之不至邊人之議始
謂地界自此不可復議而坤成賀使亦當不至矣今

者天誘其衷使者既已及境而地界復議如故方其未遽告絶招懷之計猶可復施此實中國之利也然臣恐朝廷忽而不慮不於今日窮究端由窒其釁隙必俟邊患既起而後圖之則無及矣臣聞熙河近日創修質孤勝如二堡侵奪夏人御莊良田又於蘭州以北過河二十里議築堡寨以廣斥候夏人因此猜貳不受約束其怨毒邊吏不信朝廷不言可見矣徒以歲賜至厚和市至優是以勉修臣節其實非德我也使之稍有便利豈肯帖然不作過哉何者中國既失大信則夷狄不可復責故也 臣竊惟朝廷之於西夏棄捐金帛割裂疆土一無所愛者累年于茲矣而熙河帥臣與其將吏不原朝廷之心徼求尺寸之利妄覬功賞以害國事深可疾也頃年熙河築西關城

聲言次築龕谷鬼章疑懼遂舉大兵攻擾一路瘡痍至今未復今既城質孤勝如其勢必及龕谷夏人驚疑正與鬼章事同由此言之則曲在熙河非夏人之罪也夫蘭州之爲患所從來遠矣昔先帝分遣諸將入界李憲當取靈武畏怯不敢深入遂以此州塞責自是以來築城聚兵完械積粟勞費天下動以千萬爲計議者患之久矣好事之臣因此講求遺利以爲金城本漢屯田舊地田極膏腴水可灌漑不患無食患在不耕不患不耕患無堡障凡西關龕谷質孤勝如與過河築城皆所以爲堡障也從來熙河遣兵侵耕此地皆爲夏人所殺况於築堡致寇無疑而朝廷恬不爲怪坐視邊釁之啓深可惜也夫蘭州不耕信爲遺利矣若使夏人背叛則其爲患比之不耕蘭州

何翅百倍故臣以爲朝廷當權利害之輕重有所取捨況蘭州頃自邊患稍息物價漸平比之用兵之時何止三分之一若能忍此勞費磨以歲月徐觀閒隙俟夏人微弱決不敢爭乃議修築如此施行似爲得策臣不知邊臣何苦而爲此忽忽也昔唐明皇欲取吐蕃石堡城隴右節度使王忠嗣名將也以爲頓兵堅城費士數萬然後可圖恐所得不酬所失請厲兵馬待釁取之帝意不快忠嗣由此得罪其後帝使哥舒翰攻拔之雖開屯田獲軍實不爲無補而士卒死亡略盡皆如忠嗣之言唐史以爲深戒此則今日之龜鑒也若朝廷不用臣言臣料夏人久必復叛用兵之後不免招來其爲勞恥必甚今日敵人强梁則畏之敵人柔伏則陵之恐非大國之體也惟陛下留神

省察取進止

貼黃臣聞朝廷欲遣孫路以點檢弓箭手爲名因商量熙河界至臣觀孫路昔在熙河隨李憲等造作邊事由此蒙朝廷擢用深恐路狃習前事不以夏人逆順利害爲心而妄圖蘭州小利以失國家大計伏乞明賜戒敕若因界至生事別致夏人失和勞民蠹國罪在不赦

乞分別邪正劄子

臣竊見元祐以來朝廷改更弊事屏逐羣枉上有忠厚之政下無聚斂之怨天下雖未大治而經今五年中外帖然莫以爲非者惟姦邪失職居外日夜窺伺便利規求復進不免百端游說動搖貴近臣愚竊深

憂之若陛下不察其實大臣惑其邪說遂使忠邪雜
進於朝以示廣大無所不容之意則冰炭同處必至
交爭薰蕕共器久當遺臭朝廷之患自此始矣昔聖
人作易內陽外陰內君子外小人則謂之泰內陰外
陽內小人外君子則謂之否蓋小人不可使在朝廷
自古而然矣但當置之於外每加安存使無失其所
不至忿恨無聊謀害君子則泰卦之本意也昔東晉
桓温之亂諸桓親黨布滿中外及温死謝安代之爲
政以三桓分涖三州彼此無怨江左遂安故晉史稱
安有經遠無競之美然臣竊謂謝安之於桓氏亦用
之於外而已未嘗引之於內與之共政也向使安引
桓氏而寘諸朝人懷異心各欲自行其志則謝安將
不能保其身而況安朝廷乎頃者一二大臣專務含

養小人爲自便之計既小人內有所主故蔡確邢恕
之流敢出妄言以欺愚惑衆及確恕被罪有司懲前
之失凡在內臣僚例蒙摧沮盧秉何正臣皆身爲待
制而明堂薦子止得選人蒲宗孟曾布所犯明有典
法而降官褫職唯恐不甚明立痕迹以示異同爲朝
廷斂怨此二者皆過矣故臣以爲小人雖才不可任
以腹心至於牧守四方奔走庶事各隨所長無所偏
廢寵祿恩賜當使彼此如一無迹可指此朝廷之至
計也近者朝廷用鄧溫伯爲翰林承旨而臺諫雜然
進言指爲邪黨以謂小人必由此彙進臣嘗論溫伯
之爲人粗有文藝無宅大惡但性本柔弱委曲從人
方王珪蔡確用事則頣指如意及司馬光呂公著當
國亦脂韋其間若以其左右附麗無所損益遇便流

轉緩急不可保信誠不爲過也若謂其懷挾姦詐能首爲亂階則甚矣蓋臺諫之言溫伯則過至爲朝廷遠慮則未爲過也故臣願陛下謹守元祐之初政久而彌堅愼用左右之近臣毋雜邪正至於在外臣子一以恩意待之使嫌隙無自而生愛戴以忘其死則垂拱無爲安意爲善愈久而愈無患矣臣不勝區區博采公議而效之左右伏乞宣諭大臣共敦斯義勿謂不預改更之政輒懷異同之心如此而後朝廷安矣取進止

論執政生事劄子

臣聞宰相之任所以鎭安中外安靖朝廷使百官皆得任職賞罰各當其實人主垂拱無爲以享承平之福此眞宰相職也臣竊見近者執政進擬鄧溫伯爲

翰林學士承旨除命一下而中書舍人不肯撰詞給事中封還詔書御史全臺兩省諫議皆力言其不可議論洶洶經月不定而執政之意確然不回温伯既仍舊就職而言者並獲美遷質之公議皆不曉其故若謂執政誠是耶則給舍臺諫並係所選豈其皆非若以論者誠非耶則不加黜責並獲優寵進退無據是以公議皆謂朝廷自知其非但重於改作而已今者謗議未息又復進擬禮部侍郎陸佃兵部侍郎趙彥若權本部尚書中書舍人二人復相次封還陸佃之命臣竊惟此二事本非朝廷急切之務勢須必行者也上既不出於人主下又不起於有司皆由執政出意用人致此紛爭內則皇帝陛下太皇太后陛下厭於煩言焦勞彌月下則侍從要司失其舊職綱紀

廢壞至於賞罰顛倒頃所未聞臣不知爲政如此得爲鎭妥中外安靖朝廷者乎頃者諸曹侍郎闕人朝廷始擢用諸卿監爲權侍郎蓋以不權侍郎則本曹公事闕官發遣如禮兵諸部事至簡少雖無侍郎但責郎官亦自可了況侍郎既具而復權尚書此何說也若謂侍郎久次當遷尚書臣不知尚書久次當遂遷執政乎此則爲人擇官而非爲官擇人之意也臣待罪執法竊慮聖意未經究察但見執政歷詆有司而自伸其意使羣臣無由自明今後更有如此等事無敢守法爲陛下明白是非者是以區區獻言不覺煩瀆罪當萬死取進止

論言事不當乞明行黜降劄子

臣聞孟子有言有官守者不得其職則去有言責者

不得其言則去故祖宗朝凡任臺諫言而見聽則居職言而不用則黜罷理之必至前後悉然惟有去年臺諫論回河不當言既不從而言者皆獲美遷今年復論鄧温伯不可任翰林承旨言既不效而言者亦並進職雖人臣迫於朝命黽俛就位而中外觀望不知曲直所在爲損不細誠使朝廷偶有過舉聞善而改適足以增開納之光其或言者論事不當據法罷免亦足以示進退之公今者不辨是非一加進擢朝廷則負諱過便私之毀臣下則被苟簡懷禄之非風俗漸成士節陵替載之史冊不爲美事臣今待罪執法才力疲輭何能發明然在職思憂不敢不勉若所言中理望陛下力賜主張行之無吝一有不當亦乞明加流竄以懲妄言惟乞勿爲隱忍包含之計使臣

主俱受其謗不勝幸甚取進止

再論分別邪正劄子

臣今月二十二日延和殿進呈劄子論君子小人不可並處朝廷因復口陳其詳以瀆天聽竊觀聖意類不以臣言爲非者然天威咫尺言詞迫遽有所不盡退伏思念若使邪正並進皆得與聞國事此治亂之機而朝廷所以安危者也臣誤蒙聖恩典司邦憲臣而不言誰當救其失者謹復稽之古今考之聖賢之格言莫不謂親近君子斥遠小人則人主尊榮國家安樂疏外君子進任小人則人主憂辱國家危殆此理之必然而非一人之私言也故孔子論爲邦則曰放鄭聲遠佞人子夏論舜之德則曰舉臯陶不仁者遠論湯之德則曰舉伊尹不仁者遠諸葛亮戒其君

則曰親賢臣遠小人此前漢所以興隆也親小人遠賢臣此後漢所以傾頽也凡典冊所載如此之類不可勝紀至於周易所論尤爲詳密皆以君子在內小人在外爲天地之常理小人在內君子在外爲陰陽之逆節故一陽在下其卦爲復二陽在下其卦爲臨陽雖未盛而居中得地聖人知其有可進之道一陰在下其卦爲姤二陰在下其卦爲遯陰雖未壯而聖人知其有可畏之漸若夫居天地之正得陰陽之和者惟泰而已泰之爲象三陽在內三陰在外君子既得其位可以有爲小人奠居於外安而無怨故聖人名之曰泰泰之言安也言惟此可以久安也方泰之時若君子能保其位外安小人使無失其所則天下之安未有艾也惟恐君子得位因勢陵暴小人使之

在外而不安則勢將必至反覆故泰之九三則曰無平不陂無往不復竊惟聖人之戒深切詳盡所以誨人者至矣獨未聞以小人在外憂其不悅而引之於內以自遺患者也故臣前所上劄子亦以謂小人雖決不可任以腹心至於牧守四方奔走庶務各隨所長無所偏廢寵祿恩賜彼此如一無迹可指如此而已若遂引而寘之於內是猶畏盜賊之欲得財而導之於寢室知虎豹之欲食肉而開之以坰牧天下無此理也且君子小人勢同冰炭同處必爭一爭之後小人必勝君子必敗何者小人貪利忍恥擊之難去君子潔身重義知道之不行必先引退故古語曰一薰一蕕十年尚猶有臭蓋謂此矣昔先皇帝以聰明聖智之資疾頹靡之俗將以綱紀四方追迹三代今

觀其設意本非漢唐之君所能髣髴也而一時臣佐不能將順聖德造作諸法卒皆民所不悅及二聖臨御因民所願取而更之上下忻慰當此之際先朝用事之臣皆布列於朝自知上逆天意下失民心徬徨踧踖若無所措朝廷雖不斥逐其勢亦自不能復留矣尚賴二聖慈仁不加譴責而宥之於外蓋已厚矣今者政令已孚事勢大定而議者惑於浮說乃欲招而納之與之共事欲以此調停其黨 臣謂此人若返豈肯徒然而已哉必將戕害正人漸復舊事以快私忿人臣被禍蓋不足言而 臣所惜者祖宗朝廷也蓋自熙寧以來小人執柄二十年矣建立黨與布滿中外一旦失勢睎覦者多是以創造語言動搖貴近脅之以禍誘之以利何所不至 臣雖不聞其言而槩可

料矣聞者若又不加審察遽以爲然豈不過甚矣哉
臣聞管仲治齊奪伯氏駢邑三百飯疏食沒齒無怨
言諸葛亮治蜀廢廖立李嚴爲民徙之邊遠久而不
召及亮死二人皆垂泣思亮夫駢立嚴三人者皆齊
蜀之貴臣也管葛之所以能戮其貴臣而使之無怨
者非有它也賞罰必公舉措必當國人皆知其所與
之非私而所奪之非怨故雖仇讎莫不歸心耳今臣
竊觀朝廷用捨施設之間其不合人心者尙不爲少
彼旣中懷不悅則其不服固宜今乃直欲招而納之
以平其隙臣未見其可也詩曰無競維人四方其訓
之陛下誠以異同反覆爲憂惟當久任才性忠良識
慮明審之士但得四五人常在要地雖未及臯陶伊
尹而不仁之人知自遠矣故臣願陛下斷自聖心不

爲流言所惑毋使小人一進後有噬臍之悔則天下幸甚天下幸甚 臣 既待罪執法若見用人之失理無不言言之不從理不徒止如此則異同之迹益復著明不若陛下早發英斷使彼此泯然無迹可見之爲善也臣受恩深重輒敢先事獻言罪合萬死取進止

再論熙河邊事劄子

臣 近以熙河帥臣范育與其將吏种誼种朴等妄興邊事東侵夏國西挑青唐二難並起釁故莫測乞行責降至今未蒙施行 臣 已別具論奏 臣 竊復思念熙河邊釁本由誼朴狂妄覬幸功賞今育雖已去而誼朴猶在新除帥臣葉康直又復人才凡下以 臣 度之必不免觀望朝廷爲誼朴所使若不並行移降則熙河之患猝未可知加以朝廷議論亦自不一 臣 請詳

陳本末而陛下察之昔先帝始開熙河本無蘭州初不爲患及李憲違命創築此城因言若無蘭州熙河決不可守自取蘭州又已十餘年今日欲築質孤勝如以侵夏國良田遂言若無質孤勝如蘭州亦不可守展轉生事類皆浮言蓋以邊防無事將吏安閑若不妄說事端無以邀求爵賞此則邊人之常態而自古之通患也今若試加詰問理則自窮何者二寨廣狹幾何所屯兵甲多少夏人若以重兵掩襲其勢必難保全既克二城乘勝以擊蘭州則蘭州之危何異昔日今朝廷不究其實而輕用其言以隳大信夏國若因此不順外修朝貢以收賜予之利內實作過以收鹵獲之功臣恐二寨所得地利殊未足以償此臣所謂質孤勝如決不可城者由此故也昔先帝綏御

西蕃董氊老而無子趙醇忠其族子也先帝嘗遣苗
履多持金幣以醇忠見之是時聖意蓋有在矣事既
不遂而董氊昏病遂為阿里骨所殺阿里骨本董氊
之家奴先亂其家次取其國董氊之臣如鬼章溫溪
心等皆有不服之志此實一時之機會也是時朝廷
若因機投隙遣將出兵擁納醇忠則不世之功庶幾
可立而一時大臣不知出此遽以旄鉞寵綏篡奪之
臣使得假中國爵命之重以役屬蕃部臣主之勢由
此而堅然自是以來頗亦外修臣節未顯背畔之迹
而育等欲於此時復舉前策蓋已疎矣昔曹公既克
張魯劉曄言於公曰公既舉漢中蜀人望風破膽劉
備得蜀日淺蜀人未恃也誠因其傾而壓之蜀可傳
檄而定若小緩之蜀人既定據嶮守要不可犯矣公

不從居七日聞蜀中震動公以問曄曄曰今已小定未可擊也夫機會一失七日之間遂不可爲今乃於數年之後追行前計亦足以見其暗於事機而不達兵勢矣臣聞种諤昔在先朝以輕脫詐誕多敗少成常爲先帝所薄今誼朴爲人與諤無異誼於頃歲偶以勁兵掩獲鬼章以此自負而西蕃懲於無備久作隄防亦無可乘之勢況育自到任屢陳此計咫尺蕃界誰則不知臣謂兵果出境必有不可知之憂矣兼聞近日擅招青唐蕃部數以千計納之則本無朝旨未有住坐之處却之則於彼爲畔必被屠戮之苦據此專擅罪名不輕臣不曉朝廷曲加保庇其意安在若不並行責降臣恐朝廷之憂未有艾也借使阿里骨因此怨叛結連夏人同病相卹更出盜邊羽書交

馳勝負未決當此之時大臣相顧不敢任責而使聖
君聖母憂勞於帷幄之中雖食主議者之肉復何益
乎臣所謂阿里骨決不可取者由此故也凡此二事
皆國家安危邊民性命所係禍機之發間不旋踵故
臣願陛下蚤發英斷黜此三人外則使異域知此狂
謀本非聖意易以招懷內則使邊臣知賞罰尚存不
敢妄作此當今所宜速行者也然臣尚謂熙河遭此
破壞彼此相疑卻欲招納令就平帖非得良帥未易
安也臣觀葉康直之爲人深恐未足倚仗何者康直
頃緣權貴所薦節制秦鳳秦鳳邊面至狹號爲無事
而康直於前年冬無故展修甘谷城致令夏國大兵
壓境兵役已集康直恐懼不敢興功妄以地凍請於
朝廷役既不成虜兵乃去既無將帥靖重之略而當

熙河搖動之秋臣恐陛下西顧之憂未可弭也要須
徙置宅路更命熟事老將以領熙河仍特賜戒敕使
知朝廷懷柔遠人不求小利之意如此而邊患庶幾
少息矣取進止
貼黄葉康直頃歲差知秦州中書舍人曾
肇諫議大夫鮮于侁皆言康直昨因兵興
調發芻粮一路騷然及令兒男掘取窖藏
斛㪷貨賣及建言欲由涇原路入界和雇
車乘人夫爲知永興軍呂大防所奏有違
詔敕先帝欲深寘於法康直素事李憲憲
營救得免按其爲人如此今熙河方反側
未安而付之此人中外知其不可也
种朴昔因永樂覆師之後父諤權領延安

之日與其親戚徐勳矯爲誇奏妄自保明
勞效仍邀取諸將賂遺并奏其功先帝覺
其姦詐欲加極典既而釋之並特降官落
職停替誇因此憂恚發病至死狂妄如此
若不加貶責臣恐熙河終未寧靖也

欒城集卷第四十二

欒城集卷第四十三

御史中丞論時事劄子九首

再論舉臺官劄子

右臣等近准尚書省劄子勘會御史中丞蘇轍侍御史孫升同舉到監察御史貳員內壹員不曾實歷通判不應條壹員與執政官礙親七月八日三省同奉聖旨令蘇轍孫升同別舉官二員聞奏者檢會元祐三年六月九日尚書省劄子三省同奉聖旨左右司諫左右正言殿中侍御史監察御史並用升朝官通判資序實歷一年以上人舉官准此臣等竊見後來所用諫官如吳安詩劉唐老司馬康三人並非實歷通判之人緣上件所降朝旨係諫官御史並用實歷通判一年即無分別今來人才難得之際若臺官獨

拘苛法必至闕官況自立法以來前後本臺及兩制官並不曾舉到實歷通判可用一人以塞明詔足見此法難以久行伏乞特依近用諫官體例於臣等前來所舉人中選擇除用免致言事之官久闕不補於體不便謹錄奏聞伏候勑旨

三論熙河邊事劄子

臣近論奏范育以措置邊事乖方召還爲戶部侍郎賞罰倒置乞行責降仍乞罷种誼种朴本路差遣更擇熙河帥臣使之懷柔異類謹修邊備雖蒙聖旨罷育戶部而使還領熙河其於邊事一皆如故臣方以爲憂旋聞賀孤勝如二寨近日已爲夏人出兵平蕩臣本儒生不習軍旅妄以人情揆度以爲熙河創於見非守把之地修築城寨理既不直必生邊患言未

絶口而夏國之兵既已破城而歸矣臣謹案二寨雖
昔嘗興置至元豐五年並已廢罷與囉兀永樂等城
無異今欲復行修築生事致寇理在不疑而熙河諸
將意欲侵奪良田收耕穫之利以守蘭州而不顧夏
國爭占之害計其所得不補所亡不待臣言事已可
驗然臣竊謂夏國所遣坤成使臣適至京師而國中
遂敢舉兵攻城略無所忌者意謂築城之役曲在熙
河雖朝廷之重亦必不敢無名苟留其使故也邊計
一失遂爲夷狄所侮可勝歎哉如臣愚見謂宜速擇
良帥俾往綏靖一路至如聚粮添屯之類亦必隨事
應副以備不虞今育與誼朴猶在本路觀其輕敵無
謀貪功希賞必更妄起事端以蓋前失關陝之憂未
可知也況育等欲納趙醇忠謀已宣露爲阿里骨所

怨二難交至可無慮乎昔李德裕議討劉楨同列有異議者德裕請曰有如不利臣請以死塞責今中外皆謂守信固盟中國之利若大臣有欲專任育等不顧邊患者臣願陛下以德裕之請要之若能如此即用其計事定之日按行賞罰則朝廷綱紀庶幾尚在也取進止

貼黃臣竊見朝廷久不明辨是非必行賞罰故羣臣輕易造事去年議回黃河所費兵夫物料不可勝計功卒不成而議者仍舊在職略無責問臣下習見朝廷刑政如此故敢輕造邊釁臣乞陛下以河事爲戒與大臣熟議必令任責不辭然後舉事

三論分別邪正劄子

臣聞聖人之德莫如至誠至誠之功存於不息有能推至誠之心而加以不息之久則天地可動金石可移況於斯人誰則不服臣伏見太皇太后陛下皇帝陛下隨時弛張改革弊事因民所惡屏去小人天下本無異心羣黨自作浮議近者德音一發衆心渙然正直有依人知所嚮惟二聖勿移此意則天下誰敢不然衛多君子而亂不生漢用汲黯而叛者寢苟存至誠不息之志自是太平可久之功此實社稷之福天下之幸也然臣以謂昔所柄任其徒實蕃布列中外豈免窺伺若朝廷施設必當則此輩覬望自消昔田蚡爲相所爲貪鄙則竇嬰灌夫睥睨宮禁僥倖有功諸葛亮治蜀行法廉平則廖立李嚴雖流徙邊郡終身無怨此則保國寧人之要術自古聖賢之所共

由者也臣竊見方今天下雖未大治而祖宗綱紀具在州郡民物粗安若朝廷大臣正己平心無生事邀功之意因弊修法爲安民靖國之術則人心自定雖有異黨誰不歸心向者異同反覆之憂蓋亦不足慮矣但患朝廷舉事類不審詳曩者黃河北流正得水性而水官穿鑿欲導之使東移下就高汨五行之理及陛下再遣官吏按視知不可爲猶或固執不從經今累歲回河雖罷減水尚存遂使河朔生靈財力俱困今者西夏青唐外皆臣順朝廷招徠之厚惟恐失之而熙河將吏創築二堡以侵其膏腴議納醇忠以奪其節鉞功未可覬爭已先形朝廷雖知其非終不明白處置若遂養成邊隙關陝豈復安居如此二事則臣所謂宜正己平心無生事邀功之意者也昔嘉

祐以前鄉差衙前民間常有破產之患熙寧以後出賣坊場以雇衙前民間不復知有衙前之苦及元祐之初務於復舊一例復差官收坊場之錢民出衙前之費四方驚顧衆議沸騰尋知不可旋又復雇雇法有所未盡但當隨事修完而去年之秋復行差法雖存雇法先許得差州縣官吏利在起動人戶以差役爲便差法一行即時差足雇法雖在誰復肯行臣頃奉使契丹道出河北官吏皆爲臣言豈朝廷欲將賣坊場錢別作支費耶不然何故惜此錢而不用殫民力以供官此聲四馳爲損非細又熙寧雇役之法三等人戶並出役錢上戶以家產高强出錢無藝下戶昔不充役亦遣出錢故此二等人戶不免咨怨至於中等昔既已自差役今又出錢不多雇法之行最爲

其便及元祐罷行雇法上下二等欣躍可知惟是中等則反爲害臣請且借畿內爲比則其餘可知矣畿縣中等之家大率歲出役錢三貫若經十年爲錢三十貫而已今差役既行諸縣手力最爲輕役農民在官日使百錢最爲輕費然一歲之用已爲三十六貫二年役滿爲費七十餘貫罷役而歸寬鄉得閑三年狹鄉不及一歲以此較之則差役五年之費倍於雇役十年所供賦役所出多在中等如此安得民間不以今法爲害而熙寧爲利乎然朝廷之法官戶等六色役錢只得支雇役人不及三年處州役而不及縣役寬剩役錢只得通融鄰路鄰州而不得通融鄰縣人戶願出錢雇人充役者只得自雇而官不爲雇如此之類條目不便者非一故天下皆思雇役而厭差

役今五年矣如此二事則臣所謂宜因弊修法爲安民靖國之術者也臣以聞見淺狹不能盡知當今得失然四事不去如臣等輩猶知其非而況於心懷異同志在反復幸國之失有以藉口者乎臣恐如此四事彼已默識於心多造謗議待時而發以搖撼衆聽矣伏乞宣喻執政事有失當改之勿疑法或未完修之無倦苟民心既得則異議自消陛下端拱以享承平大臣逡巡以安富貴海內蒙福上下所同所有衙前差役二事臣方根究詳悉續具聞奏臣不勝區區冒昧聖聽伏俟誅譴取進止

四論熙河邊事劄子

臣論范育种誼等不可留在熙河章三上矣而朝廷不從臣亦言之不已不審陛下亦嘗察其故否臣初

論育措置邊事失當不合還戸部侍郎朝廷既追寢
成命臣亦粗可以塞言責矣育知熙州誼知蘭州皆
非今日之命臣雖不言於臣職事非有害也而臣再
三干瀆聖聽誠有說也方今太皇太后陛下聽政於
帷幄之中皇帝陛下育德於恭默之後欲以仁覆天
下則有餘欲以武服四夷則不足利在安靖不利作
爲而大臣欲聽育等狂謀以興邊事使夏人由此失
和兵難不解當此之時欲相率持羽檄決計於簾前
此臣所以寒心者一也元祐以來朝廷懷柔夏人如
恐不及地界之議將成而絶者屢矣頃者朝命許以
二十里爲界彼既忻然聽從而熙河幸其聽從之間
於四十里之外修築已廢舊寨奪其必爭膏腴之地
板築未移戎馬卽至而二城不守矣今若不問枉直

所在與忿恚之師爲必取之計則關陝兵禍漸不可知若自知不直雖不復爭而留育等守之一則夏國懷疑終不信向二則育等狷憤恥功不遂妄造事端以蓋前失患終不弭況復育等既結阿里骨之怨二隙交構勢尤可虞此臣所以寒心者二也非此二事憂患迫切育等瑣瑣臣肯屢以爲言哉然臣所言於育等三人亦止是各移降差遣及育作待制差緩數年而已於其私計無多損也臣愚以謂方論國事宜且先公後私以全大計不勝區區孤忠憂國再三干瀆天聽甘俟斧鉞取進止

論吏額不便二事劄子

臣頃於門下中書後省詳定吏額文字已具進呈後來都省吏額房別加改定施行其間二事最爲不便

人情不悅是致六曹寺監吏人前後經御史臺論訴者不一本臺亦曾爲申請終未見果決行下臣昔既手綜其事今又目覩所訴理難默已謹具條列如後

一自官制以來六曹寺監吏額累經增添人溢於事實爲深弊臣既詳定即依先降指揮取逐司已行兩月生事分定七等因其分釐以立人數然是時逐司之吏僅三千人皆懼見沙汰不肯供具臣遂稟白三省執政言事干衆人既懷疑懼文字必難取索雖或以朝廷威勢逼令盡供及至裁損必致紛競於體不便不若且據事實立成定額竢將來吏人年滿轉出或死亡事故更不補填及額而止如此施行不過十年自當消盡雖稍似稽緩然見

在吏人知非身患必自安心極爲穩便當時
執政率皆許諾遂於元祐二年十一月內具
狀申尚書省其略曰今來參定吏額本欲稱
事立額量力制祿唯務人人效實事務相稱
卽非苟要裁損人額及減廩祿縱人額實有
可損亦俟佗日見闕不補卽非便於法行之
日徑有減罷若非朝廷特降指揮曉諭本意
終恐人情不以爲信致供報不實虛陷罪名
尋准當月九日尚書省劄子奉聖旨依所申
臣等遂備坐出牓曉示逐司自此數月之間
文字齊足方得裁損成書卻被吏額房違廢
上件聖旨指揮將所減人數便行裁撥失此
信令人情洶洶又緣此任永壽等得騁其私

意近下人吏惡爲上名所壓者卽爲撥上名於佗司（侍郎左選下爲名樂毅在吏額房故爲撥上名孔仲鄕等於考功之類是也）閑慢司分欲遷入要局者卽自寺監撥入省曹（於大理寺撥任承壽親情信中立等十人入考功之類是也）任情紛亂弊倖百出由此舊人多被排斥以至失所凡所訴說前狀已具開陳下則衆口怨謗感傷和氣上則朝廷失此大信今後雖有號令誰復聽從臣今欲乞只依前件聖旨將所損人額直候佗日見闕不補見在人數且依舊安存況尚書左選撥到兵部手分近已准都省指揮發遣歸元來去處伏乞檢會此例一體施行

一六曹寺監吏人多係官制以前諸司名額其請

受多少及遷轉出職遲速高下各各不同及
官制後來分隸逐司一司之中兼有舊日諸
司之吏臣詳定之日與衆官商量以謂若將
舊日諸司之吏納入今日逐司名額則其請
受遷轉出職參差不齊理難均一蓋將逐司
數種體例併爲一法其勢非薄卽厚非下卽
高若不虧官必至虧私虧官則默而不言虧
私則不免爭訴俱爲不便況今舊司吏人並
權新額請受許從多給遷補出職皆依舊司
並有見行條貫若且依此法可以不勞而定
及吏額房創意改更務欲一例從新以顯勞
效遂除見理舊司遷轉已補最上一等名目
見理年選更無遷轉職名之人卽聽依舊條

出職若就遷試補填闕者令候降到新法施
行所有依舊司遷補出職指揮更不行用竊
緣舊諸司吏人根源各別立法不同不可槩
以一法新法雖工止於一法而已以待新法
吏人則可以待舊法吏人則不幸者必衆求
其無訟不可得矣見今刑部田舜賢等經臺
理訴勢必難抑欲乞止依後省所用舊條庶
幾便可止絶

右臣聞孔子論爲政之本欲去兵去食而存信曰自
古皆有死民無信不立今初議吏額羣吏疑懼陛下
與二三大臣既令臣等明出牓示告以將來雖有所
損直候見闕不補聖旨明白人謂信然競出所掌文
案輸之有司臣等賴之以立條例曾未逾歲書入他

司凡有所損卽行裁撥棄置大信略無顧惜此正先聖之所禁也兼前件二事如後省所定皆人情所便極爲易行如吏額房所定皆人情所不便極爲難守今棄易卽難以招詞訴又政事之大失也伏乞聖慈速命有司改從其易以安羣吏之志取進止

乞差官權戶部劄子

臣伏以戶部財賦出入之地天下之劇曹而民之司命也一日不治百日將亂今權尚書梁燾方辭免不出而兩侍郎皆新除未到獨一韓宗道以刑部兼權則是平日四人職事幷在一人況刑部事繁宗道之入戶部止及半日而已本部官吏自來日出視事幾至日沒而罷今既無所統領郎官多相隨早出及議論不一凡事無所取決以致文移壅滯因禁稽留臣

愚以謂方正官未到之間當更差一二人時暫權攝

今學士給舍共有六人職事稀簡宜擇詳熟吏事者

俾權其職庶幾財賦重事不至曠廢取進止

三論舉臺官劄子

臣近准勑與孫升同舉監察御史二人尋准尚書省

劄子以一員不曾實歷通判令別舉官聞奏臣檢會

元祐三年六月八日聖旨左右司諫左右正言殿中

侍御史監察御史並用升朝官通判資敘實歷一年

以上人舉官准此臣竊觀上條本為朝廷除授而設

後來朝廷升除諫官如吳安詩劉唐老司馬康三人

皆未曾實歷遂再奏乞比附施行尋又蒙尚書省劄

子令依條別舉臣退復思念豈以除諫官皆出聖意

故得不依條法舉臺官出於有司故不得援例邪竊

惟前件三人惟司馬康故相光之子光被眷任最深康亦素有清譽或爲二聖所知至於吳安詩劉唐老此二人者何緣得被聖眷若非大臣進擬或密有薦導陛下何緣知之竊謂本臺所舉亦合依例施行況朝廷前後所用百官亦多不應格豈固違法蓋不得已也若獨於臺官固執近法中外必以爲疑伏乞檢會前奏早賜施行取進止

論堂除太寬劄子

臣頃權吏部尚書竊見京朝官以上皆使一年以上闕大小使臣及選人皆使二年以上闕雖闕少員多事不得已而待闕之人已不免咨怨近者復見堂除人亦有待闕及一年以上者人情驚駭昔所未見蓋祖宗朝堂除舊例皆見闕然後差除因事然後超擢

所除既有限量故用闕不至久遠近歲監司以上員數至多而猥更擢人以至衍溢所擢未必勝舊徒使監司闕額不足以應副來者而已至於知州以下舊人未減新人日增蓋由干謁成風除授無法雖稱以才擢用其實未免緣故至於待闕久近所任閑劇衆口議評皆爲之說只如開封司錄舊用歷知州人頃自郭畯之後未及三年而迭用陳該張淳陳元直三人率皆資望輕淺政績未聞已見新故相代輕用堂除於此可見及諸丞寺例亦如此臣欲乞今後謹守
祖宗故事凡堂除皆竢有闕方差且將見今堂除人輪環充補其新擢用者皆須功譽顯著然後得差蓋用人之法要須員闕相當未聞無闕添人謂之擢才濟用者也如此數歲若見闕稍多然後量闕選才理

無不可庶使堂除官吏不復待闕與四選稍異亦旌勸之義也取進止

論前後處置夏國乖方劄子

臣前後四次論熙河處置邊事乖方乞移范育种誼差遣至今未蒙施行然臣前所論止言見今措置之非未及已往根本之失若默而不言竊恐聖明尚有未矚再三煩瀆罪合萬死臣竊觀朝廷前後指揮方夏人猖狂寇鈔未已則務行姑息恐失其心及夏人恭順朝貢以時則多方徼求苟欲自利以此凡所與奪多失其宜何者元祐三年朝廷遣使往賜冊命而夏人公然桀傲不遣謝使再遣兵馬蹂踐涇原朝廷方務遵養不復誅討於四年始復遣使奏乞以所賜四寨易寨門蘭州朝廷雖不聽其所乞然即爲改易

前詔不候分畫地界先以歲賜予之仍令穆衍以三
省密院意旨開喻來使及言所納永樂陷没人口既
經隔歲月或與元數不同並許據數交割及所立界
至雖有自來遠近體例或山斜不等不許邊臣固執
爭占凡此三事皆夏人奏請之所不及而朝廷迎以
與之者也及鄜延路乞依夏人所請用綏州舊例以
二十里爲界十里之間量築堡鋪十里之外並爲荒
閑近黄河者仍以河爲界朝廷一一聽之 臣竊見先
朝分畫綏州之日界至遠近責令帥臣相度保明往
反審實乃從其說今所畫界首起鄜延經涉環慶涇
原熙河四路朝廷更不委逐路審覆卽以鄜延一路
所見便利指喻夏人號令一布無由復反至今夏人
執以爲據此則 臣所謂朝廷方夏人猖狂寇鈔未已

則務行姑息恐失其心者也至於熙蘭所請欲以蘭州黃河之北二十里爲界臣竊謂過河守把勢已艱難侵占蕃地理尤不可仰料朝旨必不敢依唯所言定西通西通渭等城外弓箭手耕種地遠者七八十里近者三四十里不可以二十里爲界邊臣雖爲此說然議者或謂蘭州每遣弓箭手耕種此地輒爲夏人所殺若言已有耕者則弓箭手必有名籍所得租課歲入幾何二說相違理難遙度要須以此先與夏人商議各從逐路之便不可以二十里一槩許之朝廷既失先事籌量及號令已行乃欲追悔先後皆失遂生厲階而熙河帥臣與其將佐乃敢不候朝旨於元請之外修勝如質孤二寨二寨既於元豐五年廢罷具載九域圖志見今無使臣兵馬住坐而妄謂夏

人舊係守把朝廷從而助之以九域圖志爲差訛以
吏部見差管句二寨弓箭手道路巡檢使臣爲守把
臣謂苟以此誑惑中朝士人可耳若欲以此塞夏人
之口而伏其心恐未可也此則臣所謂朝廷方夏人
恭順朝貢以時則多方徼求苟欲自利者也然臣竊
妄料朝廷之意勝如質孤二寨必難議再修定西通
西通渭三寨二十里以上界至亦無以取必於夏國
蓋朝廷歲賜大利既於無事之時空以與人及此緩
急無以爲重所謂差之毫釐謬以千里者也然則地
界之事要必相持不決遇有朝貢使介復來秋冬之
交賊馬肥健時出寇掠受侮夷狄何時已耶如臣愚
見欲乞檢會前奏移降育誼置之佗路別擇名將謹
守大信且修邊備本路疆界之議實非見今守把者

可推以與之以信前約其佗則令推公心具長久計條例聞奏然後朝廷擇而行之則熙河尚可得而安也今臣觀朝廷初無定議方熙河邊釁之作也急召帥臣賁之戶部及臣言賞罰失當則急復遣育還帥熙河至如种朴本與育誼共造邊隙今乃移朴涇原獨留育誼若以召育爲是則今遣之爲非矣若以移朴爲當則獨留育誼爲失政矣政令如此終安適從徒遣孫路穆衍之流往彼相度朝廷大計豈可取決衍等之口萬一敗事雖戮衍等何補於國臣前上言唐李德裕議討劉稹同列有異議者德裕請曰有如不利臣請以死塞責今中外皆謂守信固盟中國之利若大臣有欲專任育等不顧邊患者臣願陛下以德裕之請要之若能如此即用其計事定之後案行

賞罰今臣言已竭勢不能回不審陛下嘗以臣前說要之否邊事至重安危未可知唯陛下留神而已臣以孤忠誤蒙拔擢不敢不盡所懷以孤任使然觸犯者衆死有餘責取進止

欒城集卷第四十三

欒城集卷第四十四

御史中丞論時事劄子五首

論所言不行劄子

臣七月二十四日今月初八日兩次面奏熙河路范育种誼等違背大信貪功生事以速邊患乞移降佗路更選帥臣俾之鎮守臣方奏對間蒙太皇太后再三宣諭以臣言爲是然至今多日但見种朴一人移涇原路向當公事至於育誼並未見移動臣竊伏思念人臣言事不患聖意不同患在聖意已回而大臣固執事輒中止何者聖意不回惟當再三開陳期於必悟若聖意已回而大臣不可事不得行則是君權已移上下倒置雖欲納忠何益於事此臣所以晝夜憂懼欲言而復止者也昔齊桓公游於郭問郭公之

所以亡其父老對曰以善善而惡惡桓公曰善善而惡惡此賢君也而何故亡父老曰善善而不能用惡惡而不能去此其所以亡也今陛下以臣言爲是而不用以大臣爲非而必聽臣竊惑之且陛下雖處帷幄之中實攬人主之事今依違退託專聽大臣事有未安誰受其弊故臣以爲居其位而不任其事任其事而不斷其是非者古今未嘗有也臣以非才誤蒙擢用盡忠獻言上牾大臣下牾邊吏其所以再三論列不爲身計者誠以爲外可以利民而內可以報國故也今所言不從空結怨怒無補於國臣雖狂愚何苦而爲此哉臣恐忠臣自此結舌不敢復以至言聞於陛下矣去年之冬陛下知回河之失深詔大臣罷東流之役天語惻怛中外具聞而大臣奉行不得其

半雖罷回河之名仍存減水之實鋸牙馬頭率皆如故意幸漲水之至河或可回然今日觀之終復何益是以衆議皆謂陛下聖明察物照見千里之外而號令不行未見成效是時臣奉使契丹還奏其事此章具在可覆視也今熙河邊事大略類此若使聖意又爲大臣所沮則君權愈奪臣勢愈張養之不已後將益甚及其事極難忍而後制之則傷君臣之恩失朝廷之體不若今制其漸使事無所失而臣亦獲安之爲善也臣不勝區區爲國遠慮觸冒忌諱甘蹊斧鉞取進止

論渠陽蠻事劄子

臣竊見朝廷近差唐義問處置渠陽寨夷人事議者以爲義問文吏無佗才能不習邊事去年受命廢渠

陽軍爲夷人所圍窮困危蹙計無所出時知沅州胡
田在圍中爲設詭計詐欺諸夷言義問當爲奏復軍
額及乞爲酋長改官夷人信之聚廳事前監令發奏
義問假此僅得脫歸尋遣急遞追還前奏言既不驗
諸夷具知其詐後來每每作過義問指揮沿邊不得
申報今來朝廷復以邊事專委義問深慮無益有損
是時臣以未知義問爲人既見朝廷再加選用疑亦
可使今訪聞邊奏沓至義問所遣東南第七將王安
入界陣亡其所陷沒將校非一臣方知衆議果信不
妄兼訪聞得見今作過楊晟臺等手下兵丁雖止五
六千人然種族蟠踞溪洞衆極不少晟臺桀黠屢經
背叛慣得姦便加以山溪重複道路嶮絶漢兵雖有
精甲利械勢無所施若措置得所本無能爲或經畫

乖方實亦未易撲滅義問前來舉動已爲夷虜所輕今復經敗衂實難倚仗蓋古今命將必因已試之效內爲兵民所信外爲蠻夷所畏威名已著故功效可期今警急屢聞死傷已甚謂宜别加選任以遏寇攘臣竊見知潭州謝麟屢經蠻事頗有勤績溪洞之間伏其智勇衆議皆謂欲制羣蠻未見有如麟者伏乞指揮密院檢會麟前後履歷功狀如衆言不虛乞賜委用庶幾蠻寇可速平定臣區區憂國輒採公議以補萬一取進止

貼黃湖北渠陽與湖南蒔竹本羈縻徽誠州也訪聞昔雖置爲州縣然與沅州等處事體不同蓋沅州等處昔皆用兵誅鋤首領或徙置內地蕩平巢穴故所置州縣久

遠得安今渠陽蒔竹雖名州縣而夷人住坐一皆如故城池之外卽非吾土道路所由並係夷界平時軍食吏廩空竭兩路今欲舉而棄之實中國之利也然其兵民屯聚商賈出入金錢鹽幣貿易不絕夷人由此致富一朝廢罷此利都失此其所以盡死爭占而不已者也自來廢罷堡寨全護兵民捍禦追襲其事非易況今夷人阻截道路兵未得進若不得良將處置實恐爲患不淺又其種族遍據諸洞跨涉湖南北廣西三路凡有措置當使三路同之只如渠陽蒔竹唇齒相依若渠陽先廢羣夷併力以攻蒔竹勢難獨存今朝廷獨使湖北

處置疑其事有未盡今若别遣官經制宜
令通管三路邊事所貴諸處利害不至牴
牾
乞令兩制共議納后禮劄子
臣伏見今月五日詔書節文以皇帝尚虛中壼令太
常禮官參考古今典故著爲成式臣謹案通禮納皇
后最爲嘉禮之重自天聖以來逮今六十餘年在朝
臣僚及太常官吏無復親經其事者茲禮至大宜加
重愼竊見近歲議太皇太后皇太后皇太妃寶册冠
服儀衞等事皆令翰林學士兩省給舍與禮官同議
今來皇帝昏禮所以承宗廟奉兩宮子四海其事甚
重伏乞仍令翰林學士以下共加詳議蓋愼始所以
敬終而正家所以齊天下不可忽也取進止

再論渠陽邊事劄子

臣前月二十四日面進劄子以唐義問處置渠陽蠻事前後乖方致東南第七將王安入界陣亡恐邊患滋長乞速選差諳知用兵之人往代其任尋又聞義問兵敗之後乞奏棄捐城寨與夷人講和其爲暗弱謬妄取笑夷虜如此然其事已著伏計朝廷必不復用然外人竊見召還彭孫妄意朝廷欲付湖北邊事兼孫亦以此自任羣議洶洶皆所不曉謹案孫劫竊之餘賊性不改前後委任欺罔貪盜靡所不爲今若付以兵柄深恐塗炭湖北非州郡所能禁止蓋蠻人背叛不過侵撓邊城若使彭孫作過腹心郡縣並遭其毒前者誤用義問止於敗事今者若用彭孫凶嶮多端事有不可知者以臣愚見雖知朝廷必不肯輕

用此人然衆所共憂不敢默已若待既用而後獻言
實恐於事有損伏乞聖慈檢會　臣　前奏早賜施行取
進止
貼黃　臣　竊以邊臣處事乖方軍民性命所
系差之頃刻所害不小今義問謬妄有迹
敗衂已見而朝廷重難易置久而不決邊
民何辜坐受塗炭若非聖慈憫惻早與指
揮　臣　恐湖北之憂未可涯也

論衙前及諸役人不便劄子

臣　近奏乞修完弊政以塞異同之議其一謂諸州衙
前　臣　請先論今昔差雇衙前利害之實蓋定差鄉戶
人有家業欺詐逃亡之弊比之雇募浮浪其勢必少
此則差衙前之利也然而每差鄉戶必有避免糾決

比至差定州縣曹吏乞取不貲及被差使先入重難若使雇募慣熟之人費用一分則鄉差生疎之人非二三分不了由此此破蕩家產嘉祐以前衙前之苦民極畏之此則差衙前之害也若雇募情願自非慣熟必不肯投州縣吏人知其熟事乞取自少及至勾當動知空便費亦有常雖經重難自無破產之患此則雇衙前之利也然浮浪之人家業單薄侵盜之弊必甚於鄉差熙寧以來多患於此此則雇衙前之弊也然則差衙前之弊害在私家而雇衙前之弊害在官府若差法必行則私家之害無法可救若雇法必用則官府之弊有法可止何者嘉祐以前長名衙前除差三大戶外許免其餘色役今若許雇募衙前依昔日長名免役之法則上等人戶誰不願投諸州衙前

例得實戶則所謂官府之害坐而自除臣竊謂雖三代聖人其法不能無弊是以易貢爲助易助爲徹要以因時施宜無害於民而已今差法行於祖宗雇法行於先帝取其便於民者而用之此三代變法之比也謹具條例如後

元祐三年五月二十八日勑諸路衙前規繩令逐州當職官員體究利害委是難以招募處即以舊支雇食錢參酌量添入合銷重難分數勾集衙衆參定優重之實申轉運司審察施行訖保明申戶部點檢

元祐三年六月三日勑應投名衙前並依舊與免本戶色役

元祐三年六月三日勑諸處鄉戶衙前役滿未有

人抵替者並且依見行招募法雇支工食酬錢如願招募者聽仍依條與免本戶身役不願招募者速招人抵替（十月一日敕除去役滿二字）

元祐三年閏十二月十九日敕諸路監司勘會銜前有招募未足去處躬親與當職官員同共體究利害如委有妨害事節及優重未均或合以舊支雇食錢添入重難分數並依五月二十八日敕命指揮勾集銜衆參定一面施行訖修入銜規仍分明曉諭限半年招募人投名替放鄉差人戶了當如限滿尚有不足去處即具的實事由申戶部看詳施行

元祐四年八月十八日勅諸州銜前投明不足去處見役年滿鄉差銜前並行替放且依舊條

差役更不支錢如願投充長名及向去招募到人其雇食支酬錢卽全行支給卻罷差充其投募長名之人並與免本戶役錢二十貫文如所納數少不係出納役錢之人卽許計會六色合納役錢之人依數免放

臣看詳元祐三年閏十二月以前所定衙前條貫頗已完備亦近人情只緣諸州招募未足見在鄉差衙前不得替罷議者特以爲言卽議改更卻行差法臣嘗略聞建議大意止謂雇人不足良由人戶欲要高價不肯投募以致添錢故令投募者並得雇食支酬等錢而被差者一錢不得爲此誘脅之術欲使招雇得行然不知州縣官吏利在差人向者法不得

差故勉行雇法今既立差法差人既足雖有
雇法其勢必不行矣臣以爲將錢雇人正如
出錢買物錢物相當理無不得縱使一人欲
要善價餘人安肯坐而待之哉彼誘脅之術
蓋商賈小數不足爲朝廷大法也今者已行
此法其事可驗大抵欲雇之心無由復得而
已差之勢遂不可回加以賣坊場錢自此有
入無出差人既依嘉祐而支酬不復其故萬
口怨咨皆言朝廷直取此錢欲作佗用本求
利民之譽更得剝下之謗此最立法之病也
而況長名衙前若免戶役之費動累百千今
每歲止免二十千彼亦何賴於此乎況非見
納役錢人戶又須取之佗人收索之間必不

便得訴訟之端由此必甚凡此此皆非所以便
民也臣今欲乞應招募衙前並依上件元祐
三年閏十二月以前條貫其元祐四年八月
十八日勑更不施行其招雇未足州郡所差
鄉戶且令依舊招募候招募到從下戶先入
役者替放與折當合入役次仍令諸州軍所
定衙規比元豐年雇食支酬錢數別無增添
者監司不得曲加問難蓋元豐以前屢經裁
損縱有些小優潤數亦不多所貴民間易爲
應募仍限指揮到日限半年依前指揮保明
申戶部
貼黃戶部近乞衙前依舊鄉差比雇役衙
前支五分雇食支酬錢臣謂官自有坊場

錢可以支雇必不以減半爲利而民間不
免差役之害不若以錢雇人仍免戶役可
得實戶之爲利也

元祐四年五月十一日勑諸路收到助役錢只許
支充應係補助役人費用不得别將支用候
歲終除支外尚有寛剰錢數令封椿戶房置
簿候諸路逐年申到數目揭貼仍令戶部指
揮諸路提刑司依封椿錢物法條式施行歲
終具帳限次年春季申戶部繳申尚書省

元祐四年六月九日勑坊場錢並依上件助役錢
已得指揮令封椿戶房一就置簿揭貼

臣看詳諸路坊場嘉祐以前並以支酬長名衙前
熈寧以後並出賣得錢爲雇役衙前雇食支

酬之費未有以供佗用者也至於人戸所出
役錢本以補助戸少役多縣分雇募役人亦
非國家經費所入之數今自二聖臨御改更
宿弊大抵皆是捐利以予民而獨於衙前坊
場及人戸助役支用之餘收拾封樁以充朝
廷緩急之用民愚無知但見損下益上非已
之利必致怨謗況所雇衙前錢數一定無復
減損而坊場敗折所入淨利有減無增人戸
色役頻煩日益不易若亟收羨數不以及民
必失民望臣觀此法止是官吏以聚斂爲功
欲因增羨覬幸酬賞而已非二聖仁民愛物
之意也臣今欲乞一皆仍舊只以准備補助
役人若欲歲知其數宜令提刑司申上戸部

右曹置籍揭貼勿申都省充封樁錢數以解
天下之惑且使衙前役人兩得足用

其二謂諸州縣役人臣前已具論差雇役人利害以謂差役之利利在上等下等人戶而雇役之利利在中等既利害相半則兼行差雇爲利實多然則祖宗舊法與先帝近制要爲皆有所去取唯當問人情之所便更不當以新舊彼我爲意有所偏系也臣觀前後役法皆由臣僚意有所執或自前曾經議論欲遂成其說或見今觀望上下有所希合致令所立之法不得通濟謹具條例如後

元祐三年十二月二十四日勑官戶等助役錢逐
州除依條支用外以實數十分量留一分准
備其餘錢勘會管下諸縣合役空閑戶不及

三番處將州手分散從官承符人招募抵替
鄉差人戶
元祐三年五月十五日勑役錢除令招募役人支
使外有寬剩錢數許一路通那支用
元祐四年八月十八日勑諸州役除吏人衙前外
其餘應係合差州役人年滿本州於替期前
行下合干縣分差充本縣先於本等內揭簿
定差如無空閑及三年戶即於次等差又無
空閑及三年戶本縣方具目今未有可充役
人戶保明申州支錢雇募
臣看詳三番之法似疎而易行三年之法似密而
難用何者人戶物力厚薄等第高下丁口進
減及充役年限久近率皆不齊而槩言三番

此所謂似疎也然而逐等合役人數若干可
役人戶若干揭簿可指自非造簿別無增減
逐縣先供番數在州遇州役有闕當差當雇
不待下縣州自可見人戶晏然不知而胥吏
無以寒熱此所謂易行也州役有闕每須下
縣覈實無空閑三年人戶然後得雇此所謂
似密也然而每有一闕縣吏得以起動人戶
雖空閑未及三年非賄不免雖已及三年得
賄或止加以三番之法本約六年以來今無
故輒減其半民情不悅此所謂難行也臣今
欲乞復行三番舊法仍約定每番止於二年
及令人戶逐等各計番數不用本等不足即
差次等之法蓋所以優狹鄉也使寬鄉雖閑

得六年以上而法不禁狹鄉雖閑止三年以
下而民不怨則害矣又臣以爲助役錢本出
於民除留准備一分外當盡用雇役以助民
力蓋取之於民而還以爲民民情乃悅今此
法許以雇州役而不及縣役若役錢不足則
已若役錢有餘而止雇州役非通法也臣竊
見梓州路轉運副使呂陶奏朝廷立法既令
空閑戶不及三番處並雇州役則是欲減合
差之役令人戶空閑須及三番今除已雇州
役外尚有空閑不及一番兩番三番處即差
役年辰愈近民力愈不易理合將助役錢爲
雇縣役令人戶空閑及得三番則法意均一
民力寬紓本路年收助役錢四萬四千四十

貫有零除當留一分及雇募州役外尚餘寬
剩錢三萬一千一百一十貫有零今若更將
一萬二千五百五十貫有零雇上件不及三
番以下縣役尚有寬剩一萬八千五百六十
貫有零委是不致妨闕又知陝州呂大忠奏
陝州所統七縣除夏縣外大槩戶少役多且
以平陸一縣言之每揭簿定差本等不足須
及次等又不足則迤邐遺那遂至下等縣役
既無指定空閑年月之文役滿遇闕便即再
差則上戶無有休息若稍寬上戶則下戶反
應重役臣自到任以來訪聞役法未便士萛
不竊議於其家農萛不竊議於其野人人共
知而州縣觀望惟務遷就庶幾推行而終有

窒礙乞下有司早議成法臣詳觀大忠之言雖不陳措置之方大約與呂陶之意不異訪聞諸路事體大略亦與二人所言不殊臣欲乞諸路役錢除通那支雇不及三番處州役外仍許通那支雇不及一番以上縣役令人戶皆及三番而止其錢少路分則隨錢所及而止臣嘗謂畿內天下根本其民與外道均出助役錢止以雇法止於州役遂使畿內人戶出錢而不得雇役反不及諸路之優今若通雇縣役則畿內之民與諸道均被其賜此又均一之一端也

貼黃戶部見立法諸州助役錢留一分准備外盡數支雇州役此法比舊雖已甚寬

然臣謂不限不及三番然後許雇即寬鄉愈寬而狹鄉自狹未若限以不及三番遍雇州縣役之爲均也

元祐差役勑人戶差役除耆長戶長壯丁須正身充役其餘公人如願雇人充代者並許任便選雇經官陳狀委保替名祗應其雇直錢物聽私下商量

臣看詳元豐以前官雇役人皆有定下錢數不至過多今既行差役法仍許所差之人不願身充亦得雇募蓋所以從民之便也然私下雇人爲弊不一或官吏苛虐必使雇募某人或所雇頑狡百端取其雇直官中所使要以皆非稅戶正身而橫使民間分外縻費雖條約

頗嚴然州縣施行豈得如法其弊終在見今州役如承符等皆官自雇人至於縣役必使民間自雇議者之意但欲苟存差役之虛名而不顧民間之實病非通法也臣欲乞應州縣諸役所差人如欲雇人並許依元豐以前官雇錢數納錢入官官爲雇人一如舊法據前後臣庶上言乞行此法者非一乞令戶部檢會足見人情共願非一人私說也

元祐二年十二月二十四日敕諸縣空閑戶不及三番處將州手分招募抵替鄉差人戶

元祐三年五月十六日敕州手分不以諸州空閑戶及與不及三番處並招募替放鄉差人戶

元祐四年七月二十七日都省批狀據戶部狀契

勘朝旨州手分係差到人並許支錢招募抵
替外有係投名舊人願住卽不該支給雇錢
檢會前後累據京東京西淮南路轉運幷京
東京西河北利州河東路提刑司及環復密
濟黃滑唐陳鄧鄭秦瀛定州河陽潁昌府各
申陳據舊吏人詞訟不請雇錢事理不均勘
會諸州吏人除江南東西兩浙福建廣南東
西路已有投名人數足外餘路逐州軍有投
名不足抽差人數蓋鄉村人戶素多不閑書
算不諳公家行遣次第於應役之際惟憚差
充人吏其承符散從官之類只是身自出力
可以自充是致無投募手分處惟手分最爲
重役本部今相度諸州吏人除自來已有人

投名數足處外應有抽差人數見行雇募處
並以見支雇錢裁減均那不限新舊人並行
支給如委的數少向去招募不行即從本州
當職官員參酌案分繁簡相度量添即不得
過舊日募法雇直之數仍開具立定所支錢
數案分等第則例保明申提刑司審察詣實
指揮施行若助役錢有闕剩即從本司通一
路移那應副支使候施行訖依此開析保明
申戶部點檢狀後批勘會昨戶部申請乞以
招募投名人分數支給食錢尚慮不均別有
弊倖今來却乞不限新舊人一槩並行支給
比前申請尤更僥倖七月七日根送戶部子
細看詳合如何立法得爲允當及可以情願

使人投募具狀申尚書省者本部勘會諸州
軍吏人見今有招募數足又有招募不足去
處及舊人投名不支雇錢投名替鄉差人卽
支錢逐處申陳不一卽未審諸路逐州軍的
實利害因依今欲乞下諸路轉運提刑司契
勘委自逐司子細體究詳具逐州確實利害
因依仍相度合如何措置施行具詣實保明
事狀連書申部候到類聚參較別行立法申
都省候指揮狀後批七月二十七日送戸部
依所申
臣
看詳四方風俗不同吳蜀等處家習書算故小
民願充州縣手分不待招募人爭爲之至於
三路等處民間不諳書算嘉祐以前皆係鄉

差人戶所憚以爲重於衙前自熙寧以後並係雇募雖不免取受然非雇不行今朝廷役法兼行差雇苟有錢可雇其義當先雇役之重者今三路等處實以州手分爲重則雇役之所當先也然近法雇州手分止於替鄉差其非替鄉差者皆不得雇夫所謂非替鄉差者皆舊人職名已高或本是稅戶苟欲免役者也若使所職輕重一般而有祿無祿頓異人情不安必有辭罷者矣縱不辭罷將來老疾事故無無願投者必不免雇故不若早立一法均行雇募之爲善也且民間諳習書算行遣之人除投充手分之外其實亦無他業不爲手分亦將何爲今但比元豐舊法量支役

錢理無不至詳觀前件戶部所陳詞理已盡
朝廷抑而不用實爲未便自令諸路相度以
來略無報應足見於戶部所請之外別無可
擘畫矣臣欲乞指揮三路等處州手分除招
募已及九分外餘並比元豐舊支雇錢分案
分輕重量加裁損立定錢數招募施行餘依
戶部前來所請
貼黃朝廷向申明投名州手分非替鄉差
不支雇錢因令州役承符人等非替鄉差
亦不得支今州手分既不分新舊一例支
錢則承符人等亦當如此
右臣竊見元祐以來朝廷改更弊政如青苗市易保
甲等事一皆剗削而天下卒無一人以爲非者至於

改募役爲差役建議之始異論已多逮今五年終云未便蓋事之當否衆口必公雖古聖人孰敢違衆故臣願朝廷採此衆志立成定法臣昔於元祐三年任戶部侍郎竊見朝廷始議兼行差雇二法使天下以六色助役錢雇募州役是時特出朝旨不問有司斷然必行已而衆皆稱便何者非常之原凡人不曉或暗昧不矚至理或偏係不肯公言竢其同心事何由濟故臣今所言欲乞出自聖斷與大臣熟議如有可采依三年例斷而行之所貴天下之民速蒙利澤不然使中外雜議動經歲月大法無由得成而民被其害未有已也臣不勝區區不知言之煩瀆死罪死罪取進止

欒城集卷第四十四

欒城集卷第四十五

御史中丞論時事劄子一十二首

乞再舉臺官狀

右臣等近准勑舉岑象求趙屼充臺官已蒙聖恩除象求殿中侍御史竊見本臺兩院官共六員分領六察皆得言事元祐之初朝廷急於求治臺中闕員略無一二四方觀望皆知陛下勤於聽納爭效悃愊以補萬一今日監察御史併闕四員雖聖明開納之意無損於前而員闕不補中外疑惑今六曹寺監雖復閑地每遇有闕猶未嘗不補況於人主耳目所係至重自非諱聞直言及有所壅蔽而聽其久闕實非治世之事也況六察所治事務不少若稍有弛廢則寃抑者必衆亦非先帝設官之本意也伏乞特出聖旨

下本臺及兩制分舉八員陛下擇取四人用之使天下曉然知朝廷招求忠言與昔無異不勝幸甚謹錄
奏聞伏候勅旨

乞改舉臺官法劄子

臣伏見唐制御史屬官皆大夫中丞自舉及本朝舊法亦皆丞雜及兩制舉人蓋以人主耳目之官不欲令執政用其私人以防壅蔽近自元祐三年六月八日聖旨指揮殿中侍御史監察御史並用陞朝官通判資序實歷一年以上人自是以來雖時復令本臺及兩制舉官而終無一人應格可用何者士自選人改官經兩任知縣一年通判若稍有才名多爲朝廷擢用其餘碌碌無取難以復堪臺官雖或間有沉淪未見知賞然蓋亦已少矣今法限取此人已傷苛細

而又緣此祖宗舉臺官舊法久廢不用而執政以意選用舊人之例遂以成風近日雖聖意開悟復令臣等舉官然弊法尚存方人物衰少之時實患難以應法伏乞檢臣前奏稍改近制令臺官得舉陞朝第二任知縣及通判以上各半若謂知縣資淺乞依尚書侍郎例許權監察御史所貴稍存祖宗故事不致執政自用臺官雖方今君臣相信法度可略而朝廷紀綱不可不經久遠臣職在臺長臺中典章義當固守取進止

論用臺諫劄子

臣聞書稱堯舜之德曰明四目達四聰蓋人君居高宅深其勢易與臣下隔絕若不務廣耳目則不聞外事無以預知禍福之原臣不敢復論前代請陳本朝

故事每當視朝上有丞弼朝夕奏事下有臺諫更迭
進見內有兩省侍從諸司官長以事奏稟外有監司
郡守走馬承受辭見入奏凡所以爲上耳目者其衆
如此然至於事有壅蔽猶或不免今自太皇太后陛
下皇帝陛下垂簾以來每事重慎羣臣得對於前者
惟有執政及臺諫官而已然天下之事其是非可否
既決於執政陛下欲於執政之外特有所聞者又獨
有臺諫數人而已臣觀今日臺官三員諫官二員其
間非執政私人特出聖意所用者又不過一二人孔
子有言今吾於人也聽其言而觀其行陛下試取此
五人言行之實而諦觀之則其邪正向背槩可見也
昔漢成之世王鳳用事羣臣莫敢盡言惟劉向王章
力言其惡無所顧避皆爲鳳所不喜言卒不用或繼

以死而鳳推薦其門人如杜欽谷永之流使上封論事欽等所言皆掩蔽鳳短專攻帝失由此直言不聞漢以不競今陛下深處帷幄耳目至少惟有臺諫數人若又聽執政得自選擇不公選正人而用之　臣恐天下安危大計無由得達於前而朝廷之勢殆矣惟陛下留神省察無忽　臣言則社稷之福也取進止

乞罷修河司劄子

臣伏見大河北流經今十年已成河道每年夏秋汎溢孫村地形低下漲水東出因此張問等輩欺罔朝廷建爲回河之議自是北京生靈懷魚鼈之憂日夜爲遷徙之計監司守臣及勅遣使者皆言其不便朝廷亦知其難矣而去歲八月宣德郎李偉輙敢獻言欲閉塞北流回復大河力排衆議僥倖萬一私覬功

賞朝廷爲之置修河司調發民夫剗刷役兵差文武
官吏收買梢芟百廢並舉河北京東西路公私爲之
騷動萬口一詞知其無成上賴陛下聖明照知利害
然猶未能盡罷其役始令且開減水河次因旱災令
權罷修河放散夫役然修河司依前不罷李偉仍提
舉東流故道後因給事中范祖禹封還勑命尋奉四
月五日聖旨李偉差遣後過漲水檢舉取旨臣訪聞
是時大臣面許陛下竢求得一人可代偉者卽令偉
罷去夫偉以欺君動衆害及數路據法當卽日誅竄
以謝天下今乃遷延至此況有前件聖旨必非虛言
理當檢舉施行以信大臣前說今漲水已退而偉終
不罷據今月三日聖旨止是依吳安持等所請候霜
降水落從北丞司相度將梁村口至孫村河身內妨

礙處取豁壁掠候冰凍消釋相地形順便隨宜開導務令深闊釃爲二渠臣詳觀安持等說蓋猶挾姦意觀望朝廷欲徐爲興動大役之計以固權利不然但掠行開撥口地則北外丞司自可辦事自不須復存修河司及留李偉使時進姦謀以敗大計也以臣觀之修河司若不罷偉若不去河水終不得順流河朔生靈終不得安居伏乞指揮大臣速罷修河司及檢舉前勑流竄李偉以正國法取進止

貼黄臣觀大河北流北京在其東軍民倉庫所在河朔之都會也昔人遠爲漲溢之備於其西岸開三河門使漲水西流於空閑之地至館陶合入河身故北京苦無大患今自李偉等閉塞三河門築截河馬頭

指水鋸牙激水東向仍於東岸第三第四第七鋪開撥河道恣令漲水灌注北京之上今歲八月漲水東流幾與北京簽橫堤平南望瀰汎五十餘里是時北京中若雨不止風不定本京必致疎虞今偉等申請皆沒此目前實害而探言北流深瀛汎浸之害以爲不可不存東流以分減水勢據今年深瀛等州堤防新復未甚高厚然皆不至決溢若將來歲歲增築使與從前河堤相若加以海口深快漲水不得停留縱有小溢必不至深害雖無東流未爲患也故 臣以爲偉等皆妄言苟欲自便耳若不斥去則邪說無窮正論無由得伸最河防

之巨蠹也

再乞責降李偉劄子

臣近奏乞罷修河司并責降李偉尋准九月二十六日聖旨李偉權發遣北外監丞提舉東流又准十月二日聖旨罷都提舉修河司臣以爲修河司雖罷而李偉不去與不行臣言無異謹按李偉屢以姦言動搖朝廷興起大役於去年八月中獨銜奏稱大河見今已爲二股分行然須當於第四鋪地分更行開廣河槽只得兵夫二萬於九月興功至十月寒凍時畢功因而引導河勢豈止二股通行而已亦將遂爲回奪大河之計凡偉所言大率狂妄不疑如此由此朝廷信以爲實爲之發兵調夫差官吏聚梢芟騷擾河北京東西三路吏民爲之不聊生者半年朝廷中覺

其妄遽罷其役是時中外公議皆望朝廷立行誅竄明其欺罔以謝天下而因循不決任偉如故旣而給事中范祖禹封還制書乞罷偉差遣朝廷猶復隱忍於四月五日降聖旨李偉差遣候過漲水取旨今漲水已過中外又謂陛下必責降偉以信前命而反擢授監丞仍提舉東流曾未數日復罷修河司蓋朝廷之所以罷修河司者謂回河不可復行故也回河旣不可復行則偉罔上誤國之罪審矣今乃以初任知縣權發遣都水監丞則是有罪之人更得違法進擢此公議所以不伏也且修河司雖罷而李偉不去姦言時至河事變更不定河朔生靈無時得安此又公議之所深憂也且朝廷號令貴在必信四月五日聖旨指揮著在有司今棄而不用使天下皆得竊議以

謂朝廷虛設此言如使給事中奉行制命及制命已行則棄爲虛語曾不顧邮大臣何惜一偉而輕犯此謗哉臣不勝區區伏乞檢會前奏速賜流竄偉若不黜公議終不止也取進止

貼黃去年八月偉始奏乞回河朝廷用其言差官吏兵夫收買梢芟開掘河槽修築馬頭鋸牙功役至大于今觀之皆是虛費臣乞差不干礙官司一一磨算費用之實若只據此偉之流竄自有餘責而況欺君誤國臣子之大惡耶

三論渠陽邊事劄子

臣近再論唐義問處置渠陽邊事乖方致渠陽蠻寇賊殺將吏乞早黜義問以正邦憲更選練事老將付

以疆場經今多日不蒙施行訪聞執政止以臨敵易將兵家所忌爲說雖知義問處置顛錯至覆軍殺將而猶復隱忍不即遣代比雖遣衡規往視然規凡人未曾經練戎事何益於算徒引歲月坐眂邊人肝腦塗地臣甚惑之謹按義問所爲蓋全不曉事留在邊上一日即有一日之害昔趙任廉頗以趙括代之則敗秦任王齕以白起代之則勝蓋臨敵易將顧代者何人耳今執政乃以虛文藉口終欲庇之遠人何辜日被塗炭若非陛下哀矜四方亟命賢將往代則臣恐陷害生靈未有已也兼臣訪聞渠陽諸夷蟠踞山洞道路險絶中國之兵入踐其地雖跬步不得其便昔郭逵知邵州困於楊光僭李浩從章惇自沅州入過界即敗逵浩皆西北戰將然並有敗無成者地形

不便也今聞朝廷已指揮諸道發兵數目不少然將非其人臣恐既不知戰又不知守老兵費財漸致腹心之患深可慮也今朝廷欲棄渠陽然其中屯戍兵民不下數千義無棄之虜中俾爲魚肉要須略行討定使知畏憚肯出渠陽兵民然後爲可臣訪聞湖南北士大夫皆言羣蠻難以力爭可以智伏欲遣間諜招誘必用土人欲行窺伺攻討必用土兵捨此而欲以中國強兵敵之雖多無益然此可使智者臨事制置難以遙度也臣前者嘗以衆人言謝麟屢經蠻事頗有勞效乞行委任朝廷置而不用蓋必有賢於麟者惟乞速遣以紓邊鄙之患至於義問決無可望幸陛下無疑也臣又聞渠陽諸夷與宜州羣蠻相接宜蠻部族衆多若與渠陽諸夷合謀作過勢益昌熾猝

難翦滅亦乞指揮廣西預行招撫雖不得其用但勿與協力亦不爲無益矣取進止

乞定差管軍臣僚劄子

臣伏見管軍臣僚見闕三人頃者竊聞大臣議除張利一張守約陛下以謂二人皆資任淺下用之則爲躐等又張利一張著之子而得一誠一之兄故不可用特出聖意欲用王文郁姚兕大臣既退輒寢文郁兕而進擬利一守約右丞許將既隨衆簽書進擬而復論奏其不便因此進擬文字爲聖旨所却經今一月有餘廢不復議臣竊以祖宗故事凡有管軍皆以資任先後相壓未嘗輕有移易自非戰守功效尤異豈可超授今利一守約資淺才下別無出衆勞效而利一家世又如聖旨所諭大臣力行己意力欲進擬

其爲不便不言可見許將既知其失自合與衆人公議止其進擬今乃外同簽書內行論奏反覆之狀殊非大臣之體由此互相疑阻遂使差除之政廢不時舉以臣愚見實恐自此專擅之迹與窺伺之風交行於上浸淫不止皆非朝廷之福也況自祖宗以來以管軍八人總領中外師旅內以彈壓貔虎外以威服夷夏職任至重豈以大臣商量未得如意闕而不補臣欲乞指揮以本朝故事參近日聖旨苟非邊功尤著衆所推服罪惡顯白世所共棄且當循守資格速加除授以允公議取進止

貼黃訪聞張利一任定州總管日曾入教場巡教以不得軍情諸軍並不唱喏因此移真定總管據此事狀實亦難令管軍

乞裁損待高麗事件劄子

臣伏見高麗北接契丹南限滄海與中國壤地隔絕利害本不相及本朝初許入貢祖宗知其無益絕而不通熙寧中羅拯始募海商誘令朝覲其意欲以招致遠夷爲太平粉飾及掎角契丹爲用兵援助而已然自其始通及今屢至其實何益於事徒使淮浙千里勞於供億京師百司疲於應奉而高麗之人所至游觀伺察虛實圖寫形勝陰爲契丹耳目或言契丹常遣親信隱於高麗三節之中高麗密分賜予歸爲契丹幾半之奉朝廷勞費不訾而所獲如此深可惜也今其復至既朝廷未欲遽絕謂當痛加裁損使無大饒益則其至必踈而我得其便矣竊見近日已降朝旨自明州以來州郡待遇禮節率皆減舊而京師

諸事未加裁定臣愚以謂朝廷交接四夷莫如遼夏之重而自前所以遇高麗者其北二虜多或過之非獨於本朝事有不便儻使二國知之亦爲未允今略取都亭及西驛所以待西北人使約束與同文館待高麗條例輕重相比乞行裁酌謹具條例如後

北使條約

一人使送到買物劄子如內有不係賣與物色更不關報國信使下行幷官庫供納仰館伴使副婉順說與後條其不係賣與物色名件逐一細開

西使條約

一西人詣闕賀正旦聖節到許住二十日非泛一十五日如係商量事候朝旨進發

一西人到闕隨行蕃落將不許出驛或有買賣於

本驛承受使臣處出頭官爲收買（後條不許收買物亦細開名件）

一西人到京買物官定物價比時估低小量添分數供賣所收加擡納官

高麗使條約

諸人從出外買到物並檢察有違礙者卽婉順留納（以雜支錢給還價直）係時政論議及言邊機等文字卽問元買處關閉封府

諸進奉人到闕司錄司及曉示行人許將物入館至設廳兩廊與進奉人交易仍關監門不得阻節

諸親事官隨人從出外遊看買賣輒呼樂藝人飲酒作過及買違禁物者杖八十情重者奏裁

差到先責知委狀

諸下節日聽二十人番次出館遊看買賣仍各差親事官一人隨願乘馬者於諸司人馬內各借壹匹幷牧馬兵士壹人至申時還仍責隨人所往處狀

諸進奉人乞贖藏經者申尚書祠部餘相度應副即不許買禁物禁書及諸毒藥

諸進奉使乞差伎藝人教習三節並關管勾同文館所

公使錢五十貫關左藏庫供限壹日到每叁日或伍日買時物花果之類送進奉使副幷上中下節關即再關取

右臣竊謂遼夏高麗均爲夷狄朝廷所以交接之儀

防閑之法理當無異況高麗之於契丹大小相絶有君臣之别今館餼之數出入之節或皆如一或更過厚其於事體實爲不便臣欲乞凡館待送遺並量加裁抑其人從出入即依西北人使舊例其留住月日非汴水未通仍立定日限如此施行亦自不爲薄也取進止

貼黄高麗人使見今必已至浙路所定裁損條約乞不下省部只自朝廷指揮免有稽緩失事

論張頡不可用劄子

臣伏見朝廷以置渠陽軍爲不便議欲棄之者久矣然自去年以來欲棄而不得羣蠻猖獗南邊至今爲梗者何也任非其人而棄之無術故也唐義問文俗

吏耳無宅才略昔被朝命直入羣蠻之中欲棄此城既爲蠻衆所圍用胡田之計詐欺羣蠻苟脫性命既歸不敢以其實聞凡有寇盜皆指揮邊城不得申報朝廷不察其實而任之不替則既一失之矣及今夏以來蠻寇大作以至覆軍殺將臣屢以爲言而朝廷屬任義問之意不衰訪聞大臣但以臨敵不可易將爲詞終欲庇義問不卹邊人肝腦塗地之苦及今已將半年則既再失之矣今者朝廷除張頡知荆南頡自瀛徙荆誠不爲超遷然近降朝旨令單馬赴任外人始知朝廷欲以頡代義問蓋義問之所以敗者闇而自用狠而失衆今頡猜嶮闇愎又甚於義問而朝廷復加委任則又三失之矣 臣竊悲湖北之人外遭羣蠻騷擾不安其居內蒙用人三失未知息肩之所

是以不避煩瀆冒進瞽言昔元祐二年朝廷除頡戶
部侍郎臣時爲諫官前後具頡罪惡八事乞行罷免
時雖不從然用頡未逾年知其不可卒黜之外任及
今未幾而遂付以邊事邊事重害又與戶部不同蓋
臨敵統衆兵民性命所係不可不慎竊聞大臣謂頡
本貫鼎州意其習知蠻事是以遣之然不知人才各
有短長未必生於其鄉必善其事臣但恐頡任情恣
行出於天性老而不改必致敗事頡昔爲桂州經略
使始因斬吝小費終以措置乖方事具臣昔遂致宜
州夷人背叛賊殺本州兵官頡尋遣費萬王奇二將
繼往攻討率皆陷沒先帝震怒差官取勘遂落職奪
官降知均州又元豐三年除頡知熙州是時臣僚上
言頡天資褊躁動多猜忌頃在廣南忿爭互論州郡

官吏爲之不安乞賜追寢新命尋奉聖旨令依舊知
滄州然則頡之不可付以邊事著自先朝非獨今日
臣言之矣所有臣昔具頡八事皆非虛言並有案據
謹別具開錄奏聞乞令大臣看詳罷頡新命或但無
令預聞邊事別揀諳練用兵之人責之成效取進止
貼黃張頡資任已深除知荆南不爲過當
臣今所言但以頡爲性猜嶮所至不得衆
情不可令管邊事耳

再乞禁止高麗下節出入劄子

臣近奏乞裁損同文館待高麗條例除近降聖旨略
施行外有一項下節日聽二十人番次出館游看買
賣止減爲十人竊緣夷狄之人懷挾姦詐情不可知
許令游覽都城大則察探虛實圖寫宮闕倉庫營房

衢道所在曲折事極不便小則收買違禁物貨機密文書及作非違法治之則傷恩不治則害事聽之出入無一而可舊法雖令親事官監視然小人貪利微加贈遺何所不從其實無益若是朝廷全然不郵前事則雖日令二十人出入可也若以爲可慮則止許十人實亦不便伏乞再降聖旨全令禁絕取進止

催行役法劄子

臣昨於九月初論役法未便事經今已是兩月未見施行臣竊見二聖臨御以來凡所更改法度皆已略定惟是役法首尾五年民間終未得安便若不及今完治實恐久遠姦人指以爲詞疵病聖政古人有言難得而易失者時也惟陛下哀憐小民速指揮大臣早定良法取進止

再催行役法劄子

臣伏見二聖臨御以來號令之不便於民者莫如役法之甚蓋編戶之民自五等以上人被其害士大夫自有知識以上人知其非臣昨日蒙聖恩擢任執法即嘗首言其事以爲佗日小人疾害聖政欲立異同之論者必指此以藉口不若今日博采公議自救其失故於九月八日備論五事乞賜施行又於十月二十六日乞檢會前奏早賜指揮前後共經三月有餘終未見可否伏惟天下利害其切於小民害於聖政未有甚於此者而大臣因循重於改作遲遲至此甚非陛下勤卹民物及深思遠慮之意伏乞更加申敕速令詳議立成定法以時行下取進止

欒城集卷第四十五

欒城集卷第四十六

御史中丞論時事劄子六首

論邊防軍政斷案宜令三省樞密院同進呈

劄子

臣竊見大理寺審刑院舊制文臣吏民斷罪公案並歸中書武臣軍員軍人並歸密院而中書密院又各分房逐房斷例輕重各不相知所斷既下中外但知奉行無敢擬議及元豐五年先帝改定官制知此積弊遂指揮凡斷獄公案並自大理寺刑部申尚書省上中書取旨自是斷獄輕重比例始得歸一天下稱明焉自元豐七年十月八日奉聖旨應緣保甲事元係樞密院指揮取勘及保甲司乞特斷公案令大理寺定斷刑部勘當申院元祐四年六月十八日又奉

聖旨禁軍公案內流罪以下情法不相當而無例擬
斷合降特旨者令刑部申樞密院取旨今年七月十
三日又奉聖旨應係樞密院降指揮下所屬體量根
究取勘者候奏案到令樞密院取旨十月四日又奉
聖旨應官員犯罪公案事干邊防軍政並令刑部定
斷申樞密院取旨二十九日又奉聖旨應官員犯罪
公案事干邊防軍政文臣令刑部定斷申尚書省武
臣申樞密院臣竊詳前件五項條貫不唯斷獄不歸
一處其間必有罪同斷異令四方疑惑失先帝元豐
五年改法本意兼事干邊防軍政文臣歸尚書省則
雖樞密院本職必有所不知武臣歸樞密院則自節
度使充經略安撫有所廢黜雖三省亦有不得知者
事之不便莫大於此臣今欲乞依先帝改法之舊應

斷罪公案並歸三省其事干邊防軍政者令樞密院同進呈取旨而已如此則斷獄輕重事體歸一而兵政大臣各得其職方得穩便取進止

論禁宮酒劄子

臣竊見有司近以在京酒戶虧失元額改定宗室外城之家賣酒禁約大率從重謹案嘉祐舊法親事官等賣酒四瓶以上並從違制斷遣刺配五百里外本城其餘以次定罪皇親臨時取旨仍許人告提兩瓶以上賞錢十貫止及熙寧法每賣一斗杖八十一斗加一等罪止杖一百許人告捕一斗賞錢十貫至百貫止及元祐四年所定刑賞與熙寧同而有告無捕及今年十一月六日十二月十八日敕刑從嘉祐而賞從熙寧既兼用兩重及並行告捕仍許入沽販之

家而取旨之法兼及本位尊長是以此法一行人情
驚擾臣竊惟有司所以立此法者止爲酒戶虧額而
已酒戶虧額但戶部財利一事耳今既兼取前後重
法施於沽販小人足矣臣訪聞宗室之間頗有疏遠
外住之人以窘乏之故或賣酒自給今既許人入其
家捕捉小人無知以捕酒爲名恣行凌辱何所不至
兼逐位尊長爵齒並崇多連宗字而卑幼犯酒不免
取旨若取旨而不行則雖取何益若遂有行遣竊恐
聖意必不欲如此故臣愚見以爲當去尊長取旨之
法仍不許捕捉之人入皇親宅院如此施行頗爲酌
中伏乞特降指揮速行改定取進止

貼黃臣所言事干宗室欲乞聖意裁定如
可施行更不出臣此章只作聖旨批降三

省

論冬温無氷劄子

臣伏見前年冬温不雪聖心焦勞請禱備至而天意不順宿麥不蕃去冬此災復甚而加以無氷二年之閒天氣如一若非政事過差上干陰陽理不至此謹案常燠之罰載於周書而無氷之災書於春秋聖人之言必不徒設臣謹推原經意而驗以時事惟陛下擇之蓋洪範庶證哲則時燠豫則常燠謀則時寒急則常寒哲之爲言明也豫之爲言舒也故漢儒釋之曰上德不明暗昧蔽惑不能知善惡無功者受賞有罪者不殺百官廢禮失在舒緩盛夏日長暑以養物政既弛緩故其罰常燠周失之舒秦失之急故周亡無寒歲而秦滅無燠年今連年冬温無氷可謂常燠

矣刑政弛廢善惡不分可謂舒緩矣臣非敢妄詆時政以惑聖聽請爲陛下具數其實然事在歲月之前者臣不能盡言請言其近者凡有罪不誅者七無功受賞者四陸佃爲禮部侍郎所部有訟而其兄子宇乃與訟者酒食交通獄既具而有司當宇無罪此有罪而不誅者一也石麟之爲開封府推官與訴訟者私相往來傳達言語獄上而罷更爲郎官此有罪而不誅者二也李偉建言乞回奪大河朝廷信之爲起大役費用不貲今黃河北流如故漲水既退東流淤填遂成道路臣屢乞正偉欺罔誤國之罪不蒙采納任偉如故此有罪而不誅者三也開封府推官王詔故入徒罪雖該德音法當衝替而詔仍得守郡至今經營差遣遷延不去此有罪而不誅者四也知祥符

張亞之爲官戶理索積年租課至勘決不當償債之人沽賣欠人田產及欠人見被枷錮而田主毆擊至死身死之後監督其家不爲少止本臺按發其罪而朝廷除亞之眞州欲令以去官免罪此有罪而不誅者五也孫述知長垣縣決殺訴災無罪之人臺官有言然後罷任雖行推勘而縱其抵欺指望恩赦此有罪而不誅者六也秀州倚郭嘉興縣人訴災州縣昏虐不時受理臨以鞭扑使民相驚自相蹈藉死者四十餘人雖加按治而知州章衡反得美職擢守大郡此有罪而不誅者七也近日差除戶部尚書以下十餘人其間人材粗允公議者不過二三人其它多老病之餘及執政所厚善耳　臣與僚佐共議以爲不可勝言是以置而不論獨取其尤不可者杜常王子韶

二人論之然皆不蒙施行夫杜常在熙寧間詔事呂
惠卿兄弟注解惠卿所撰手實文字分配五常比之
經典及其所至謬妄取笑四方其在都司希合時恍
任永壽等旨意施之政事前後屢爲臺官所劾兼其
人物凡猥學術荒謬而寘之太常禮樂之地命下之
日士人無不掩口竊笑此無功受賞者一也王子韶
昔在三司條例司詔事王安石創立青苗助役之法
臣時與之共事實所親見及呂公著爲御史中丞舉
爲臺官公著以言新政罷去而子韶隱忍不言先帝
覺其姦妄親批聖語指其罪狀自是以來士人不復
比數但以䛊事權要子弟故前後多得美官今又擢
之祕書指日循例當得侍從公議所惜實在於此此
無功而受賞者二也張淳資才凡下從第二任知縣

擢爲開封司錄曾未數月厭其繁劇求爲寺監丞卽得將作又不數月令權開封推官意欲因權卽眞迤邐遷上此無功而受賞者三也丁恂罷少府簿經年不得差遣一爲韓維女壻卽時擢爲將作監丞此無功而受賞者四也其因緣親舊馳騖請謁特從常調與之堂除以至除目猥多待闕久遠孤寒失望中外嗟怨者尚不可勝數凡上件事皆刑政不修紀綱敗壞之實也大率近歲所爲類多如此譬如天時有春夏而無秋冬萬物雖得生育而不堅成天之應人頗以類至宜指揮大臣令已行者卽加改正未行者無踵前失勉强修飭以答天變 臣伏見去年歲在庚午世俗所傳本非善歲徒以二聖至仁無私德及上下故此凶歲化爲有年然事有過差猶不免常燠無氷

之異由此觀之天地雖遠得失之應無一可欺若更能恐懼修省戒飭在位相勉爲善則太平之功庶幾可致也臣備位執法實欲使陛下比隆堯舜無缺可指無災可救是以區區獻言不覺煩多死罪死罪取進止

論雇河夫不便劄子

臣竊見祖宗舊制河上夫役止有差法元無雇法始自曹村之役夫功至重遠及京東西淮南等路道路既遠不可使民間一一親行故許民納錢以充雇直事出非常郎非久法今自元祐三年朝廷始變差夫舊制爲雇夫新條因曹村非常之例爲諸路永久之法既已失之矣而都水使者吳安持等因緣朝旨造成弊政令五百里以上不滿七百里每夫日納錢二

百五十文省七百里至一千里以上每夫日納錢三百文省團頭倍之甲頭火長之類增三分之一仍限一月過限倍納是歲京東一路差夫一萬六千餘人爲錢二十五萬六千餘貫由此民間見錢幾至一空差人般運累歲不絕推之佗路槩可見矣近因京東轉運使范鍔得替回論其不便安持等方略變法罷團頭火長倍出夫錢工部知罰錢之苦又乞立限至六月以前雖苛虐比舊稍減然訪之公議終不爲穩便何者朝廷本欲寬省民力故許出錢雇夫若其錢足以充雇則朝廷復將何求今河上雇夫日破二百而已（昨來京城雇夫每人日支一百二十文省在河上日支二百已爲過厚）雖欲稍增數目爲移用陪備等費亦不當過有裒斂以傷民財也故衆議皆謂七百里以下與七百里以上人戶若

係差夫則一人效一人之力耳今乃利其遠近有費
用多寡之殊遂令遠者多出五十以爲寬剩此豈朝
廷卹民之意哉兼一夫出二百五十亦已自過多如
臣愚見若於每夫日支二百文外量出三十以備雜
費則據上件京東所差夫數止約合出一十一萬貫
省比本監所定五分之二耳昔王安石爲免役之法
只緣多取寬剩致令民間空匱怨讟並作二聖臨御
爲之改法今創痍猶未復也安持本安石之黨昔日
主行市易多出官本散與無根之人虛椿息錢以冒
不次之賞雖略行追奪而尋復任使蓋從來習爲聚
斂之政至今不改是以雇夫之法名爲愛民而陰實
剝下臣欲乞聖慈特降指揮應民間出雇夫錢不論
遠近一例只出二百三十文省所貴易爲出備不至

艱苦兼臣聞自來諸路計口率錢百姓如遭兵火若用之河防之上一無枉費於理尚可也今取之貧民之家而付之河埽使臣壕寨之手費一稱十出沒不可復知民獨何負而爲此哉且今河埽梢椿之類納時數目不足及私行盜竊比之他司官物最不齊整及其覺知欠少或託以火燭或因河流向著一經卷歸大破數目雖有官司無由稽考今以免夫錢付之類亦如此矣兼訪聞河上人夫亦自難得名爲和雇實多抑配臣今仍乞令河北轉運提刑司同共相度如何措置關防所支雇夫錢以免欺盜之弊及乞體量所雇人夫有無抑配具結罪保明聞奏然後朝廷裁酌從長施行取進止

貼黃今歲修河夫人數不少且以遠近各

半約之仍據見行法遠者每人一日多出
五十文省則其錢數亦必甚多若蒙聖恩
便令裁減則民間受賜不少乞指揮速賜
施行

論西邊商量地界劄子

臣聞善爲國者貴義而不尚功敦信而不求利非不
欲功利也以爲棄義與信雖一快於目前而歲月之
後其害將有不可勝言者矣昔晉文公圍原命三日
之糧原不降命去之諜出曰原將降矣軍吏曰請待
之公曰信國之寶也民之所庇也得原失信何以庇
民所亡滋多退一舍而原降晉荀吳圍鼓鼓人或請
以城叛吳弗許左右曰師徒不勤而可以獲城何故
弗爲吳曰吾聞諸叔向好惡不愆民知所適事無不

濟或以吾城叛吾所甚惡也人以城來吾獨何好焉使鼓人殺叛人而繕守備三月鼓人請降使其民見曰猶有食色姑修而城軍吏曰獲城而弗取勤民而頓兵何以事君吳曰吾以事君也獲一邑而教民怠將焉用邑鼓人告食竭力盡而後取之克鼓而反不戮一人以世俗言之此二人者可謂疎於事情而怠於功利矣然要其終文公以霸天下荀吳以強晉國則信義之效見於久遠如此臣竊觀朝廷之所以御西夏者可謂異矣方元祐三年夏人既受冊命不肯入謝再以大兵蹂踐涇原大臣畏之明年遣使請以所許四寨易蘭州塞門朝廷雖不許而大臣務行姑息不俟其請而以歲賜等事許之一歲所賜凡二十萬夏人仰之以爲命雖以一歲之入易蘭州塞門可

世而奈何與之蓋自失歲賜以來朝廷蕩然無復可
以要結夏人者然此既往之事臣不復追咎矣頃者
夏人既得歲賜始議地界朝旨許以見今州城堡寨
依綏德城例以二十里爲界十里外量置堡鋪其餘
十里爲兩不耕地約束既定大臣中悔又欲堡寨相
照取直議猶未定而熙河將佐范育种誼欲於見今
城堡之外更占質孤勝如二堡大臣僥倖拓土之功
不以育等爲非從而助之尋爲夏人所破所殺兵民
皆不敢以實聞繼修城門再被焚毀其事至今未定
然夏人迫於內患不敢堅抗朝命許以照直爲界其
言猶未絕口而大臣又悔欲於堡鋪之外對留十里
通前共計三十里此命既出有識之士以爲失信太
甚非中原之體若使邊臣稍知義理必不忍自出反

覆之言以彰不信幸而夏人終以內患未解不欲違
拒黽俛見從十里之地得之不足爲強失之不足爲
弱雖小人以爲得計而君子謂之失策何者要約未
定今歲已添屯重兵前後十將有餘十將之衆凡五
萬人使五萬人西食貴粟其費已不貲而夏人順否
又未可必雖復暫順要之久遠不信朝廷爲患何所
不至然此亦既往之事臣復何言哉臣之所憂但恐
大臣狃於小利睥睨夏國便利田地貪求不已訪聞
近遣穆衍與邊臣計議既欲取質孤勝如一帶良田
凡數十里又欲取秦鳳路隴諾城與熙河路定西城
照直地僅一百里規畫極大聞者驚愕若此謀復作
夏人不堪其忿竊出作過我曲彼直何以禦之且先
朝用兵所得四寨朝廷猶務息民棄而不惜況於其

餘何足計較在兵法有之曰有其有者安貪人有者殘又曰利人土地貨寶者謂之貪兵兵貪者破今之所爲正犯此禁臣竊怪大臣皆一時儒者而背棄所學貪求苟得爲國生事一至於此外人皆言前後計畫皆出种誼誼本小人安知大慮而舉朝廷以從之乎要之不出數年此患必見患至而後言言雖易信而已無及矣伏乞陛下以社稷生民爲念斷之於心止其妄作則天下幸甚取進止

貼黃添屯數目臣見陝西轉運使李南公言（此貼黃在添屯十將處）自元祐以來朝廷不起邊事凡自前邊臣欺罔殺略熟戶計級受賞虜掠財物私自潤入及邊民幸於擾攘買賤賣貴如此等事皆不得爲故上下鼓唱

願有邊釁凡此皆姦人自作身計非國之利也今勝如質孤等處良田實西邊第一等膏腴豈我獨知以爲利而夏人不知耶彼知愛之則不免於爭爭一起則兵革不息此正墮邊臣之姦計而大臣不察過矣

臣訪聞夏國柄臣梁乙逋者內有篡國之心然其爲人狡而多算寬而得衆方欲內安酋豪外結朝廷竢內外無患然後徐篡取之所以朝廷近日商量地界雖前後要求反覆而乙逋一一聽從蓋見議地界止於二三十里之間於彼國不深繫利害故也今朝廷若見其易與因而別有大段求索使彼不能堪忍或至忿爭兵難一交必

非朝廷所願至此而後反欲求和則所喪多矣

論黄河東流劄子

臣聞大河行流自來東西移徙皆有常理蓋河水重濁所至輒淤淤填既高必就下而決以往事驗之皆東行至太山之麓則決而西西行至西山之麓則決而東向者天禧之中河至太山決而西行於今僅八十年矣自是以來避高就下至今屢決始決天臺次決龍門次決王楚次決横隴次決商胡及元豐之中決於大吳每其始決朝廷多議閉塞令復行故道故道既高復行不久輒又衝決要之水性潤下導之下流河乃得安是以大吳之決雖先帝天錫智勇喜立事功而導之使行不敢復塞兹實至當之舉也惟是

時民力凋弊堤防未完北流汗漫失於陂障由是元祐之初大臣過聽始開孫村之議欲導河使東以復故道此議一起都水官吏僥倖回河之功河上使臣壕寨利在差遣請受相與唱和爭請回河自是公私困竭河北京東西之民爲之不聊生矣伏惟太皇太后陛下皇帝陛下仁民愛物恭儉節用如恐傷之今河本無事而生事之人公然欺罔坐使公私俱弊臣實深痛之謹采河朔民言效之左右惟陛下裁察夫河自天禧西行及其決於大吳其去西山不遠惟有此地未經淤塡比之佗處地形最下故河水自擇其處决而北流直至瀛莫之郊地勢北高河遂東折入海其爲順便殆天意也惟北京之南孫村在其東岸東接故道其間數十里地頗汚下每歲夏秋漲水多

自此溢出昔之治河者以爲北京宮闕所在兵民夥煩而孫村近在城南之外若使漲水從此流入故道則都城生聚皆有魚鼈之憂故於河之東岸孫村之南開清豐口以洩漲水流入故道於河之西岸開闢村等三河門亦以洩漲水行無人之地迤邐流至館陶復令入大河昨來朝廷如一依昔人措置則北京每歲夏秋漲水自可無虞城南堤防所費並可省罷自北京以北至瀛莫以南地迫西山漸有岡阜河水至此自不能爲害惟有深州當河流之衝所宜經畫今若徙武強縣開近東舊河道具見圖畫引河稍東則深州之危必自紓解然後完治山公一帶北堤極令高厚則河流赴海可無大患矣今自建孫村回河之議先閉塞闢村等三河門又於梁村築東西馬頭及鋸

牙侵入河身幾半迫脅大河强之使東既河身噎塞
則上流陽武靈平等處去秋並告危急漲水至北京
之南東西兩岸無所分減又爲馬頭鋸牙所迫併入
孫村直上北京簽橫堤面北京告急嘗稱若雨不止
風不定本京必定疎虞其得平安蓋出天幸由此橫
堤順水堤皆作木岸所費不貲然終亦不可全恃兼
梁村東馬頭下崖至水面高七尺水深二丈以上若
欲開掘馬頭以東回奪河身須及三丈乃可訪聞入
地一丈泥水不可復開雖復傾國應副力亦不及若
欲略行開掘令漲水衝刷成河則二年以來已試不
效況故道一帶堤內直高一丈上下而堤外直高二
丈有餘架水行空最爲危事謹按自來河決必先因
下流淤高上流不快然後乃決然則大吳之決已緣

故道淤高今乃欲回河使行於此理必不可且見今北流深處水行地中實得水性捨此不用而欲引入故道使水行空中雖三尺童子皆知其妄而建議之臣恣行欺罔居之不疑今雖變回河之名爲分水之議據都水奏請本謂回河與減水事體不同所有已修進馬頭三百餘步乞從修河司隨宜措置馬頭既在大河之中橫欄水勢汎漲之時理須斟酌可存可折一面施行朝廷雖許其所請然本司收買馬頭物料至今不絕又與本路監司同奏乞隨宜開導口地一帶河槽務令深闊幷修葺緊急堤岸釃爲二渠臣觀其指意雖名爲減水其實暗作回河之計也且自置修河司以來使過朝廷應副見錢四十九萬餘貫其佗公私所費猶不在此數今歲春夫共得一十萬

人而北流止得三萬東流獨占七萬蓋自來河北只管一河東西兩岸而已今爲分水之故添爲兩河東西四岸内北流横添四十五埽使臣三十四員河清兵士三千六百餘人物料七百一十六萬三千餘束其爲耗蠹何可勝言蓋都水官吏專欲成就決不可行之故道而疵病已行之北流其欲成就故道則孫村開河馬頭等役當罷而不罷其欲疵病北流則深州武强等患當講而不講建議分水之人利在深州危急以顯北流可廢而東流當開其爲不忠莫甚於此北京靈平陽武諸處危急實由分水所致則諱而不言深瀛恩冀去歲無害實由北流堤防稍立之功則指爲分水之效其爲罔上衆所憤歎

臣職在風憲疾之久矣近因訪問習知河事之人頗得其實采畫成圖隨事籤貼指掌可見今隨劄子上

進臣雖未嘗閱視形勢然而朝廷大臣亦未嘗按行其地不可便以都水官吏爲信也欲乞聖慈特選骨鯁臣僚及左右親信往河北計會逐處安撫轉運提刑州縣及北外監丞司官同共踏行詳具圖錄開述利害保明聞奏如臣所言不妄即乞罷分水指揮廢東流一行官吏役兵拆去馬頭鋸牙依上件所陳施行今年春夫仍並撥付北流開河築堤役使所貴河朔及鄰路兵民早獲休息國家財賦不至枉費有豐足之漸則天下幸甚天下幸甚取進止

貼黃今河上夫役不過二月半下手如蒙

聖意允臣所請伏乞火急差官前去定奪

所貴未役之前早見可否不誤興役

欒城集卷第四十七

中書舍人撰兩府請賀謝表狀十首

請太皇太后受册表

臣某等言臣等近奉表請太皇太后以時備禮膺受册寶伏奉批荅不許者臣等聞謙雖盛德過則失中禮有必然義非所避方旱災未解則克己安衆人主之令猷及神人既和則備物正名有國之常法若乃務於損而不復有其實而弗居使禮典不修則臣子何賴臣等誠惶誠恐頓首頓首伏惟太皇太后陛下躬任姒之至德蹈舜禹之休功無爲而遐邇自安不言而忠邪自辨四海蒙福三年于今乃者雨不應時民斯艱食然而振廩已責之惠饑饉所以再生側身修行之誠鬼神所以助順今麰麥既阜黍稷可期人

獲安居朝亦無事而禮廢不舉衆將謂何夫以擁佑神孫緝熙大業名號之施本由其實文物之盛復沿其名夫何嫌疑固執謙畏而況遏密之期已極愛戴之願方深抑損逾涯進退無據臣等重念君父之道不獨爲身其於臣子之謀當使無過今時日協吉冊寶告成却而不施自爲則至而使皇帝陛下不得盡人子之義百官有司不得舉人臣之職此臣等區區竊所未喻也伏願太皇太后陛下勉循斯請以安衆心仰以奉祖宗之舊儀俛以爲國家之榮觀臣等無任懇款激切屏營之至謹奉表以聞臣某等誠惶誠恐頓首頓首謹言

賀擒鬼章表

臣某等言伏覩熙河蘭會經略司奏今月十九日洮

東安撫种誼等領兵攻破洮州城生擒西蕃首領鬼章者天網雖寬久而必獲神理助順叛者自亡曾是偏師之出疆遂聞元惡之授首諸戎震疊西鄙肅清臣某等誠懽誠忭頓首頓首伏惟太皇太后陛下天覆四方坤載萬物好生之德發於自然柔遠之功覃於無外昆蟲草木咸知此心天地鬼神陰相其業顧西蕃之遺種孤累聖之鴻私頃在熙寧之間誘陷思立之衆置而不問猶覬知恩爵秩兼隆賜予不絕而乃潛結西夏攻圍南川焚蕩傷夷動以萬計發掘驅虜不可數知築據臨洮傲睨天討當宁太息念疆埸之無辜諸將激昂知背誕之不赦兵刃既接凶黨奔亡臨衝未施壁壘自破老羌奪氣白首就擒卽聽檻車之行以正藁街之戮乃者拓跋小醜憑恃解仇之

謀猖狂大言陰蓄窺邊之計辱亡則齒知難久臂解則肩不自持料其破膽之餘款塞無日信矣得天之助本於愛物之誠臣等鎭撫無功黽勉備位幸依干羽之化庶覩兵革之藏欣戴之心倍萬倫等臣某等無任瞻天望聖激切屏營之至謹奉表稱賀以聞臣某等誠歡誠抃頓首頓首謹言

謝入伏早出狀二首

伏以火老而煩金微斯伏忽被早歸之詔仰慚內恕之恩退食委蛇撫躬戰汗臣等叨塵近輔與聞政幾庇廣廈之清陰飽素湌而終日方慙懼於無補何勞苦之足云伏惟太皇太后陛下推己及人使臣以禮深念早衰之質許以中昃之休顧惟民事之至艱蓋有日入而後息臣等敢不上懷主眷俯念人勞廣清

淨之餘風致安佚於無外

又狀

伏以候極南訛日臨庚伏方齋居之暇豫閱政務之勤勞亟命遄歸得從燕息臣等猥以一介獲覽萬微殫日力而不遑知寸陰之可惜惕然祗畏敢有怠荒伏惟皇帝陛下雞鳴求衣日旰忘食致海內無警急之奏而朝廷有清淨之風膺化國之舒長念暑雨之咨怨曾匪賢勞之久遽蒙夙退之安臣等敢不上體眷懷益勵愚拙更寒暑而不易期歲月之有成

謝坤成齋筵狀二首

清光可企初奉萬年之觴妙供已成共薦三乘之福遽傳溫詔式燕羣工舉磬管以示和陳肴核而飽德與衆同樂既均夷夏之歡俾壽而康當遂臣鄰之願

又狀

寅奉東朝方慶誕彌之節均慈列辟俾同既醉之歡
飫以和羹作之備樂舉太平之舊事竦衆目以榮觀
呦呦鹿鳴士有盡心之願振振鷺下衆知胥樂之誠

謝講徹論語賜燕狀二首

志在多聞親講前王之訓功惟日就遽見一經之終
深念勤勞式均燕喜籩豆有楚鐘鼓畢陳勉興好我
之心既優以禮將聞善道之告不絕於時

又狀

宸心莫測方篤志於詩書坤德無爲但勤求於雋彥
曾未閱歲已聞終經式均燕豆之私以榮講席之報
始於好學竚觀聖政之新終克肯堂益助慈心之喜

賀雪御筵謝狀二首

伏以微陽將復温氣尚浮誠意感天不日而應同雲覆地雨雪載均信哉牟麥之祥復稱癘疫之藥時方嗣歲已知天造之同功在庶農益驗坤元之德臣等弼諧雖幸爕理何功安此豐年日有素餐之愧錫之備禮重叨曲燕之私醉飽而歸震惶無措

又狀

伏以近自頻年每愆時雪聖心勤念雖淵默以無言天意密符變凝陰而有作飛花先自於宮闕布潤俄遍於寰瀛九軌澄清已消塵壒之濁三農踴躍載歌牟麥之豐臣等幸此有年共安無事錫之醴酒益知和氣之充飫以肴烝願均足食之惠醉飽盛德歌舞休功

編神宗御集奏請表狀二首

乞御製集敘狀

臣等頃被旨編次神宗皇帝御製文集檢尋遺放緜歷歲時於兵政二府得處置之詳於臣寮諸家得訓敕之要相從以類首以詩頌雜文備載無遺終以邊防祕計今者編錄粗定卷秩已分臣等恭惟神宗皇帝天縱彌文神授英略詞章淵妙不學而能籌策縱橫絕人遠甚而復厲精庶政親決萬機故其游幸無益之文見存無幾至於經綸成務之作著錄尤多足以上繼典誥垂世之書豈止追迹漢唐能文之主臣等雖觀章句莫測淵源竊見祖宗御製集聖製序文已有故事蓋天日之象非常人所能形容而堯舜之言非來聖莫適題品臣等欲乞皇帝陛下依前朝典故親譔神宗皇帝御製集序頒付本所以發揮聖作

昭示來世

進御集表

臣某言竊惟神宗皇帝天縱聖德文章儁偉策略宏遠出於天性不由學致自初卽位經營百度有綱紀海內鞭撻四夷之志老臣宿將拱手相視以聽可否至於發姦摘伏料敵制勝明見萬里之外皆發於文詞臣頃被聖旨編次遺文始於禁中次及三省密院下至文武諸臣之家凡尺牘寸紙無所遺軼或文采煥發足以形容淵衷或事實明著足以考察時政謹已譔次成書然臣之愚陋不足以測知深淺臣某誠惶誠恐頓首頓首伏惟皇帝陛下居堯舜之位躬曾閔之孝（太皇太后表改此二句云以文母之慈修聖子之業）補述前志見於爲政綱羅遺事盡付史官猶恐平生文字久而散亡或

致磨滅特置官局經涉歲時臣　伏覩歷代帝王如漢武魏文唐德文宣三宗皆工於詩騷雜文與一時文士比長絜大至於經綸當世講論利害以文墨盡天下事則皆不足以仰望先帝之萬一惟漢光武起布衣治經術提三尺劍以平僭亂得治民馭兵之要每以手迹十行細札號令海內竇融在河西詔書至探融等情僞河西皆驚以爲不可欺即時款附第五倫爲京兆掾每讀詔書曰此聖主也願爲盡死力魏太祖芟夷羣醜其用兵雖法孫吳然因事變化自作兵書十餘萬言諸將征伐皆以新書從事臨事又手爲節度從令者克捷違教者負敗惟此二君近之然先帝之文其高處自當與典謨訓誥爲比非近世所能髣髴凡著錄九百三十五篇爲九十卷目錄五卷內

四十卷皆賜二府及邊臣手札言攻守祕計先被旨錄爲別集不許頒行仍御製集序一篇以紀盛德發明大訓臣竊見祖宗御集皆於西清建重屋號龍圖天章寶文閣以藏其書爲不朽計又刻版模印遍賜貴近臣今已繕寫分爲五幞隨表上進欲乞降付三省依故事施行所有御集即付本所修寫鏤版臣無任戰汗慙懼屛營之至謹奉表以聞臣某誠惶誠恐頓首頓首謹言

雜論薦書狀劄子八首

爲兄軾下獄上書

臣聞困急而呼天疾痛而呼父母者人之至情也臣雖草芥之微而有危迫之懇惟天地父母哀而憐之臣早失怙恃惟兄軾一人相須爲命今者竊聞其得

罪逮捕赴獄舉家驚號憂在不測臣竊思念軾居家
在官無大過惡惟是賦性愚直好談古今得失前後
上章論事其言不一陛下聖德廣大不加譴責軾狂
狷寡慮竊恃天地包含之恩不自抑畏頃年通判杭
州及知密州日每遇物託興作爲歌詩語或輕發向
者曾經臣寮繳進陛下置而不問軾感荷恩貸自此
深自悔咎不敢復有所爲但其舊詩已自傳播臣誠
哀軾愚於自信不知文字輕易迹涉不遜雖改過自
新而已陷於刑辟不可救止軾之將就逮也使謂臣
曰軾早衰多病必死於牢獄死固分也然所恨者少
抱有爲之志而遇不世出之主雖齟齬於當年終欲
効尺寸於晚節今遇此禍雖欲改過自新洗心以事
明主其道無由況立朝最孤左右親近必無爲言者

惟兄弟之親試求哀於陛下而已臣竊哀其志不勝手足之情故爲冒死一言昔漢淳于公得罪其女子緹縈請沒爲官婢以贖其父漢文因之遂罷肉刑今臣螻蟻之誠雖萬萬不及緹縈而陛下聰明仁聖過於漢文遠甚臣欲乞納在身官以贖兄軾非敢望末減其罪但得免下獄死爲幸兄軾所犯若顯有文字必不敢拒抗不承以重得罪若蒙陛下哀憐赦其萬死使得出於牢獄則死而復生宜何以報臣願與兄軾洗心改過粉骨報効惟陛下所使死而後已臣不勝孤危迫切無所告訴歸誠陛下惟寛其狂妄特許所乞臣無任祈天請命激切隕越之至

乞牽復英州別駕鄭俠狀

右臣竊見英州別駕鄭俠昔以言事獲罪投竄南荒

俠有父年老方將獻言自知必遭屏斥取決於父父慨然許俠誓不以死生爲恨而流放以來逮今十年屢經大赦終不得牽復父日益老而俠無還期有志之士爲之涕泣況自陛下臨御一新庶政凡俠所言青苗助役市易保甲等事更改略盡而俠以孤遠終無一人爲言其冤者臣與俠平生未嘗識面獨不忍當陛下之世有一夫不獲其所是以區區爲俠一言伏望聖慈特賜錄用使其父子生得相見以慰天下忠直之望謹錄奏聞伏候勑旨

乞擢任劉攽狀

右臣等伏見朝議大夫知襄州劉攽多聞直諒文有師法才力通敏所至稱治流落外官衆所嗟嘆訪聞頃者將漕京東安靖不擾偶以前官財用窘乏嘗稱

貸朝廷敘繼其後未能即還奏乞展限適會吳居厚以聚斂進擢敘遂以不才黜退安於榮辱不自辯明雖蒙聖恩召還近郡而臣等竊謂敘才術有餘用之未盡陛下方網羅遺滯以助大化如敘之賢不可多得伏乞擢置侍從觀其所長臣等職在獻納知賢不薦實負愧責謹錄奏聞伏候勑旨

乞推恩故知陳州鮮于侁子孫狀

右臣等伏見故朝議大夫集賢殿修撰知陳州鮮于侁學有原本博通諸經政事精詳和而有斷熙寧之初爲利州路轉運判官時朝廷方行免役本路人貧地狹侁推行以理取於民有度能使一路獨無甚擾近者京東經吳居厚刻剝之餘人情不安朝廷特起侁於疾病之中付以安集侁勞徠幾歲民亦以寧旋

蒙聖恩知其可用擢爲右諫議大夫侁感激知遇前後言事多蒙聽納不幸疾作不敢廢弛職事力求外補復蒙聖恩寵以要職俾守近藩仍指揮一年後取旨侁到任未幾遂至物故臣等竊閔侁平生守道歷任諸監司有補國事晚節被遇擢寘侍從適以病去無絲毫之過而身後獨不得與侍從亡歿恩例子孫見有白身欲乞聖恩特賜閔察使得依諫議大夫恩例以慰忠賢之心謹錄奏聞伏候勑旨

薦呂陶吳安詩劄子

臣今月二十四日面奏司馬康久病諫官闕人乞早賜選擇除授尋奉聖旨只爲難得人臣退而思之知人之難莫如已試之驗竊見前左司諫呂陶右司諫吳安詩昔任言責知無不言雖各曾罷去並不緣過

惡同時臺諫已斥復用者迨今已遍惟陶以言韓維不公韓氏黨與强盛爲衆所疾安詩以言王讜進用不當讜連姻權勢無由復進質之公議皆謂不平若蒙聖恩還付舊職俾得盡心圖報必有可觀方今臺諫並闕臣雖備位執法才短無助深恐言職曠弛無補聖明謹采衆論冒昧塵獻乞更加採察特賜錄用不勝幸甚取進止

薦林豫劄子

臣竊見天下久安士久不試才者無以自見緩急之際朝廷不知所用昔漢丞相王嘉憂世乏人嘗上書言前蘇令起爲盜欲遣大夫問狀時見大夫無可使者召盩厔令尹逢拜諫大夫遣之今諸大夫有材能者甚少宜畜養可成就者則士赴難不愛其死臨事

倉卒乃求非所以明朝廷也臣以不才竊位以爲侍從近臣誠及今閑暇各舉所知朝廷得以稍加優異則緩急宜有所補臣竊見右通直郎林豫吏幹强敏長於應變所至可紀初任泉州惠安尉以選捕獲尤溪强劫賊二十四人蒙恩轉三官次任簽書亳州判官復以選捕楚州漣水羣盗又獲三十八人累減六年磨勘仍不依名次指射差遣觀其措置方略頗得古人用兵之意若蒙朝廷拔擢更加試用宜有可觀今世智策之士不可多得若令吏部隨例注授碌碌於外異日欲有使令不若素養之爲善也臣不勝區區採擇衆善以補萬一取進止

乞優卹滕元發家劄子

臣伏見故龍圖閣學士前知太原滕元發昔事先朝

早蒙知遇方羣臣爭以財利求進之秋元發獨能守正時獻讜言先帝取其大節雖任用進退不一而幸蒙保全近者朝廷知其可用復還舊職擢寘河東元發亦能裁損極邊冗戍爲國惜費頗有成效今不幸身亡子弱家貧已蒙聖恩特加賻贈欲乞檢會近例差破人船津送喪柩骨肉直歸蘇州族有葬日仍令本州量事應副元發有弟申從來無行今元發既死或恐從此凌暴諸孤不得安居緣元發出自孤貧兄弟別無合分財產欲乞特降指揮在京及沿路至蘇州以來官司不許申干預元發家事及奏薦恩澤仍常切覺察取進止

薦王鞏劄子

臣伏以方今人才衰少求備實難凡有所長皆當不

廢臣伏見右承議郎王鞏生於富貴志節甚堅好學
力文練達世務昔熙寧之初宰臣王安石用事屢欲
用鞏鞏自知守正不合拒而不從每上書言事多切
時病吳充馮京器其爲人嘗與議及國事及王珪蔡
確執政李定舒亶爲御史將傾充與京故起大獄廣
加羅織欲以次及二人鞏由此得罪南行萬里三年
而歸剛氣不衰言事如故時二聖臨御司馬光當國
鞏復預光議論光極喜之言之朝廷擢任宗正寺丞
方復欲進用而鞏狷介疾惡爲衆所忌適會光物故
衆人捃其微過因而排之遂至今日臣竊悲光平日
所薦今皆布列朝廷而鞏獨連蹇不遇罷官者再凡
鞏之所長皆士人之所難能而其所短多暗昧不明
或少年之所不免前知楊州謝景溫與鞏共事嘗上

章明辯其寃則愛憎之言未可偏信臣備位風憲區
區之意每欲爲陛下掇拾遺材以備任使與羣遊從
最舊知其所長伏乞陛下洗濯瑕疵稍加錄用必能
上感恩造臨事捐軀以報萬一取進止

雜辭免恩命表狀劄子一十六首

辭起居郎狀

右臣今月十九日准閤門告報已有告命除臣起居郎者伏念臣頃自疎外擢居諫垣衰廢之餘才力耗竭黽俛歲月無所建明近因朝廷除張頡爲戸部侍郎杜紘爲右司郎中公議紛然謂非其人臣繼上封章極言其事杜紘雖才性鄙佞點辱華要而罪惡未著臣亦不敢力言至如張頡爲性嶮躁臨事乖方歷任以來罪狀山積臣以爲事既明白是以前後五次

上言不知頡久事權要植根深固一爲左右之所保
任遂致聖意確然不移臣屢獻狂言誠不量力雖聖
恩寬貸未賜譴訶豈敢冒昧寵榮復塵要近言不稱
職臣猶自知當黜反遷衆必指笑伏乞特回誤恩除
臣一外任差遣俾臣得免清議不勝幸甚所有前件
告命臣不敢祇受謹錄奏聞伏候勑旨

第二狀

右臣准今月二十三日尚書省劄子以臣奏乞免起
居郎恩命奉聖旨不許辭免者君父之命所當敬從
臣實何人敢有固執特以臣前言張頡除戶部侍郎
不當前後五狀不蒙施行頡之罪名著在案牘傳於
公議而大臣主之愈力朝廷用之不疑則是臣謗毀
忠賢眩惑天聽狂妄之誅所不當赦臣今不敢復論

其事但以言爲職言既不用理當廢黜銜愧冒寵義實不安伏乞檢臣前奏除臣一外任差遣以全臣進退之分所有起居郎告命臣不敢祗受謹錄奏聞伏候敕旨

免修條支賜劄子

臣准門下中書後省關准吏部牒以臣詳定參校六曹寺監吏人額祿文字并修條特支銀絹各五十疋兩竊緣編修條貫及裁定吏額皆上稟朝廷論議下賴官吏勤力臣居其間別無勞效冒昧恩賞情所不安況范百祿等已有文字辭免乞賜檢會一處施行特寢誤恩以安愚分取進止

第二狀

臣近准尚書省劄子奉聖旨不許臣辭免詳定吏額

幷修條特支銀絹者聖恩深厚不廢微勞豈合固辭上煩天聽然念臣頃自遭遇曾未數年致位近侍其閒因緣職事催督官吏修定舊條在於微臣絕無分毫之效若皆一一僥倖恩賞實愧心顏伏乞聖慈察臣誠心非有矯飾追寢成命以安愚衷取進止

辭召試中書舍人狀

右臣今月二十二日奉聖旨召試中書舍人者伏念臣頃自外官擢任言責雖繼陳狂瞽而報效蔑然遽蒙聖恩執筆柱下復緣乏使權掌命書資淺才微寵恩沓至自知非稱而況人言方欲上書自陳以辭要劇忽聞召命震越非常況今多士盈廷詞臣間出或久次不用或沉伏未聞豈患無人以備任使顧臣才力短拙重以衰殘曾未逾年致身華近必貽公議難

以自安伏乞追回誤恩少安愚分謹錄奏聞伏候勑
旨

第二狀

右臣今月某日准閤門告報蒙聖恩除臣試中書舍人者頃蒙特旨召試中堂辭避不從黽俛而就遂忝成命意終不安雖知區區寸誠不能仰回天聽而匹夫之志終欲必行蓋人臣事君本求知遇有命不受近於不情然臣以義而言有三不可伏念臣少從父學稍知爲文憂患以來筆硯都廢今雖勉强心志已衰此一不可也臣昨自縣道召充諫官旋叨左史仍兼詞命駢繁寵數併在一年臣猶知非況復公議此二不可也內外兩制素號要途兄軾頃已擢在禁林臣今安敢復據西掖非獨畏避譏評實亦恐懼盈滿

此三不可也臣既無一堪而有三不可冒昧寵祿將安用之伏乞聖慈鑒臣愚誠特寢前命俾臣得安閑地少弭人言則臣圖報恩私尚有他日謹具狀奏聞伏候勅旨

辭戶部侍郎劄子

臣准尚書省劄子已降誥命除臣依前朝奉郎試戶部侍郎奉聖旨管勾右曹者待罪西掖雖已期年齷齪文墨之間愧負寵祿之厚豈期過聽特有甄升竊以戶部右曹兼領昔日金倉司農之政侍郎職事專治天下差繇市易之餘奏請紛然法度未定方欲酌今昔之中制采吏民之公言宜得強明練達之人立成久遠通融之法如臣暗陋何以克當願回誤恩別選能吏俾臣愚獲安於微分而國事不失爲得人公

私兩宜衆議爲允懇迫之至冒昧以聞取進止

辭吏部侍郎劄子

臣准尚書省劄子已降誥命除臣試尚書吏部侍郎奉聖旨令管勾右選者臣待罪民部一期且半才微事劇智力俱殫方欲干叩聖明稍求閑地而猥蒙進擢俾佐天官地望愈華職業尤夥見今選集之士五六千人一失銓量人言可畏伏望聖慈矜臣不逮察臣無他除臣一閑慢差遣上以明朝廷用人之公下以全愚臣知止之分干冒天威進退失措取進止

辭翰林學士劄子

臣今月十四日准閤門告報已降誥命除臣翰林學士知制誥者臣頃在民曹頗經歲月不能均調有無仰助邦計日虞曠弛以速刑誅朝廷曲賜保全已爲

至幸復加進擢必致煩言近被除書參掌吏選雖云
寵命猶麗諸曹臣自量空踈尋已辭避而況玉堂之
清祕號爲詞臣之極選臣兄軾舊以文學見稱流輩
猶復畏避不敢久居得請江湖如釋重負在臣微陋
實爲叨竊兄出弟處或謂朝廷私臣一家地近職嚴
姑願朝廷歷選多士雖或未欲置臣於外猶願特許
假臣以閑地苟未滿盈庶可驅策悃誠迫切進退兢
危伏望聖慈卽賜俞允取進止

辭御史中丞劄子

臣待罪禁林行將一歲兼權吏部復又累月常恐才
小責重有一曠敗孤負聖恩今月三日得閤門報准
告除臣御史中丞充龍圖閣學士聞命震恐罔知所
措蓋自二聖臨御所用執法於今六人或由此進用

或因事罷去凡任人之得失實係朝廷之重輕官吏視之以啓勤怠之心邪正因之以知消長之候是以前代所選至愼至難如臣鄙凡何以堪此況復職冠河圖之祕亦非近事之比雖朝廷過聽欲以寵借小臣而臣自度量顧願少安愚分重念臣頃者爲邑江外被召還朝曾未五年遍歷華近無尺寸之功德荷山岳之恩私區區之誠每慮傾覆若復冒居要任誠異本心況臣非獨自爲身謀亦爲朝廷惜此過舉伏乞追寢成命退就閑官上全知人之明下安守節之義惶恐迫切不知所裁取進止

辭尚書右丞劄子

臣今月五日准閤門告報蒙恩除中大夫守尚書右丞者臣備位南臺言事無補上負朝廷開納之意下

辜朋友責望之誠徒以厚恩未酬欲去不忍豈謂非常之命猥加無補之臣矧復二轄之官萬幾所在苟用人之一失實取輕於四方如臣奮自諸生誤叨近侍崎嶇縣道曾未數年出入周行莫聞顯効資地淺薄積薪有後來之譏德業空虛在梁有不稱之誚伏乞追寢成命少安愚衷上以全二聖知人之明下以成孤臣審己之分臣無任祈天待命激切屏營之至取進止

第二狀

臣蒙恩除中大夫守尚書右丞今日雖已具劄子辭免然意有未盡君父之前不敢復隱謹具披露惟陛下察之伏念臣幼無宅師學於先臣洵而臣兄軾與臣皆學藝業先成每相訓誘其後不幸早孤友愛備

至逮此成立皆兄之力也頃者兄弟同列侍從臣已
自愧於心今茲超遷丞轄中臺與聞政事而臣兄軾
適自外召還爲吏部尚書顧出臣下復以臣故移翰
林承旨臣之私意實不遑安況軾之爲人文學政事
過臣遠甚此自陛下所悉臣不敢遠慕古人內舉親
戚無所迴避只乞寢臣新命若得與兄軾同爲從官
竭力圖報亦未必無補也如此則公議旣允私意獲
安其於愚臣實爲至幸取進止

第三狀

臣今月某日伏蒙聖恩賜臣詔書一道不允臣辭免
恩命者命降自天輒形懇避恩不加譴猶辱訓詞輒
緣覆燾之私復伸愚陋之懇蓋陳力事上常自止於
不能而量才用人亦當矜其已竭況臣位居執法職

在繩愆苟有官非其人爵踰於德法所當治臣敢弗言今者擢寘近班實爲虛授若遂黽俛居位臣既自已知非苟復傳播於人衆必指爲無恥在宅人猶爲不可況本職之所當言幸別選於長才冀稍安於私意再殫誠悃非敢飾詞所有誥命不敢祗受臣無任震越待罪之至取進止

第四狀

臣今月某日蒙恩差到某官齎降詔書一道以臣再辭恩命不允所請者特遣使車宣布君命里巷改觀親黨增光雖聖聽之未回抑愚言之可聽與其順旨而使聖朝不獲所任曷若違命而使柄臣舉惟其人用此力辭期於得請昔楚有子玉文公爲之側席衞多君子季札知其未亂若公卿類皆骨鯁則精神足

以折衝今雖忠賢在朝股肱協力不宜雜用小器以示乏人臣能知難國之福也苟不度德民何觀焉尚冀察臣危誠追寢前命俾得粗陳薄技以効一官既獲謀身之宜非無報國之所進退兩得家國俱安其於微臣豈非厚賜無任恐懼懇禱之至取進止

免尚書右丞表二首

臣某言伏奉誥命蒙恩除臣中大夫守尚書右丞者首居言責無補聖時方有黜幽之虞遽聞躐等之命辭而不獲情實難安臣某誠惶誠恐頓首頓首伏念臣家世寒賤兄弟戇直早坐狂言流落江湖而不返晚逢興運聯翩禁近以偷安恃聖神之誤知蹈嶮夷而莫顧前後歷居於臺諫彈擊多召於怨尤每圖自安之宜惟有早退之便徒以受恩未報中夕以興進

退皆艱徬徨自失敢有望於殊寵以自速於煩言矧
茲丞轄之嚴號居弼諧之貳觀用人之當否知爲國
之重輕如臣迂闊而寡謀孤直而多怨進用茲始已
或紛然眷遇儻隆安能自保伏望太皇太后陛下眷
求一德以允僉言慎名器之假人念衣裳之在笥亟
收前命以保危蹤苟無隕越之憂盡出生成之造臣
無任祈天竢命激切屏營之至謹奉表陳免以聞

第二表

臣某言伏奉誥命蒙恩除臣中大夫守尚書右丞者
臺轄之重國論所存顧惟尺寸之材何與棟梁之選
比陳誠懇尚閟俞音臣某誠惶誠恐頓首頓首伏念
臣家世寒儒僅守父兄之樸學文史末技不通邦國
之大猷頃自元祐之初偶緣乏使召自南遷之後遽

責使言旋由左史而踐掖垣復從右戶以居翰苑迨玆執法曾未數年言何補於聖明志已殫於憂責以一日遭逢之幸擅諸臣積累之榮方懷滿溢之虞願求閑散之便豈意恩私之橫被復叨丞轄之近班自昔政事之臣非處書生之地既犯不韙其何敢安伏望皇帝陛下以德愛人量才付位深察斗筲之陋難堪鍾鼎之藏追還誤恩選建明德俾賢愚各安其所則中外無復閒言其於微臣受賜多矣臣無任祈天竢命激切屛營之至謹奉表陳免以聞臣某誠惶誠恐頓首頓首謹言

欒城集卷第四十七

欒城集卷第四十八

雜謝恩命表狀二十一首

謝除中書舍人表二首

臣某言伏奉誥命除臣試中書舍人仍改賜章服者執筆柱下已愧空疏起草禁中尤爲清切上慚主眷下愧人言臣某誠惶誠懼頓首頓首伏以西臺政教之原紫微論思之地緝熙庶政事得稽參進退具寮言成訓誥昔趙孟治晉叔向爲之謀主則楚無以當國僑爲鄭子羽掌其詞令則國鮮敗事今臣所領頗近於斯宜得博達詳練之人疏通敏捷之士考覈邦典潤飾皇猷如臣樸訥少文迂拙自用在仁祖時始以直言見收下第在神考時復以封事獲對清光不能自結於一時旋復竄投於萬里雖謀身之不暇顧

受任以何堪泰壇之樽何取溝中之斷清廟之瑟誤收竈下之焦此蓋伏遇皇帝陛下出震乘龍代天理物默然思道專意於用人穆若守成選衆而求舊憐臣一介之賤偶爲三世之陳遺簪以故而見收老馬以病而復養不求其用聊廣吾仁臣雖力不逮人而誠心未泯學忘其舊而一二猶存敢不靖恭於朝側聽高宗之言政勉强以俟幾見成王之措刑臣無任感天荷聖激切屏營之至謹奉表稱謝以聞臣某誠感誠懼頓首頓首謹言

又表

臣某言伏奉誥命除臣試中書舍人仍改賜章服者越從左史擢領西垣口出命書身參法從深念山林之迹本無富貴之心聞命若驚固辭不獲臣某誠感

誠懼頓首頓首伏念臣生本西蜀家世寒儒學以父兄爲師貧無公卿之助私有求於祿養輒自力於文詞慨然東遊無以上達際會仁祖訪求直言策語猖狂恃聖神之不諱考官怪怒惡悖直之非宜孰知牾俗之言特被愛君之詔感激恩遇遂忘死生莫酬國士之知適有私門之禍未塡溝壑重迫飢寒時於道途望見神考一封朝奏夕聞召對之音衆口交攻終致南遷之患生雖不遇嘗辱顧於二宗時不見容勢殆瀕於九死厄窮自致黽勉何言敢云衰病之餘尚被寵光之幸此蓋伏遇太皇太后陛下毋慈均覆坤德無私欲以任姒之明躬行堯舜之道肆求多士以遺成王耆老畢會於朝廷耕築不遺於草莽遂令拔擢猥及空踈馮唐已衰猶願雲中之往貢禹雖老未

忘封事之勤譬如木之在山生則荷恩而死無所怨水之在地行則潤下而止不敢辭臣之事君義亦如此欲報之意非言所殫 臣 無任感天荷聖激切屏營之至謹奉表稱謝以聞 臣 某誠感誠懼頓首頓首謹言

謝除戶部侍郎表二首

臣 某言今月初四日伏奉誥除 臣 依前朝奉郎試尚書戶部侍郎者掖垣清閟奉鉛槧以媮安民部劇煩以金穀而爲職事非素學命不獲辭 臣 某誠惶誠恐頓首頓首伏念臣起於南裔曾未再期擢在近班訖無少補開口論事適宸心延納之初引筆代言非書命縱横之際竊祿而已功何足云計日以言時亦未幾方自憂於汰去豈復意於超昇此蓋伏遇太皇太

后陛下仁聖無爲靜深照物坐閱工師之衆灼知情僞之端察臣朴愚憐臣孤遠才雖未能以應務性則不喜於爲邪試之劇曹冀其來効然臣觀當今右部之政正值昔日新法之餘召募憂於錢荒差繇患於戸少事既難辨法當通方尙賴聖算之明稍寬民力之僨臣之疎拙徒自勉强苟少緩於瘡痍亦圖報之萬一臣無任感天荷聖激切屏營之至謹奉表稱謝以聞臣誠惶誠恐頓首頓首謹言

又表

臣某言今月初四日伏奉誥命除臣依前朝奉郎試尙書戸部侍郎者田野之姿入朝未幾侍從之貴冒寵已多方懷汰去之憂敢有超遷之望臣某誠惶誠恐頓首頓首伏以右曹之政本專賦役之煩近歲以

來復盆金倉之舊下關民力上計邦儲朝廷議論積年於茲吏民封章繼日以上置局未遑於成法付部要責其奏功將以適四方之宜爲一代之典自非精練吏事通知民情何以上副憂勤下寬疲瘵如臣淺陋殆難克堪此蓋伏遇皇帝陛下聖貴乘時孝先述志明於因革之故達於利病之原上覽祖宗之成規下采今昔之公議昭然獨斷惠此小民謂臣出自賤寒或知劭農之意性本愚拙庶無希合之情度越衆賢付以要務臣敢不上體聖慮勉盡鄙心臣無任感天荷聖激切屏營之至謹奉表稱謝以聞臣某誠惶誠恐頓首頓首謹言

謝對衣金帶表二首

臣某言伏蒙聖恩賜臣對衣金帶者盛服在躬衰容

有耀兼金收衽綿力難勝顧視何功叨塵重錫臣某誠惶誠恐頓首頓首伏念臣家本寒族誤點清班豈曰無衣敢自求於安燠可使束帶顧末工於語言曾是遭逢坐蒙恩寵此蓋伏遇皇帝陛下德澤無外足以衣被四方禮義有餘意將藩飾羣下發在笥之珍以明重慎易佩魚之飾以示等威結以會朝垂厲識都人之舊服而拜舞顧影有彼己之慚豈徒褒博以爲容願盡糜捐而報德臣無任感天荷聖激切屏營之至謹奉表稱謝以聞臣某誠惶誠恐頓首頓首謹言

又表

臣某言伏蒙聖恩賜臣對衣金帶者中廷拜命御府推恩授安吉之禮衣兼熒煌之寶帶臣某誠惶誠恐

頓首頓首伏念臣西南賤士儒素傳家羊裘寬博以
禦寒牛膂連延而束體久從游宦幸此甄收曾何施
爲坐沾賜予此蓋伏遇太皇太后陛下天覆庶物子
養羣臣機杼告功遠取同裘之義範鎔成質式示斷
金之誠篋笥增輝既爊暖於私室韡紳同結亦誇耀
於周行顧慚彼己之譏當誓捐軀之報臣無任感天
荷聖激切屛營之至謹奉表稱謝以聞臣某誠惶誠
恐頓首頓首謹言

謝翰林學士宣召狀二首

右臣今月二十五日西頭供奉官充待詔盛倚至臣
所居奉宣聖旨召臣入院充學士者成命莫同驚使
華之促召一家竦聽望雲闕以馳情實儒者之至榮
豈平生之敢望竊以翰墨之任始自有唐供奉至尊

講聞前輩北廊奏事有如李絳之忠中禁論兵復數畢誠之智迨我祖宗之盛最優文學之臣時舉舊章多蒙召對頃自恭默之後稍虛顧問之常方今聖德日躋羣臣屬目蓋將虛前席以博問繼夜燭而疇咨宜得儁良密侍燕語如臣草野微陋章句拙疎十載江湖之間自羣魚鳥五遷臺省之要永愧冠裳敢謂乏人遽令至此茲蓋伏遇皇帝陛下天心廣大海德幷包物無一介之遺意求萬目之舉臨朝訪道有元老之在前燕處清心援衆正而自助從容盛德循致承平塵露之微海嶽奚補修列聖之故事今將其時因聞見以納忠臣亦有志臣無任感天荷聖激切屏營之至謹錄奏謝以聞謹奏

又狀

右臣今月二十五日西頭供奉官充待詔盛倚至臣
所居奉宣聖旨召臣入院充學士者力辭不免亟承
詔旨之温就職有時復紆使節之重慚負之極俯伏
何言竊以法從之華禁林稱首田漁自奮信遭遇之
已艱兄弟迭居況前後之無幾二劉二吳號有唐之
盛事二宋二韓稱本朝之得人或同處於一時或相
望於累歲今臣與兄軾皆塵西掖繼入北扉曾未三
年遍經兩制才不逮於前輩寵遂極於當年聖主何
私偏許一門之幸愚臣自料敢齊伯氏之賢莫爲先
容獨爾幸會此蓋伏遇太皇太后陛下天地之德含
氣必生日月之明容光咸照力判忠邪之黨首清侍
從之聯察臣兄孤直之無他適具員偶闕而當補棄
遺簪而未忍意同氣之可收致此空疎亦蒙獎擢臣

敢不始終一節庶無隕於家聲勉强百爲或有補於
國事臣無任感天荷聖激切屏營之至謹錄奏謝以
聞謹奏

謝賜對衣金帶鞍馬狀三首

右臣伏蒙聖慈以臣入院特賜衣一對金腰帶一條幷魚袋金鍍銀鞍轡馬一疋者衣配重金光照從官之右廐分上駟出忘徒步之勤齟齬何功便蕃若此伏念臣生於寒遠仕則塵勞逢掖之衣如牛脅而自約下澤之乘望田舍以懷歸曾是恩私不遺固陋此蓋伏遇皇帝陛下輯綏多士收攬成功五色彰施旣盡藩飾之美六轡調適復均緩急之宜不問衰殘特加好賜無衣自請喜七節之吉兮爲子永懷悲三賜之及此糜捐之報造次不忘臣無任感天荷聖激切

屏營之至謹錄奏謝以聞謹奏

又狀

右臣伏蒙聖慈以臣入院特賜衣一對金腰帶一條
幷魚袋金鍍銀鞍轡馬一疋者服章在笥騏驥出閑
襲以會朝乘而拜賜周行悚觀陋室增華伏念臣家
本寒儒誤塵法從既脫布韋之陋稍從輿馬之安同
褒之私本非所望康侯之錫顧亦何堪寵數便蕃循
省愧歎此蓋伏遇太皇太后陛下博求儁乂圖廣治
功歷覽搢紳之間深照奔走之病曾是迂拙偏被恩
私賓客在前或將使之束帶大夫之後知遂免於徒
行誓以糜捐少圖報稱臣無任感天荷聖激切屏營
之至謹錄奏謝以聞謹奏

又狀

右臣伏蒙聖恩賜臣對衣金帶鞍轡馬一疋者衣以旌禮錫之帶則有約束之嚴馬以代勞加之鞍則無隕越之懼荷國恩之深重知聖訓之甯微服以周旋益增愧汗此蓋伏遇太皇太后陛下照臨多士祇廣德心捐既庫之有餘憐臣庶之微陋拜命玆始曾無毫髮之勞受賜以歸先有滿盈之懼伏念臣起家寒遠遭世熙明才下位高畏維鵜濡翼之誚任重道遠懷老驥伏櫪之心量力自知覽物增愧將何以光被顯服並驅衆賢惟當知無不言實亦匪以爲報臣無任感天荷聖激切屛營之至

謝敕設狀二首

右臣伏蒙聖慈以臣今月二十六日入院特賜敕設者初踐玉堂亟頒燕俎仰示慈之豐厚增泚職之光

華飽食何爲汗顏罔措伏惟皇帝陛下使臣以禮先祿後威四簋既盈豈復無餘之歎初筵有秩共成既醉之和荷賜則多論報何所臣無任感天荷聖激切屛營之至謹錄奏謝以聞謹奏

又狀

右臣伏蒙聖慈以臣今月二十六日入院特賜勅設者恩異禁林禮加燕豆頻年不講故事僅存偶追賢儁之遊亟蒙飫賜之舊伏惟太皇太后陛下惠慈無外典禮畢修鳴鹿呦呦喜忠言之來告嘉魚汕汕豈衎樂之徒然祇服異恩敢忘仰報臣無任感天荷聖激切屛營之至謹錄奏謝以聞謹奏

笏記二首

臣蒙恩授翰林學士知制誥者眷命自天懇辭無地

伏念臣歸朝未幾受任過優榮兼伯仲之間寵先供奉之列此蓋伏遇太皇太后陛下德施普博恩及覃平察狂狷之無他憐孤直之寡助生成之賜草木何知臣無任感天荷聖激切屏營之至

又記

臣蒙恩授翰林學士知制誥者職叨非分恩出異常伏念臣比自南遷擢居法從功未聞於一二寵遂及於便蕃此蓋伏遇皇帝陛下急於用人不遺寸善置之翰墨之地忘其兄弟之嫌欲報洪私未知死所臣無任感天荷聖激切屏營之至

謝除龍圖閣學士御史中丞表

臣某言伏奉誥命除臣御史中丞充龍圖閣學士者視草禁中既極儒臣之選專席朝右復膺忠告之求

兼延閣之寵名增南司之榮觀退循淺拙徒積兢危
臣誠惶誠恐頓首頓首伏以仁聖在宥五年于今恭
儉無爲四方稱治然而矯枉之過苛吏適法而寬弛
相尋革故之難敝事雖除而條綱尙紊民貧未可經
遠吏竄難於責功是謂守成之難宜有厲精之實幸
臺綱之一舉措國是於無疑如臣才力之微勉强何
及此蓋伏遇太皇太后陛下德惟主善政貴日新閔
風俗之惰媮審詞說之忠佞知逆耳之利行察遜志
之多非是以度越儁賢收掇微賤然臣迂愚之質砥
礪莫加顛沛之餘衰罷日甚言之無補昔已效於諫
垣文不適時比復陳於翰苑恩深莫塞才短奚爲惟
有事君之小心每欲終身於直道折而不屈蓋蓬蒿
之自然晦而猶鳴亦鷄鵠之常性志效捐軀之報未

知授命之晨拜伏在廷俯仰增愧臣無任感天荷聖激切屏營之至謹奉表稱謝以聞臣某誠惶誠恐頓首頓首謹言

謝除尚書右丞表二首

臣某言伏奉制命除臣中大夫守尚書右丞累具辭免蒙降詔不允仍斷來章者待罪南臺閱時空久承恩右轄量分實逾雖循牆而固辭媿回天之無力臣某誠惶誠恐頓首頓首伏念臣衰遲晚節遭遇聖時還朝首擢於諫垣求言終寘於臺長蓋古人事君之難事惟忠言拂意之易危迫切至於引裾顛危有或折檻大則死亡之不卹小則投竄而莫留雖仗節之心沒而後已而保身之義明者非之臣今不然事出至幸蓋上方有道常導之使言故下獲安心知言之

無罪非徒無益而不譴抑又與進而超遷才不逮於中流幸則過於前輩出入數歲參陪大猷昔所罕聞衆或驚歎此蓋伏遇太皇太后陛下奉身有禮體天無心均覆中外無疎戚之殊惠養黔黎有恭儉之實德則可紀過寧復聞遂使諫諍之臣不知激訐之懼因緣寵遇復享尊榮不貲之恩沒齒何報方今兵革既息年穀稍登唯當上體仁心治而弗擾旁求哲士守之愈堅庶羣后比義以致功則孤臣因人而成事過此以往未知所裁臣無任感天荷聖激切屏營之至謹奉表稱謝以聞臣某誠惶誠恐頓首頓首謹言

又表

臣某言伏奉制命除臣中大夫守尚書右丞累具辭免蒙降詔不允仍斷來章者渙汗之恩已行而不反

傴僂之志雖勤而莫伸上愧鴻私下慚公議臣某誠惶誠恐頓首頓首恭惟皇帝陛下接堯舜之統蹈成康之仁體貌先正耆老之人揀拔後來翹秀之士俛仰六載前後幾人坦然公明故不私賢否之實穆然淵默故坐照情僞之真臨御久則鑒愈明得失分則下無隱如臣者西南賤士章句小儒早歲猖狂偶竊多聞之選中年流落既安縣尹之卑遭時壬人致位近侍跌宕文墨之囿囁嚅議論之場舉皆空言安有實效顧惟省轄之重實參國論之餘豈無遺賢遽及微品地寒資淺何以望三事之餘光才短力罷安能裁六聯之滯論雖復黽勉就職愧歎何言此蓋伏遇皇帝陛下天地之仁曲成草木之陋父母之愛不錄子弟之非將建大廈以覆羣生故收衆材而無棄物

然臣負過其力受非所容惟有絜己無私或不孤於
託付引類自助幸得免於顛隮不渝始終少答恩造
臣無任感天荷聖激切屏營之至謹奉表稱謝以聞
臣某誠惶誠恐頓首頓首謹言

生日謝表二首

臣某言伏蒙聖恩以臣生日特遣中使降詔書賜臣
羊酒米麪者忝貳中臺席猶未暖恩頒細札庖已分
甘爰因誕辰寵賁私室臣某誠惶誠恐頓首頓首伏
念臣才無宅技生實多艱近從江海之羈遽聞廊廟
之政齷齪從衆曾何補於微塵出入彌旬已自驚於
素食惟是累朝之故事本優當世之名卿不遺臣子
之私特助室家之喜豈兹菲薄亦被寵榮此蓋伏遇
皇帝陛下仁貴慎微禮思從厚既竭大烹之養兼存

推食之恩庶無飢渴之憂以盡腹心之報雖草木不知於亭育而犬馬尚識於仁私被服恩光永思報稱臣無任感天荷聖激切屏營之至謹奉表稱謝以聞臣某誠惶誠恐頓首頓首謹言

又表

臣某言伏蒙聖恩以臣生日特遣中使降詔書賜臣羊酒米麵者時當生育情方切以懷親職貳文昌恩忽驚於捧詔廩庖致饋門戶生光臣某誠惶誠恐頓首頓首伏念臣夙稟厄窮年侵衰暮偶緣乏使叨據近班未嘗稼而取禾則多不能謀而食肉無恥醉乏令德之美飽無用心之勤常恐食浮以爲身累敢煩好賜之厚曲記初生之期此蓋伏遇太皇太后陛下推天祿以養才因舊章而惠下旨酒肥羜見和平蕃

衍之祥香稻來牟皆調節登豐之報顧惟孱陋坐食甘腴況臣少也早孤祿不及養老而多感憂以終身賜予在前莫施烏烏之微志顧瞻來事惟有忠義之可爲蕞爾寸心未知所報臣無任感天荷聖激切屏營之至謹奉表稱謝以聞臣某誠惶誠恐頓首頓首謹言

笏記

臣進擢未幾勞效未聞偶緣生育之辰遽蒙慶賜之典醉酒飽德雖喜太平之風先事後祿愧非崇德之義黽勉圖報愧畏交中

欒城集卷第四十九

代人上表二十三首

代陳州張公安道謝批荅表二首

臣某言伏以衰病日侵曠官是懼敢期恩貸曲示撫存臣某誠惶誠恐頓首頓首伏念臣早塵侍從晚遇聖明犬馬之誠本期於竭盡烏鳥之志旋迫於艱難憂患既深志力俱耗比緣終制獲覲清光自顧衰殘之餘力求閑散之地荷聖恩之未棄付便郡以偷安勉強支持庶幾補報而自單車就道之日舊疾緣隙而生視事云初猶冀有瘳於歲月力疾爲治未敢即訴於朝廷及此遷延愈增昏眩殆將隳撓於條教無以表正於吏民衆所共知信非矯飾抱孤誠而未達服睿眷以徒驚感激之衷固無以喻進退之分終所

未安雖明主優容舊臣而尸素之譏安可弗畏雖愚臣貪冒寵祿而筋力之去難以強回苟矜察其罷羸實保全於終始臣無任祈天竢命激切屏營之至謹奉表陳免以聞臣某誠惶誠恐頓首頓首謹言

又表

臣某言老病既至昏耄及之恩澤未移撫存若此感幸雖切啓處未寧臣某誠惶誠恐頓首頓首伏惟皇帝陛下覆育萬物體乾坤之不遺容養羣臣猶父母之曲盡始終愛惜左右保全雖或迂疎無用之才加以羸老難任之日猶未忍弃俾獲偷安德厚恩隆感深涕隕然念臣結髮從宦出身事君遭遇聖明有犬馬自效之志酣豢爵祿無山林獨往之心矯世求名既非所願要君自鬻尤不忍爲誠以病勢侵凌理難

勉强伏自去歲初涖宛丘風熱交攻面目幾廢固陳誠請未賜允從貪冒寵光朋友之所譏笑隳弛條教吏民之所厭憎逮此干聞出於窘迫豈可復貪榮命不畏多言而況南都有先臣之敝廬留臺固遺老之清職在臣不爲遂廢於國亦謂無嫌病而得閑斯人情之至願退之以禮知主眷之愈隆天高聽卑得請乃已臣某無任祈天俟命激切屏營之至謹奉表陳免以聞臣某誠惶誠恐頓首頓首謹言

代齊州李肅之諫議謝表

臣某言伏奉某月日勅就差臣知齊州已於今月三日到任上訖者衰疲無用退避爲宜尚分邦符以便私計臣某誠惶誠懼頓首頓首伏念臣幼蒙基業早與簪裳遭遇先朝荐更煩使逮聖明之宥作登賢俊

於無方誤識鄙凡首被選擢節制西夏尹正上都用捨皆獨斷之明左右無一人之助才微地薄寵至心驚誓堅愚忠以報天造然自出入要地訖無絲髮之可稱驅馳莫年已覺筋骸之不逭雖東秦之奧壤實故里之近邦顧惟綏撫之權非復羸老之任飛章自乞倚宸眷之未移明命俯從知聖恩之愈厚況復歷山舊治父老猶存濮水弊廬封畛相望首丘自得戀主徒深秋稼粗登民情稍復坐布德澤豈勞施爲惟是丘山之恩猥被桑榆之景報效無所寢興不遑臣無任感天荷聖激切屛營之至謹奉表稱謝以聞臣某誠惶誠恐頓首頓首謹言

代李諫議謝免罪表

臣某言頃者昧於周防自貽謗讟聰明坐照善惡俄

分臣某誠惶誠恐頓首頓首伏念臣幼服官箴惟知勤瘁老膺朝寄但守朴忠訖無佗長以報殊遇力小任重常自知其不任勢薄地寒果大招於浮議煩言初起卒莫自明孤迹多危自甘永棄賴聖神之不惑察誣罔之無根不勞辯明自獲昭洗此蓋伏遇皇帝陛下天鑒在上物無遁形坤厚兼容人獲安處知拙直之多怨憐衰朽之易摧不見瑕疵曲全終始感幸之切涕泗交流重念臣昔事先朝雖更煩使衰門無振起之望莫齒絕榮華之心自蒙選掄遂歷禁近初無左右之助惟恃日月之明入領要權出分重鎮況復弟昆之菲薄並叨侍從之清華蒙國厚恩如臣有幾未能消於謗口實有累於知人每自省循謂宜廢黜尚竊方州之寄益明眷獎之深敢不勉勵疲駑要

粉身而後已訓敕子弟期累世以無忘過此以還未知所措臣某無任感天荷聖激切屏營之至謹奉表稱謝以聞臣某誠惶誠恐頓首頓首謹言

代南京張公安道免陪祀表

臣某言伏蒙詔恩以南郊大禮召臣陪祀者躬饗圓丘祇見祖廟百辟在列有懷舊臣明詔及門許觀盛禮顧衰骸之羸瘠奉成命以震驚臣某誠惶誠恐頓首頓首伏念臣頃守鄉國理極便安但以莫年勢難勉强飛章請老有負薪不逮之深憂竊祿偷安豈日莫思歸之本意恐再三之上瀆遂黽勉以逾時然而目疾侵凌比加昏眩足力耗竭殆不支持方陛下咸秩百神駿奔萬國思以自天之福祿均畀在位之臣工惻然眷懷未忍遺棄而臣適丁病廢之日懼成跛

倚之尤身滯周南信縈觀之有命心游魏闕念入侍之無期惟當望柴燎之餘煙伏茅簷而竊抃坐馳誠意仰企清光揄惰之誅逃避無所臣無任祈天荷聖激切屏營之至謹奉表陳免以聞臣某誠惶誠恐頓首頓首謹言

代張公謝免陪祀表

臣某言伏奉今月某日詔書許臣免南郊陪位者睿眷優隆不遺舊物老身衰病辜奉明恩未即譴訶重加撫諭臣某誠惶誠恐頓首頓首伏惟皇帝陛下奉四若天地祇事祖宗罄萬國之歡心洽百禮而爲奉四海來格尚何埃於匹夫誠意旁周獨未忘於一介其爲幸會豈合固辭況臣仕歷三朝班聯二府自當勉強筋骸之力奔走籩豆之間聽工祝之告休均在廷

之卒舞而乃自陳衰瘠苟便安閑始貢私誠謂嚴誅之莫逭重迂細札識聖度之兼容雖蒲柳之質既衰而葵藿之心未已瞻望隕越寢興不遑臣無任感天荷聖激切屏營之至謹奉表陳免以聞臣某誠惶誠恐頓首頓首謹言

代張公賀南郊表

臣某言伏見今月二十七日南郊禮畢大赦天下者饗帝之功允屬於元聖好生之德遂洽於斯民臣某誠歡誠抃頓首頓首臣聞天地萬物之始祖宗百世之元在禮有合祭之文於經有嚴配之義曠三年而後舉竭四海以薦誠然後精意獲通多儀克備惠澤均於多辟賜予逌於六師自非聖神莫或修舉伏惟皇帝陛下仁孝天錫恭儉日躋祗事神祇勤卹鰥寡

故能享安寧於歷歲效職貢於多方釐事告成舊章不墜臣忝事累聖親承盛儀覩致誠備物之爲難知持滿守成之不易其爲喜慰實倍等倫臣某無任瞻天望聖激切屏營之至謹奉表稱賀以聞臣某誠歡誠抃頓首頓首謹言

代南京留守賀南郊表

臣某言伏以今月某日南郊禮畢大赦天下者親饗天地陟配祖宗咸秩百神均福四海舉此盛禮併在一時臣某誠歡誠抃頓首頓首伏惟皇帝陛下纘嗣五聖勤勞十年地平天成禮備樂舉親執圭幣三接神祇藳秸陶匏致精微於德產犧牷玉帛來職貢於多方祝嘏告休福祿荐至赦宥多辟恩廣好生之心賞賚六師共享如茨之福罔有內外咸盡歡欣臣某

居守別都阻陪列位徒與吏民之衆共被德澤之餘
臣某無任瞻天望聖激切屏營之至謹奉表稱賀以
聞臣某誠歡誠抃頓首頓首謹言

代南京百官賀南郊表

臣某等言伏奉今月某日南郊禮畢大赦天下者舉
三年之盛典罄萬國之歡心釐事既終鴻恩均被臣
某等誠歡誠抃頓首頓首伏以天地之功施而不報
祖宗之德大而難名惟有躬祀圜丘配神作主仰以
荅靈休之嘿運俯以示聖孝之無窮伏惟皇帝陛下
道被華夷澤浹幽顯百神受職四海宅心盛德元功
推而不有報本反始因以教人遂緣祝嘏之餘丕冒
生靈之衆幅員萬里歡喜一詞臣等分職留都不獲
奔走執事無任瞻望踴躍激切屏營之至謹奉表稱

賀以聞臣某等誠歡誠忭頓首頓首謹言

代南京謝頒曆表

臣某言今月某日進奏院遞到詔書一道賜臣熙寧十一年新曆一卷者天方發春朝既頒朔歲功伊始民事有時臣某誠惶誠恐頓首頓首伏惟皇帝陛下政先稽古動必法天將以正萬事於歲先大一統於宇內而臣官治留務職在勸農敢不奉順典常助宣化育勤率吏屬共質要成臣無任瞻天荷聖激切屏營之至謹奉表稱謝以聞臣某誠惶誠恐頓首頓首謹言

代張公謝南郊加恩表

臣某言伏以今月某日南郊禮畢特加臣恩命者元祀告成鴻恩溥及雖在退藏之品猶加異數之榮祇

奉絲綸實增慙懼臣某誠惶誠恐頓首頓首伏惟皇帝陛下竭誠致饗受祿自天樂與羣臣同霑大慶上自股肱之列下同筦庫之微嘉其顯相之勤錄其駿奔之助霈然大賚夫豈無名如臣草木餘生桑榆莫景顧田廬而願逝竊秩祿以常驚多病支離已無任於陪祀寵光霑洽尚不間於推恩荷德滋深論報無所臣無任感天荷聖激切屏營之至謹奉表稱謝以聞臣某誠惶誠恐頓首頓首謹言

代李誠之待制遺表

臣某言衰病既侵大期將至顧視日景瞻戀聖時忍死一言瞑目無恨臣某誠惶誠恐頓首頓首伏念臣少年感慨有志功名晚節遭逢屢經驅策總戎西北方朝廷旰食之秋爲國威懷竊將帥分憂之日誓將

勉勵少荅恩私而施設未遑罪戾隨至荷聖神之普照曾竄逐之幾時安居里閭浪迹漁釣誠心自信冀天日之尚回歲月潛移謂倚伏之可待而命之弗予冥不自知俛仰之間彌留已甚伏惟皇帝陛下躬堯舜之明哲履漢唐之緒餘引領太平之功側身同德之士臣雖竊見其始而莫究其終與言及茲銜痛沒地然臣聞之惟至誠可以格物惟至仁可以安人刑非爲治之先兵實不祥之器此皆陛下聰明之自得老生平昔之常談將死之言庶幾於善苟有取於萬一則雖沒而猶生臣無任瞻天望聖激切屏營之至謹奉表以聞臣某誠惶誠恐頓首頓首謹言

代龔諫議謝知青州帥表 名鼎臣

臣某言伏奉五月某日勅告授臣右諫議大夫知青

州軍州事兼京東東路安撫使臣已於今月某日祇受誥者守土無功曠官是懼成命旣出懇避無由臣某誠惶誠懼頓首頓首伏念臣儒術空疎吏能淺薄早蒙選擢屢典方州中被寵光荐歷臺省懷樸忠而不顧勵勤拙以自將然自違去中朝流落外補首尾經八年之久左右無一人之容自分衰朽之餘無復甄升之望頃緣乏使再守別京獲覩日月之光親聞金石之訓粗陳本末方慙尸素之多俯念孤平尚有驅策之意自違天闕曾未期年亟升侍從之榮仍分旄鉞之寄鴻恩自至莫知其由此蓋伏遇皇帝陛下天地兼容陶鈞獨運識馮唐於郎省但取一言實汲黯於淮陽未忘舊物恩深不報期銘骨以終身才拙自知誓見危而一節銜命東往誠心內馳臣無任感

天荷聖激切屏營之至謹奉表稱謝以聞臣某誠惶誠懼頓首頓首謹言

代陳汝義學士南京謝表

臣某言伏蒙聖恩授臣南京留守知應天府事臣已於今月某日到任訖者越從散地擢領留都仰戴恩光惟知慙懼臣某誠惶誠恐頓首頓首伏念臣早蒙器使屢試煩難任重多憂積衰成病乞身閑冷但求安養於餘生絕意功名不復干求於當世豈謂聖恩未棄見收桑榆枯木再生重沾雨露自聞此命莫知其由洎獲見於清光復親承於聖訓盡出陶鈞之化曾微左右之容昔漢宣起張敞於亡徒漢武用安國於梁獄古或有是今則無之嚮非日月之照臨不遺隙穴之微陋則已廢之迹誰肯復收臣敢不勉勵疲

鶩宣布政令雖天地之恩不報而犬馬之志長存臣無任感天荷聖激切屏營之至謹奉表稱謝以聞臣某誠惶誠恐頓首頓首謹言

代南京留守謝減降德音表

臣某言今月十三日進奏院遞到中書劄子一道踈決見禁罪人臣已即時施行訖者德澤之厚常首於京都原省之寬一清於多辟感天至速協氣可期臣某誠惶誠恐頓首頓首伏以本京頃自秋末逮茲歲終愆陽爲災時雪不至麥田枯槁民氣底煩雖嘗祇奉詔音並走羣望而精誠未格應答不時衆皆嗷然仰而有待伏惟皇帝陛下心存萬國知其艱難德配上天體厥覆露推臨軒決獄之意廣赦過宥罪之仁謂三都之人均在輦轂使千里之內同起頌聲民心

旣孚天聽非遠臣幸攝守留鑰親被鴻休樂與都人共陶聖化臣無任感天荷聖激切屏營之至謹奉表稱謝以聞臣某誠惶誠恐頓首頓首謹言

代張芻諫議南京謝表

臣某言伏以南陽重鎭久愧於無功留鑰乏人復叨於寵寄祗奉綸綍初見吏民臣某誠惶誠恐頓首頓首伏惟皇帝陛下選用列辟藩屏四方獨化陶冶之閑不爲親疎之異乃眷別都之地實惟創業之邦控引大河遠通江海之利列置諸將並擁貔虎之師舟車四馳賓旅薦至歷觀近世多用重臣顧省庸虛豈宜忝冒伏念臣遭逢早歲流落中年不意班白之秋置身侍從之列秉持旄鉞鎭撫方州負乘有致寇之憂老病非濟時之器向非荷天地生成之德被日月

照臨之明孰爲先容保其弱植臣敢不瞻望京邑推廣風教之餘勉强疲駑少致涓埃之報臣無任瞻天望聖激切屏營之至謹奉表稱謝以聞臣某誠惶誠恐頓首頓首謹言

代張公安道乞致仕表三首

臣某言七十致仕國有舊章再三上聞情非虛飾臣某誠惶誠恐頓首頓首伏念臣早塵顯仕才本空踈晚依至道心存止足年力未及亟請閑官老既當休即求謝事陛下矜憐耆舊特屈典常許帶使名坐臨僊館臣眷戀德澤難於固辭勉强衰遲領此深眷空糜厚祿已復二年仰愧朝廷俯慙朋友敢緣禮律之舊力丐筋骸之餘蓋陛下欲優容老成而臣之蒙賜已久臣將畏避滿溢而陛下之流澤愈多誠恐一朝

溝壑之虞遂有終身負乘之耻逮此末耄得以自陳伏惟皇帝陛下成物如天愛人以德君臣之際非獨以爵祿豢養爲恩進退之間固將以名節始終爲意使臣得退伏閭里歌詠聖時行葦無牛羊之憂蒲柳免風霜之患則私心自得國體兼存區區悃誠實冀得請臣無任祈天俟命激切屏營之至謹奉表以聞
臣某誠惶誠恐頓首頓首謹言

又表

臣某言老而求退豈以爲名病而得閑本其至願飛章自乞誠意未孚特蒙賜書勉以就職臣某誠惶誠恐頓首頓首臣聞引年去位事君之舊章懷祿忘歸人臣之深戒自昔不得謝者在禮雖或許之然皆廟堂注意之臣疆場折衝之任邦家倚以爲重神人賴

以爲安留之者旣自有詞居之者誠亦無愧是以禮存權制人絶間言未聞退處閑官坐縻厚祿竊此異數晏然偷安伏念臣早事三朝晚遭興運首被揀拔與聞幾微貪戀聖明豈有窮已徒以寵祿盈滿懼速顛隮筋力衰罷理難勉强幸緣舊典敢固自陳伏惟皇帝陛下量極乾坤德隆父母因至誠之勤請杜無名之誤恩念臣平生粗守廉隅耻於僥倖使臣今日得安分限卽是恩私區區寸誠得請乃已臣無任祈天俟命激切屏營之至謹奉表以聞臣某誠惶誠恐頓首頓首謹言

又表

臣某言誠發於中一言可信恩加望外再請未從顧惟衰朽之年久竊尊榮之寄雖蒙異眷敢以自安臣

某誠惶誠恐頓首頓首臣聞事君之禮少壯不敢不勉行己之義老病不可不歸壯而不勉則失忠老而不歸則忘恥今臣心力衰退手足支離謝事之期已逾三歲祈天之請蓋又累年況復同列之間比多得請而去獨臣言辭淺陋未足以回天勢力孤單中無與爲地苟遂磐桓顧寵俯仰懷慙志不克伸沒有遺恨伏惟皇帝陛下至誠樂善多士克生元首股肱自足名世奔走先後未嘗乏人豈臣去留足爲輕重徒以遺簪可念遂忘朽弊之難堪老馬尚存不知驅馳之弗逮致之顛覆之地恐非愛惜之宜故寵臣以尊名不若使臣得全廉恥之爲貴厚臣以重祿不若使臣得守分限之爲安凡厥保全之餘斯皆聖明之賜力陳危懇尚冀必從臣無任祈天俟命之至謹奉表

以聞臣某誠惶誠恐頓首頓首謹言

代張公謝致仕表

臣某言引年辭位忘三請之頻煩念舊推恩兼異數之重複不替使名之重仍兼宮職之崇身喜歸休心慙誤寵國有成命禮不敢辭臣某誠惶誠恐頓首頓首伏念臣奮自諸生荐歷顯仕出入中外凡經四十餘年事業空疎未聞一二可紀量才無用早絕意於功名聞道有年久甘心於閑退徒以夙事累聖晚遇昌期雖復已衰未忍亟去逮此筋骸之俱廢自知驅策之難堪瀝懇上聞輟薿蒙聽皇明委照私欲無違復緣出震之初與聞凴几之命曲加恩禮度越典常此蓋伏遇皇帝陛下義不忘勞仁先貴老待疲馬以芻粟之厚聊盡其年均枯木以雨露之恩豈責之報

使得優游卒歲安樂延齡惠澤至深反側爲愧雖老身已矣將遂志於山林而物性自然終傾心於葵藿臣無任瞻天望聖激切屏營之至謹奉表稱謝以聞

臣某誠惶誠恐頓首頓首謹言

代歙州賀登極表

臣某言奉今月初六日赦書伏承皇帝陛下天錫成命君臨萬邦神人宅心中外相慶臣某誠歡誠抃頓首頓首臣聞人倫莫先者父子神器不二者社稷付與一定衆庶自安我國家接統漢唐配德虞夏世祚平泰古無擬倫先皇帝總御綱權肇新法度廣興百世之利聿追三代之隆大功甫成明命有屬皇帝陛下仁孝天授聖智日躋承昭考作室之明賴文母翼周之賜臨馭茲始沛澤汪洋寵及庶寮恩宥多辟民

田疇租稅之重邊吏禁侵擾之姦兆民允懷四夷永賴昔周成致刑措之盛漢昭知時務之宜今古同符治功可待臣守土南服親被鴻恩踴躍歡呼倍越倫等臣無任瞻天望聖激切屏營之至謹奉表稱賀以
聞臣某誠歡誠抃頓首頓首謹言

代滕達道龍圖蘇州謝上表二首

臣某言近從鄰郡移領鄉邦舟楫之勞曾無幾日里閭之舊足慰平生臣某誠惶誠恐頓首頓首伏念臣家世寒微學術疎淺介特無援歷事三朝繾綣愚忠粗守一節方先帝臨御之始寔羣臣綜覈之秋拙直之心偶蒙委照幾微之議每輒與聞知無不言徒自竭於忠孝直故多怨遂寖結於憎嫌恩遇一移流落十載雖欲自安於散地然猶横被以惡名投畀遐方

要令沒齒竊意網羅之莫脫豈知天日之自明吳興之除聖意可見幸疑謗之已釋雖老死其何求敢冀優恩復遷善地此蓋伏遇皇帝陛下孝思天至聖德日躋憐孤迹之多艱傷舊物之久棄特推鴻造存養餘齡　臣老病相仍羈危多感勤卹民物敢忘委寄之深迎勞往還已覺筋骸之憊葵藿之心徒切桑榆之報何時　臣無任瞻天望聖激切屏營之至謹奉表稱謝以聞　臣某誠惶誠恐頓首頓首謹言

又表

臣某言地本鄉閭人情所樂物多魚稻衰病以安衹見吏民布宣德澤　臣某誠惶誠恐頓首頓首伏惟太皇太后陛下坤儀正大母德仁慈照知四海之艱難洞鑒羣臣之情僞不遺疎遠均被優恩　臣早事三朝

誤知先帝初睹變更之議每陳安靜之謀言拙計疎
怨多援寡始求補外本欲安身不圖寵幸之心未快
憎嫌之素遂因疑事加以惡名流落十年必致死亡
之地竄投三郡益加遠小之鄉賴聖神之至明察愚
直之無過獨排衆謗移領吳興危迹再安孤根復植
逮茲新命不覺涕零惟天地之鴻私顧草木之何報
東南少事深慙素食之恩江海坐馳私有自憐之意
臣無任瞻天望聖激切屏營之至謹奉表稱謝以聞
臣某誠惶誠恐頓首頓首謹言

欒城集卷第四十九

欒城集卷第五十

啓事二十二首

賀歐陽副樞啓

右某啓伏審近膺休命遂總兵權凡在下風孰不自慶以天下之辯士而議論兵革之要以朝廷之元老而臨御猛悍之臣士民所以歡欣夷狄所以震懼昔者漢之賈誼談論俊美止於諸侯相而陳平之屬實爲三公唐之韓愈詞氣磊落終於京兆尹而裴度之倫實在相府夫陳平裴度未免謂之不文而韓愈賈生亦常悲於不遇蓋人之於世美惡必有所偏而天之於人賦予亦莫能備伏惟樞密侍郎天才奇特高出古人餘論溫純和樂海內士人之所望以開慰學者世俗之所待以師保斯民果承寵榮入踐鈞軸手

執予奪身爲安危施之事實則可以慘舒四方之人見之筆墨則可以照曜萬世之下夫富貴之士所少者文字而終莫能得貧賤之士所急者爵祿而亦不可求有能力取其一端皆以自足於當世而況位在樞府才爲文師兼古人之所未全盡天力之所難致文人之美夫復何加謹奉啓陳賀不宣謹啓

北京謝韓丞相啓二首

右某咨頃違軒闥尋至北門自領簿書復將期月魏都雄盛號稱河朔之上游職官卑微最爲府中之末吏事既甚夥議皆得參顧惟淺庸何以堪處而況旱氣方退流民未還盜賊縱橫犴獄塡委是健吏厲精竭力而不足之日非庸人偷安自便而能辦之時伏惟相公偉量絕人盛業蓋世樂育賢俊誤知鄙凡竊

觀佐幕之司似若無責之地勉強以處則事皆可與因循而去則身實甚閑敢無自強少答知遇

又啓

右某近准中書劄子就差管句大名府路安撫總管司機宜文字者頃塵制科已授商幕尋輒請告以便養親貧窶無資還復求仕既來魏府幸邇家庭曾未逾時就改此職邊鄙無事最爲閑官俸給稍優尤便私計自非昭文相公陶冶庶類順養衆情曲矜鄙庸常見存念則豈有進退之際皆從私心功效未聞旋移新局顧恩造之甚厚思力報以末由區區之誠書不能既

賀歐陽少師致仕啓

伏審累章得謝故邑榮歸位冠東宮寵兼舊職高風

所振清議愈隆伏惟致政觀文少師道德在人術學
蓋世早遊侍從蔚爲議論之宗晚入廟堂隱然衆庶
之望屬三朝之終始更萬變之勤勞臨事而安莫測
弛張之用釋位既久始知鎮靜之功仰成績之不刊
信後來之難繼荐歷三鎮始終一心知無不言曾中
外而易意老而彌壯信賢達之過人衆皆以力事君
公獨以道自任仕以其力者力衰而後去進以其道
者道高則難留故七十致仕在禮則然而六一自名
此志久矣築室清潁琴書足以忘憂遺名四方珪組
蓋已外物誰歟治國能就問以質疑惟是門人尚不
拒其來學伏以官守不獲躬詣門屏謹奉啓陳賀

迎陳述古舍人啓

右某啓伏審厭直玉堂分憂輔郡父老相慶吏屬竦

觀伏惟知府舍人道德精醇政術高妙東南舊治久振於士林臺閣遺風特高於朝右魯侯爲國始自泮水何武按部首訪諸生不謂古人復見今日某承乏黌舍久聞德音樂與斯人共被餘澤

賀致政曾太傅啓

伏審得謝明廷進兼異數首被袞衣之錫仍因旄節之崇終始恩榮中外慶慰伏惟致政太傅侍中舊德隆重元勳著明輔相三朝純固一節良士在位不求旅力之功尚父雖衰猶荷鷹揚之託西鄙無事中扆思賢繼陳止足之誠自求清靜之樂付青簡以遺事追赤松而並遊大節凜然四方仰止矧十載廟堂之舊多一時几杖之賢年德最先命秩尤峻出同憂患措國步於安寧歸共優游播清風於長久某夙荷知

擬實倍歡欣謹奉啓陳賀

賀韓相州啓

伏審懇辭留務歸守鄉邦斂藏爲國之方勉就還家之樂進退有裕卷舒適宜伏惟某官才大難名功成不處方三朝之終始更萬變之勤勞抗大節於羣疑擅元勳於不朽楚國已定葉公返其舊封唐室多虞裴度久而在外遺功名於餘策樂民社於方州施無不宜信處心之有道衆猶願治懷舊德以徒勞某夙荷擬知實倍歡慰限以官守阻詣門庭

謝韓許州啓

伏念某爲性迂疎居官餘惰日虞彈劾歸事耕桑敢謂兼容尚形論薦恭惟安撫相公德度宏遠謨猷老成不居公相之隆退就方州之寄惟世俗之多務豈

棟梁之久閒復用之期曾無幾日願知之士豈惟一人曾何已棄之身未改見知之舊嗟駑馬之獨後期枯枿於再榮爲力已艱論恩則厚黽勉寸祿心已切於歸歟愧負鴻私終何爲而報此

賀河陽文侍中啓

伏審力辭樞務得請名邦恩禮便蕃中外慶慰伏惟判府司徒侍中輔相三世始終一心器業崇深不言而四方自服道德高妙無爲而庶務以成此朝廷所以遲遲於均佚之書而士民所以睠睠於保釐之命顧惟出處之義實繫功名之終留侯志於赤松晉公安於綠野油然自得夫豈不懷矧惟三城密邇全洛政獨止於民社樂有助於林泉道大難名信後來之莫繼民猶思治恐久安之未遑

謝文公啓

伏念某迂疎已甚廢弃爲宜偶來宛丘遂復三歲留連寸祿久已愧於古人顧視當塗義無求於今日方將圖宦遊於南土卽暇豫於鴒原自屛遠方少安愚分比者伏遇某官厭倦樞政偃息藩州忘陋質之無堪恃舊知而增氣尺書自達方懷冒進之憂奏牘上聞遽辱見收之請庠齋閑暇既深便於冗材德宇崇深固足安於一介仰慚伯樂之顧自知駑馬之姿雖取信之無疑猶恐難於必售其爲感激難既敷陳

賀張宣徽知青州啓

伏審入覲帝廷榮加使秩遂解南籥作鎭東藩新命既傳衆情胥悅伏惟某官宇量冠古德業在人直道而行神聽靖共之德不改其度人知賢達之風師保

斯民望之已久進登異數禮亦爲宜雖分職於遐方
實均榮於二府老成猶用人有望於安寧旌旆來東
迹稍安於孤拙某官守有限慶謁未遑瞻望傾依衷
誠踴躍

謝改著作佐郎啓

右某啓今月某日蒙恩改前件官者迂拙之人廢棄
已久偶歲成之及格蒙敘法之推恩忝冒既深榮幸
兼至伏以方今聖人在上多士盈廷挾策讀書皆道
德宏深之士涖官從政並才術縱横之人珪璧煒煌
顧瓦礫而安用松筠挺拔嗟蕭艾之徒生固天地付
予之特殊宜朝廷進退之亦異朝遊山林之下羣鳥
獸之喧卑暮登霄漢之塗接鸞皇之翔厲是以羣材
並騖百度咸熙顧視駑駘伏鹽車而已幸旁睨樸樕

竢樵爨以何詞曾謂庸虛亦蒙遷補伏念某才性鄙
拙學問空疎早歲猖狂誤塵科舉蹉跎二紀見者興
嗟奔走四方泰然自得老馬無求於再駕死灰豈意
於復然無負郭之桑麻願歸耕而未果効秉田之畜
牧苟竊祿以偷安實無望於榮華顧常憂於罪戾寵
至逾分誠不自知此蓋伏遇某官二府左右明時陶
鈞庶物春陽既至草木皆生有不次之舉以待賢才
有銓綜之常以御羣吏使賢者無久留之嘆不肖者
有寸進之緣雖三代用人之明何以過此故一介受
恩之賤罔不知歸感戴徒深敷陳罔既

謝張公安道啓

右某啓伏以少年遊學方成都樂職之秋壯歲效官
復淮陽臥治之日矧留都之清淨眷幕府之優閑再

辱辟書重收孤迹哀憐廢弃之久誰復肯然綢繆鐏俎之歡亦非偶爾伏惟留守宣徽太尉才高一世望重累朝體河岳之兼容納涓埃而不間衣食有奉已寬盡室之憂道德照人況復終身之幸其爲慰喜難盡敷陳

賀孫樞密啓

右某啓伏審王畿報政兵府登賢中外同歡士夫相慶伏惟樞密諫議才業兼劭忠厚有餘早試煩難識民間之情僞晚依潛躍相龍德之光亨出當干城入贊心膂温然不伐德望逾隆卓爾自將風節彌壯固上心之久簡且人望之攸歸方今武備載張邊防未弛導迎善意猶有望於仁人保養遺氓終愈光於令聞某早遊門下實倍歡情趨謁末由瞻依徒切

謝黃察院啓

右某啓伏審不弃空踈過形論薦廢退已久慙懼靡遑誠以進無干世之才出爲苟祿之仕强顏未去祲祓以須方河堤潰決之餘當流民紛委之地皇華在隰務咨度以求賢鴻鴈于飛待劬勞而安宅是宜舉勵精之能吏效奔走於當時老鈍之資樸樕何取豈謂採聽之誤曲加奬飾之榮此蓋伏遇某官德在兼容仁存久棄有霜臺嚴肅之威而不用有繡衣擊斷之勢而不施旣示含容復蒙甄錄然以東州之廣才士如林輒先衆人豈勝厚愧感佩之切敷染奚殫

賀趙少保啓

右某啓伏審得謝明廷榮歸故里參東宮之羽翼增南國之光華搢紳竦觀貪儒知愧伏惟致政少保德

侔金玉節貫氷霜早入諫垣凛乎蹇諤之足畏晚陪
國論溫然忠厚之可依逮此分憂所至稱治因俗爲
政無寬猛之常與民息肩有淸靜之化士夫倚以爲
重邦家仰以爲安而止足之心早已自許再三之請
久而後從退居水石之鄕自放簪裳之外優遊空寂
有以知萬物之輕呼吸淸華有以期百年之壽激揚
頹俗師表後生卓然先覺之風坐致不言之益某因
緣末契誤辱見知舊德不留雖同海內之公怨高節
愈劭私喜哲人之克終欣慰之多敷染難盡

賀文太師致仕啓

右某啓伏審得謝中朝歸老西洛位極師保望隆古
今止足之風中外所嘆伏惟致政太師躬夔皐之偉
業兼方召之壯猷翼亮三朝始終一節百辟共傳於

遺事四夷想聞於風聲民恃以安士思爲用尚父雖
老而鷹揚未衰猛虎在山而藜藿不採況復坐而論
道本無黃髮之嫌出以濟時何負赤松之約而能去
如脫屣名重太山近世以來一人而已方將翺翔嵩
少之下泝囘伊洛之閒身寄白雲堂開綠野釋鼎鍾
之重負收竹帛之餘光雖使圖之丹青奉以尸祝衆
之所願誰復閒然某蚤以空疎誤辱知奬嘗欲借潤
於河海庶幾自效於錙銖而蹇拙多艱漂流歷歲誓
將歸掃墳墓絶意功名罪籍得除或成過洛之幸舊
恩未棄尚許登門之遊一聽話言永畢微願猶能作
爲歌頌傳示無窮俯慰平生仰荅恩遇瞻望台屛不
勝區區謹奉啓陳賀

謝兩發運啓

某啓竊以廢棄餘生黽俛祿仕偶依按治之末茍全疎拙之資敢謂弁容過形論薦某少年喜事誠有意於功名中歲早衰願投迹於林莽徒以竄逐未久不敢言歸耕稼無資未能捨祿馬病伏櫪實畏馳走之勞木落歸根久忘發生之念伏承某官德業深厚名冠士夫委寄優隆地連湖海思與明主廣育材能遍求屬官不棄憔悴百里之政曾比毫髮之輕一言之容遂致鼎鍾之重然方今聖治初啓羣賢彙征敢以衰朽之餘輒塵英乂之列感激雖至慙懼寔深

賀范端明啓

某啓伏以仁厚之深老有餘福退閑雖久坐致優恩中外相傳歡欣一意伏惟致政端明丈丈鄉邦舊德翰苑老成蚤擅價於文章晚收功於忠義謀安社稷

之重言發卿士之先事成恥於自陳功大難於久揜既及身而顯曜亦延世以褒嘉信天道之不誣而陰德之必報某早承眷與喜倍等倫不獲躬詣門屏脩慶謹奉啓陳賀

除中書舍人謝執政啓

某啓近蒙聖恩除前件官仍改賜章服者謫宦江湖歲月已久置身臺省志氣未安繼登翰墨之場勉出絲綸之語辭而不獲處之益驚凡物之生小大異稱惟人所處閑劇有宜狙猿無事於冠裳爰居不樂於鐘鼓操之則慄舍之則安是以造物者聽其自然而用人者貴於因任然後才得其適性無所傷某少而讀書中頗喜事既挾策以干世誠妄意於濟時奏牘之多既比狂於方朔流涕之切亦效直於賈生比困

幽憂始聞大道汎若虛舟之獨往寂如死灰之不然久於索居遂以無用以謂良冶之砥石不能發無刃之金大匠之斧斤不能器不才之木自放而已蓋將終焉豈意大明之繼升廣收諸賢以自助驥騄之乘而罷駑與焉梗楠之林而樗櫟在是橫蒙見錄漫不自知此蓋伏遇某官道大難名才高不器深念格天之業本由得士之功致二老於幽遐罄九官之汲引下迨微陋或蒙甄收會是放棄之餘輒參侍從之列朝衣肉食雖懷歸而未由濡足纓冠顧所居之當爾蕞斯民之大定幸四國之無虞碌碌何功猶或一書於竹帛堂堂偉績尚能悉載於聲詩過此以還未知所措

除尚書右丞諸公免書

某啓伏蒙聖恩除某中大夫守尚書右丞者恩出非常心知踰分雖懇辭之未獲要得請以爲安竊以政事之臣國勢所係得其人則四方斯訓非所用則百辟何觀顧可私於一人致坐失於大體某家世寒陋資稟冥頑早歲讀書徒以文翰自喜莫年臨事動由迂闊見譏既自知之不疑矧衆言之何賴方虞汰斥遽爾超升況今二聖天臨羣公彙進五臣翊舜自格無爲之功一德承湯已膺克享之報豈容不肖或與其間伏望某官因進見之餘言達外廷之公論進賢退否既鈞軸之當爲置散投閑抑空疎之常分苟無滿溢之懼盡出陶鎔之私

謝啓

某啓誤蒙詔恩選備臺轄小才知愧空傴僂以循牆

成命莫回嗟負乘而致寇竊以先皇昔開於官制兩丞特異於唐餘上參萬務之幾下總六聯之劇既用人之不次宜得士之非常如某家世甚寒資望尤薄雖學存於古而言輒謂迂志切於時而舉不知務禁林清要文譽缺然憲府密嚴忠言無幾方乞閑而自便遽躐等以叨榮此蓋伏遇某官至德在人清議服世推轂多士雅聞成就之功一意本朝樂有俊良之助積薪不嫌其居上蟠木亟爲之先容坐致空疎誤蒙甄拔其爲感幸難盡言宣

代人啓事八首

子瞻答周郎中啓

伏承不察空疎辱示書教稱道過實慚懼交至某自少讀書喜作文字志氣方鋭以多爲賢流傳世俗誤

見推許近歲以來遭罹患難舊學衰落加以當世文
士述作至多每一開編終日驚嘆故自近日深自斂
退未嘗有所爲文方欲收拾舊書而已傳布四方不
可復揜豈謂賢達尚復以此見稱每讀來書秖增愧
汗所示古今詩二卷詞藻既贍格律又高誦詠再三
浩不可測辱賜之厚未知所報

張公安道答呂陶屯田啓

伏審決策大廷程文優等聲華籍甚慶慰良深某官
學問該通業履淳固恥浮言之希世依直道以干時
進不失榮退無所負惟是六科之建始於兩漢之隆
衆所共趨久而成俗盛極則反固唯物理之常然忠
告未衰猶有設科之本意茍遺風之可挹曾外物之
何加勿用猥弁本無求於執事不忘䕞葑終有獲於

豐年比者過示長牋曲形厚意其爲感悅難盡敷陳

陳述古舍人謝兩府啓

久塵近侍愧於無能出補外官適其素願始布條詔親見吏民秋夏豐登人懷富足之樂風俗淳厚庭無爭訟之諠曾何施爲遂底清淨某老大無取介特自將平昔之學嘗志於治民仕宦之勞每深於陟屺願之久矣乃今得之此蓋伏遇某官道德崇深器業宏遠銓綜羣吏不知中外之殊鎭撫多方常先陪輔之重舉此善地寄之鄙人私欲不違知陶鈞之有自官守無事况迂拙之所宜感激之誠敷陳罔既

又謝兩制啓

蹇拙之資久塵於侍從恩寵之誤猶寄於藩維衹服休光已臨所部某歷職無補每以爲慚揣己甚明固

嘗自乞荷聖恩之未弃付近郡以偷安太昊之墟風俗猶厚長淮以北魚稻稍豐親養無違私計自得曾何鄙薄獲此便安此蓋伏遇某官學術精深才猷駿懋眷擬方厚議論持平頃與同朝固服膺之有素獲守善地滋荷德之不忘視事云初馳誠罔既

張聖民修撰謝二府啓

待罪海壖方虞於曠敗分憂畿外尤荷於陶鈞祇見吏民布宣條詔累歲豐稔略無罷人積雨開明粗有秋稼方郡邑之無事顧庸懦以何爲某早從宦遊舊悅圖史旋承乏於劇職勉從事者歷年心迷簿領之煩力殫錢穀之計逮茲出守之地復修舊學之餘政事稍閑初心自得曾何幸會獲此便安此蓋伏遇某官道德濟時宏量包世燮和中外恥一物之未寧容

養賢愚思羣材之各遂顧鄙儒之無狀竊近輔以偷
安雖荷德之深無忘於瞻仰而營職之外何補於涓
埃慚懼之誠敷述難既

齊州李諫議問候文侍中啓

伏審臥鎮別京臨制北鄙政務休簡兵民乂安恭惟
某官德邁古人望隆當世陶冶多士盡布公卿之閒
輔翼累朝陟配皇王之化卷懷事業偃息方州風俗
未澄非老成而莫定邊鄙尚棘須重德以謀安衆口
所期天心將應即日冬候凝冽鈞履康寧某迫此莫
年尚玷鄉郡道路不遠德化所覃瞻仰徒深伏謁無
路敢祈保衛以慰傾依

李諫議賀郭宣徽知并州啓

伏審謀帥廟堂授鉞方面風聲所被邊鄙自安伏惟

某官學本詩書思含韜略入參樞近出揔戎行謀慮宏深隱若長城之固動用安靜不求一日之功勳名既隆釁故隨至進退有裕望實兼隆令尹三登曾喜色之莫見頻陽復起信前計之可從方今卒乘久安盟好猶在用人既得知廟勝之有成俾國咸休顧公策之安出某老拙無用退守鄉邦側聆休嘉以慰瞻望

李諫議謝二府啓

某爲性甚愚篤於自信與人無忌拙於周旋頃者得遇監司造爲浮謗浼塵上聽紛然罪戾之多傳播四方重爲衰老之愧飛章自理爲計已疎雖循省之無瑕顧吹求之已密恃照臨於皎日信俯仰於平衡不竢辯明坐獲昭洗枯根再生於時雨敗舟獲濟於驚

瀾名節既全死生爲幸此蓋伏遇某官持大鈞而播
物奮至鑒以臨人定妍醜於須臾無施巧僞憐衰罷
之易毀曲爲保全德厚恩隆感深涕隕某老病既久
思求歸而未能荷戴雖多恐圖報之無日激切之至
敷述奚殫

欒城集卷第五十

欒城後集目錄

第一卷

詩七十首

第二卷
詩七首

次韻姪過江漲
亡嫂靖安君蒲氏挽詞二首
寄題武陵柳氏所居二首
筠州州宅雙蓮
奉同子瞻荔支歎
次韻子瞻梳頭
勸子瞻修無生法
石盆種菖蒲甚茂忽開八九華或言此華壽
祥也遠因生日作頌亦爲賦此
子瞻和陶公讀山海經詩欲同作而未成夢
中得數句覺而補之
成都僧法舟爲其祖師寶月求塔銘於惠州
還過高安送歸

第三卷

十一月十三日雪
補子瞻贈姜唐佐秀才
遷居汝南
索居三首
聞諸子欲再質卞氏宅
任氏閱世堂前大檜
贈蔡駜居士
癸未生日
白鬚
寒食二首
潁川城東野老
汝南示三子
謝任亮教授送千葉牡丹

僧教人弁食其葉有鄉人西歸使爲父老言之戲作
諸子將築室以畫圖相示三首
題韓駒秀才詩卷一絶
秋社分題
釀重陽酒
中秋無月同諸子二首
予昔在京師畫工韓若拙爲予寫真今十三年矣容貌日衰展卷茫然葉縣楊生畫不減韓復令作之以記其變偶作
九日獨酌三首
泉城田舍

第五卷

雜文十二首

第十卷
歷代論四

第十一卷

歷代論五

祭文一十八首

第二十一卷
雜文一十三首

雜文五首

欒城後集目錄

欒城後集引

予少以文字爲樂涵泳其間至以忘老元祐六年年五十有三始以空踈備位政府自是無述作之暇顧前後所作至多不忍棄去乃裒而集之得五十卷題曰欒城集九年得罪出守臨汝自汝徙筠自筠徙雷自雷徙循凡七年元符三年蒙恩北歸寓居潁川至崇寧五年前後十五年憂患侵尋所作寡矣然亦班班可見復類而編之以爲後集凡二十四卷

欒城後集卷第一

詩七十首

次韻子瞻感舊一首

還朝正三伏一再趨未央久從江海游苦此劍佩長

夢中驚和璞起坐憐老房（子瞻夢中見人誦詩云度數形名本偶然破琴今有十三弦此生若遇邢和璞始信秦箏是響泉因作破琴詩以記之）爲我忝丞轄寘身願弁涼（子瞻每欲爲國守邊顧不敢請耳）此心一自許何暇憂陟岡早歲發歸念老來未嘗忘淵明不久仕黔婁足爲康家有二頃田歲辦十口糧教敕諸子弟編排舊文章辛勤養松竹遲莫多風霜常恐先著鞭獨引社酒嘗火急報君恩會合心則降

次韻題畫卷四首

山陰陳迹

臥對郗人氣已真晚依丘壑更無倫不須復預清言侶自是江東第一人（逸少知清言之害然蘭亭記亦不免慕清言耳）

雪溪乘興

亟往遄歸真曠哉聾人不信有驚雷雖云不必見安

道已誤扁舟犯雪來

四明狂客

失脚來遊九陌塵故溪何日定抽身便同賀老扁舟去已笑西山鄭子真

西塞風雨

雨細風斜欲暝時凌波一葉去安歸遙知夜宿蛟人室淚卷波分不著（直略切）衣

送姪邁赴河間令一首

老去那堪用恩深未敢歸誰能告民病一一指吾非爾赴河間治無嫌野老譏仍將尺書報勿復問從違

次韻門下呂相公車駕眎學一首

未識吾君龍鳳章諸儒望幸久南庠輦回原廟初移蹕鷺集西廱已著行執爵稍前疑問道獻琛不日數

來王從官始悟熙寧意遺我親臨見肯堂

傅銀青挽詞二首

名自烏臺發恩從鳳沼深鹽梅和衆口金玉比誠心
澹泊平生事彌留一病侵遺言自無憾朝野爲沾襟

又

丹旐國西門茅廬濟水深官清貧似舊名重沒猶存
臺閣傳遺懿交遊拭淚痕君恩不改故延賞遍諸孫

大雪三絕句

閏歲窮冬已是春當寒卻暖未宜人陰風半夜催飛
霰稍淨天街一尺塵
元冥留雪付勾芒桃李雖憂麥未傷膏澤較遲三十
日問天此意亦茫茫
連歲金明不見冰上春風雪氣稜稜臺中曾奏五行

傳到此施行愧未曾

和王晉卿都尉荼蘼二絕句

春到都城曾未知楸花時見萬年枝多情賴有王公子解翦金槃寄所思春來未曾見花但於禁中時見楸花耳

後圃荼蘼手自栽清於芍藥釅於梅舊來詩客今無幾三嗅馨香懶舉杯

次韻門下呂相公同訪致政馮宣猷一首

懶從朝謁事驂騑此去高眠罷倒衣詔許敲門訪者舊天教築室俟來歸石公熙載舊宅張氏頃加修完公得之以成歸計類非偶然者肩輿尚肯追春色公來春將往洛中看花鼓缶何妨傲夕暉所至成家即安隱武昌誰乞釣魚磯

滕達道龍圖挽詞二首

才適邦家用學非章句儒遭逢初莫測流落一長吁

大節輕多難深言究遠圖收功太原守談笑視羌胡

又

南竄逢公弄水亭（公時守池）北歸留我闔閭城壯年不見日千里餘論猶驚敵萬兵篇冊何人知造膝邊防觸處竦先聲傷心繫舸城東地目斷安知有死生

魯元翰中大挽詞二首

遺直誦家聲持心本至誠何勞求皦察所至自安平氣象餘前輩才華屬後生飛騰看諸子相繼亦公卿

又

十年初見范公園知與錢塘結弟昆樂易向人無不可踈慵憐我正志言南遷卻返逢北渡遠聘相過適近藩無復放懷譁笑語挽詩空寄淚潺湲（予與子瞻兄始與元翰皆倅杭州及自彭城還止都門寓居范景仁東園元翰時來相過予始識之其後南還元翰出守洛州及奉

使契丹元翰復守滑臺皆接從容者久之

贈司空張公安道挽詞三首

道廣中無競才高治不煩安心本篤靜憂世亦時言
壽考同儕盡經綸故事存猶應門下客微論記根原

又

孤高出世學豪邁謫仙人早歲猶和俗中年自識真
定餘時發照塵盡四無隣聞道騎箕尾還應事玉宸

又

西蜀識公初南都從事餘一言知我可久好復誰如
學術留元歎家聲付伯魚霜天近生日聞挽重欷歔

蔡州任氏閱世堂一首

朱君長桐鄉死食桐鄉社吏民安君德君亦愛其下
遺言於斯葬存沒勿相捨自知得民深千歲誰似者

任君治新息寬惠洽鰥寡彊梁順教詔桴鼓不鳴野
三年去復還園木栽拱把居人敬閭巷禽鳥依屋瓦
蒼然百尺檜直幹任大廈相要勿翦伐令尹昔所舍

次韻子瞻和淵明飲酒二十首

我性本踈懶父母強教之逡巡就科選逮此年少時
幽憂二十年懶性秪如茲偶然踐黃閣俯仰空自疑
乞身未敢言常愧外物持

又

人言性本靜不必林與山世雖有此理知誰非妄言
自我作歸計于今十餘年低回軒冕中此語愧虛傳

又

世人豈知我兄弟得我情少年喜文章中年慕功名
自從落江湖一意事養生富貴非所求寵辱未免驚

平生不解飲欲醉何由成

又

秋鴻一何樂空際乘風飛秋蟲一何憂壁閒終夜悲憂樂本何有力盡兩無依物生逐所遇久行不知歸少年氣難回老者百事衰聊復沃以酒永與狂心違

又

昔在建成市鹽酒晝夜喧夏潦恐天漏冬雷知地偏妻孥日告我胡不反故山一來朝廷上七年不知還有寓均建成且志昔日言

又

夢中見百怪一一皆謂是醉中身已忘萬事隨亦毀此心不應然外物妄使爾安心十年後此語知非綺

又

開卷觀古人誰非一世英骨肉委黃壚泯滅俱無情
憧憧來無盡擾擾相奪傾驚雷震朱夏鮮能及秋鳴
得酒且酣飲問誰逃死生

又

明月出東牆萬物含餘姿孤蟬庇繁蔭衆鳥棲高枝
解衣適少事捫腹知亡奇朝與羣動作莫復何所爲
此時不自有日出還受覊

又

尺書千里至輟食手自開將卜東南居故鄉非所懷
勿言湖山美永與平生乖鴻鴈秋南來及春思故棲
蛟龍乘風雲旣雨反其泥兄弟通四海叩門事雖諧
直道竟三黜去國終恐迷何如自衞反闕里從參回

又

羌虜忘君恩戰皷驚四隅邊候失晨夜驛騎馳中塗
詔書止窮征諸將守來驅敵微勢可料師競力無餘
防邊未云失憂懷愧安居

又

修己以安人嗟古有此道平生妄謂得忽忽悵衰老
年來亦見用何益世枯槁逡巡事朝謁出入自媚好
報君要得人被褐信懷寶斯人何時見即上歸耕表

又

春旱麥半死夏雨欣及時出郊睇禾田父老有好辭
秋陰結愁霖似欲直敗茲冥冥人天際影響良不疑
精誠發中禁愍默非有欺雞號日東出乃令民信之

又

天廚釀冰池搖蕩畏出境年衰雜羸病一醉百不醒

鸞臺異諸曹有政非簿領頽然雖無謫因謝出囊穎
回首愧周行羣英粲彪炳

又

淮海老使君受詔行當至當官不避事無事輒徑醉
平生自相許兄先弟亦次東南豈徒往多難嫌暴貴
白首六卿中嚼蠟那復味

又

去年旅都城三月不求宅彼哉安知我爭掃習禮迹
三已竟無慍心伏鷙鳥百無私心如丹經患髮先白
功名已不求餘事復何惜

又

家居饜餘事猶讀內景經浮塵掃欲盡火棗行當成
清晨委羣動永夜依寒更低帷閟重屋微月流中庭

依松白露上歷坎幽泉鳴功從猛士得不取兒女情

又

南方有貧士狂怪如病風垢面髮如葆自汙屠酒中
導我引河水上與崑崙通長箭挽不盡不中無尤弓

又

清秋九日近菊酒皆可得永娩陶翁飢雖飢心不惑
懷忠受正命賦命本通塞斯人今苟在可與同事國
惜哉委荆榛忍飢長默默

又

我友二三子兼有仕未仕青松出林秀豈獨私與己
斂然不求人而我自醜恥臨風忽長鳴誰信日千里
江行睎漁父但自正綱紀持綱起萬目魴鱒皆可止
老成日就衰所餘殆難恃

又

諸妄不可賴所賴惟一真內欲求性命油然反清淳外將應物化致一常日新商於四父老攜手初逃秦翻然感漢德投足復踐塵出處蓋有道豈爲諸呂勤嗟我千歲後澹然與之親還將山林姿俛首要路津囊中舊時物布衣白綸巾功成不歸去愧此同心人

次韻子瞻道中見寄一首

兄詩有味劇雋永和者僅同如畫影短篇泉洌不容挹長韻風吹忽千頃經年淮海定成集走書道路未遑請相思半夜發清唱醉墨平明照東省（詩到適在省中）南來應帶蜀岡泉西信近得蒙山茗出郊一飯歡有餘去歲此時初到潁

郊祀慶成一首

盛禮彌三祀初元正七年祭兼天地報儀自祖宗傳

講義金華久近有旨講讀官訓釋祖宗齋祠故事十五條日陳於前齋心玉食

鮮秋成通四海廩實到窮邊今秋諸道皆奏豐稔而陝西河東極邊尤甚

塵卷跳疆寇西羌入寇環州邊吏邀擊敗去琛來渡海船高麗使前十日到闕

預觀大禮人和神亦答物備禮誠全廟室開深靚郊邱對

廣圜翠帷新祕殿寶仗溢通壓周冕裘繒儉周禮大裘而冕

以祀天有司欲爲羔裘度用百羔上以其害物以黑繒代之唐車保介便玉輅有正觀款

志進退安重奕世所寶導前多舊德迎拜或華顛薦潔求陰燧

馳誠寄燎煙垂精粲星斗望秩遍山川降輅追前躅

回班戒弗虔徹絪深屈體屏蓋切承天上至大廟門降輅步入齋

殿至郊壇止百官回班仍去黃道褥三事皆循祖宗故事而去繖特出上意嶰谷灰初應

緹室吹灰久廢不講近太史考求遺書復修其法扶桑日欲躔旌旗逐風轉

歌舞送天旋簾啓瞻宸極雞號識漏泉矜愚開罪罟

釋欠靖民編樂作波翻海書行箭脫弦東朝歸福胙
南極本高仙有道知難犯無私每得賢劬勞就聖德
謙畏絕私權治道初無象神功竟莫宣下臣叨進玉
隨見頌誠然臣於景靈郊邸實進玉幣

次韻姚道人二首

西山學採薇東坡學賣羹昔在建成市豈復衣冠情
朋友日已踈止接盲趙生嗇智徇所安元氣賴以存
時於星寂中稍護亂與昏河流發九地欲挽升天門
枉用十年力僅餘一燈温老病竟未除驚呼欲狂奔
何日新雨餘得就季主論
高人隱陋巷至藥初無方心知無生妙運轉開陰陽
本如淩雲松豈受尺寸量氣如幽谷蘭時送清風香
嗟我久病肺寒暑隨翕張丹砂苦落落青春去堂堂

清詩墮雲霧至音叩琳琅山海信多士世俗非所望
遠遊居臨安閒出從諸王他年解冠佩共遊無邊疆
儀麟既委照永謝過隙光

次韻子瞻上元扈從觀燈二首

虜去邊城少奏章雪殘中禁罷焚香都人知有新年
喜爭看瑚輿金鳳凰

春來有意乞歸耕足疐三年久未平頃奉使契丹墜馬傷足已三年矣忽記上元鑾輅出起聽前殿曉鐘聲

蔡州壺公觀劉道士一首并引

元祐八年七月彭城曹煥子文至自安陸爲予言
過淮西入壺公觀觀縣壺之木木老死久矣環生
孫蘖無數聞有老道士劉道淵年八十七非凡人
也謁之神氣甚清能言語服細布單衣縫補殆遍

壁間題者多以不易衣爲美煥問其意道淵悵然
曰此故淮西守歐陽永叔所贈也世人稱永叔工
文詞善辯論忠信篤學而已君知是人竟何從來
耶公與我有夙契且齊年也昔將去吾州留此以
別吾服之三十年嘗破而補之矣未嘗垢而澣也
比嘗得其訊吾亦去此不久矣煥聞之愕然莫測
徐問其故皆不答予少與兄子瞻皆從公遊究觀
平生固嘗疑公神仙中人非世俗之士也公亦嘗
自言昔與謝希深尹師魯梅聖俞數人同遊嵩高
見蘚書四大字於蒼崖絕澗之上曰神清之洞問
同遊者惟師魯見之以此亦頗自疑本世外人今
聞道淵言與曩意合因作詩以示公子棐叔弼
思潁求歸今幾時布衣猶在老劉師龍章舊有世人

識蟬蛻惟應野老知昔葬衣冠今在否近傳音問不須疑會聞圯上逢黃石久矣留侯不見歟

大行太皇太后挽詞二首

內治隆三世尊臨極九年神孫克負荷大業付安全有道華夷靖無心怨惡悛和熹盛東漢從此不稱賢

又

約己心全小寬民德有餘外家恩澤少先后禮容虛（有司每以章獻太后故事爲請德音輒深自菲薄不敢當而止）原廟因前室（有司將築神宗皇帝神御有詔自處治隆以成就宣光）中朝避冊書（頃歲將受冊寶當御前殿謙避不欲遂退即後殿而已）功名不勝紀四謚歎猶踈（近以四謚進呈上歎曰太皇太后盛德豈四謚所能盡）

次韻姚道人一首

道人偶許俗人知法喜非妻解養兒夜久金莖添沆

瀣室虛寶月映琉璃遠來醉俠忽忽返近出詩仙句
句奇獨怪區區踐繩墨相逢未省角巾攲

次韻石芝一首 幷引

子瞻昔在黃州夢遊人家井閒石上生紫藤枝葉如赤箭主人言此石芝也折而食之味如雞蘇而甘起賦八韻記之元祐八年予與子瞻皆在京師客有至自登州者言海上諸島石向日者多生耳海人謂之石芝食之味如茶久而益甘海上幽人或取服之言甚益人客以一籃遺子瞻遂次前韻

雞鳴東海朝日新光蒙洲島霧雨匀一晞石上遍生耳幽子自食無來賓寄書乞取久未許箬籠蕉囊海神戶戶止也左傳屈蕩戶之一擲誰令墮我前無爲知我超諸數此身不願清廟瑚但願歸去隨樵蘇龜龍百歲豈

知道養氣千息存其胡塵中學仙定難脫夢裏食芝
空酷烈中山軍府得安閑更試朝霞磨鏡鐵

故樞密簽書贈正議大夫王彥霖挽詞二首

試吏有能名升臺擅直聲雄飛極九載修路止三城
壯志方凌厲遺書忽歎驚老人殊可念白首泣新塋

又

傾蓋晚相親東西省戶鄰聽君占諫草繼我出詞綸
京尹聲初浹樞庭迹尚新邯鄲炊未熟榮謝隔逡巡

讀史六首

留侯決成敗面折愧周昌垂老召商叟鴻鵠自高翔

又

諸呂更相王陳平氣何索千金壽絳侯劉宗知有託

又

賈生料吳楚竟斃大梁城一身不自保痛哭空傷生

又

桓文服荊楚安取破國都孔明不料敵一世空馳驅

又

安石善談笑揮麈卻符秦妄起吞并意終殘吳越人

又

江河浪如屋要須滄海容可憐狄仁傑猶復貧婁公

和子瞻雪浪齋一首

謫居杜老嘗東屯波濤遶屋知龍尊門前石岸立精鐵潮汐洗盡莓苔昏野人相望夾水住扁舟時過江西村窻中縞練舒眼界枕上雷霆驚耳門不堪水怪妄欺客欲借楚些時招魂人生出處固難料流萍著水初無根旌旗旋逐金鼓發蓑笠尚帶風雨痕高齋

雪浪卷蒼石北叟未見疑戲論激泉飛水行亦凍窮邊臘雪如翻盆一杯徑醉萬事足江城氣味猶應存

次韻子瞻生日見寄一首

日月中人照與芬心虛慮盡氣則薰彤霞點空來羣羣精誠上徹天無雲寸田幽闕煥不焚眇睞中外絳錦紋冥然物我無復分不出不入常絪縕道師東西指示君乘此飛仙勿留墳茅山隱居有遺文世人心動隨蚩蚑不信成功如所云蚤夜賓餞同華勛爾來僅能破魔軍我經生日當益勤公稟正氣飲不醺梨棗未實要鉏耘日云莫矣收桑枌西還閉門止紛紛憂愁真能散淒焄萬事過耳今不聞登真隱訣云日中青帝曰照龍韜其夫人曰芬豔嬰

謇師嵩山圖一首并引

葆光法師蹇君未嘗至嵩山欲往遊焉元祐九年春磐桓都下得古畫一幅以示其客客曰此嵩山圖也予昔嘗遊焉峯嶺徑遂觀剎皆是君喜曰此將以導予也吾昔熙寧中自陳之洛往來皆出嵩少之間時方重九與偕行者約曰與子於此登高乎今筋力尚強可以一往異日復至或不能矣今年三月以罪出守汝州聞此州在嵩少之陽登城北望可以盡得其勝君何時爲此遊吾將舉酒與子相望雖不能同亦庶幾焉系之以詩曰

峻極登高二十年汝州回望一依然君行亦是高秋後試覓神清古洞天神清洞事見上

望嵩樓一首 在汝州

連山鄣吾北二室分西東東山幾何高不爲太室容

西山爲我低少室見諸峯臨軒一長歎隱見由所逢
試問山中人二室竟誰雄雄雌久已定分別徐亦空
可憐汝陽酒味與上國同遊心四山外寄適杯酒中

思賢堂一首

楊公守臨汝俛仰八十載推遷城市非散落篇章在
外物固難必清名竟安賴孤亭右洲渚斜日到冠佩
飛翔棟宇回滉蕩波流對稍存楸梧高大翦菰蒲穢
遺編訪諸子翠石補前廢吏民亦潸然未替甘棠愛

阻風一首自汝還筠八月過真州江漲倍常歲而風不順

大水蔑洲浦牽挽無復施我舟恃長風風止將安爲
塌然委積水坐被弱纜維市井隔峯嶺食盡行將飢
長嘯呼風伯厄窮豈不知蓬蓬起東南旗尾西北馳
所望乃大謬開門訊舟師舟師掉頭笑沿泝要有時

泝者不少息沿者長嗟咨飄風不終日急雨常相隨
雨止風亦止條條弄清漪我言未見信君行自見之

次韻子瞻遊羅浮山一首

客迷墮澗逢玉京雲行天喬風號鳴暗中過盡石髓
滑驚喜觀闕朝霞明東坡南去類此客擠者力盡非
求生偶然瀕海少氛氣復有福地容躬耕諸侯歷聘
謝魯叟茅簷燕坐師老彭天樞旋結日珠重人寰下
視鴻毛輕俗緣漸覺冰雪解元氣乍復蛟虬獰遠遊
脫屣入蓋竹初怪長史留家庭後來玉斧小兒子亦
入真誥參仙經試令子弟學諸許還家不用劍閣銘
洞天聞亦有圖籍但恐未免如公卿此心願與世無
事不願與世平不平

次韻子瞻江西一首

許君馬老共一邦西山斷處流蜀江誰令十載重渡
瀧灘頭舊寺晨鐘撞亂流赤脚記淙淙道俗自謂丹
霞龐便令築室修畦矼往還二老笻一雙予與筠州聽長老有十年之舊

雨中遊小雲居一首

賣酒高安市早歲逢五秋常懷簡書畏未暇雲居遊
十載還上都再謫仍此州廢斥免羈束登臨散幽憂
鄉黨二三子結束同一舟雨餘江漲高林薄煩撐鉤
積陰荐雷作兩山亂雲浮雨點落飛鏃江光濺輕漚
笑語曾未畢風雲遽誰收舟人指松檜古刹依林邱
老僧昔還往晚飯迎淹留食菜吾自飽饋肉煩賢侯
巖城迫吹角歸棹隨輕鷗聯翩閱村塢燈火明譙樓
肩輿踐積甃塗潦分潛溝居處方自適未知厭拘囚

欒城後集卷第一

欒城後集卷第二

詩七十首

次韻子瞻上元見寄一首

誰憐東坡老獨看南海燈故人隱山麓燕坐銷牀稜人生天運中往返成廢興炎起爨下薪凍合瓶中氷賴有不變處寂如方定僧建城亦巖邑燈火高下層頭陁舊所識天寒髮鬅鬙問我何時來嗟哉谷爲陵幸此米方賤日食聊一升夜出隨衆樂餔糟共騰騰

次韻子瞻連雨江漲二首

南過庾嶺更千山烝潤由來共一天雲塞虛空雨翻瓮江侵城市屋浮船東郊晚稻須重插西舍原蠶未及眠獨棹扁舟趁申卯米鹽奔走笑當年

客到炎陬喜暫涼江吹虛閣雨侵廊回看野寺山溪

隔臥覺晨炊稻飯香荔餉深紅陋櫻裹桂醅淳白比
琳琅恩移嶠北應非晚未省南遷日月長

次韻姪過江漲一首

陰淫夏爲秋雨暴溪作瀆缺防舊通市流潦幾入屋
雖幸廩粟空猶惜畦蔬綠鹿駭不擇音鴻羈分遵陸
室誚曾子還城謳華元劬中情久岑寂外物競排蹙
設心等一慈開懷受諸毒道力雖未究游波偶然伏
糧須三月聚艾要七年蓄君恩許北還從此當退縮

亡嫂靖安君蒲氏挽詞二首

家風足圖史婦德儼蘋蘩湯沐從夫寵冠衣席第恩
克家傳衆子有後慶多孫追養心何極增封禮尚存

又

宦遊非不遂流落自麤踈宗黨半天末存亡驚素書

佳城東嶺外茂木故阡餘遙想千車送臨江滿滿裾

寄題武陵柳氏所居二首

天真堂

宦遊閱盡山川勝歸老方知氣味真歌哭不移身自穩往還無間語尤親永懷前輩無因見猶喜諸郎有此人千歲展禽風未改不加琱琢世稱珍

康樂樓

邑居欲盡溪山好不作層樓無奈何巖谷滿前收蠟屐漪漣極目卷漁蓑安心已得安身法樂土偏令樂事多千里筠陽猶靜治還家一笑定無宅

筠州州宅雙蓮一首

綠蓋紅房共一池一雙遊女巧追隨鏡中比並新粧後風際攜扶欲舞時露藥暗開香自倍霜蓬漸老折

猶疑殷勤畫手傳真態道院生綃數幅垂

奉同子瞻荔支歎一首

蜀中荔支止嘉州餘波及眉半有不稻糠宿火卻霜霞結子僅與黃金侔近聞閩尹傳種法移種成都出巴峽名園競擷絳紗苞蜜漬瓊膚甘且滑北遊京洛墮紅塵箬籠白曬稱最珍思歸不復爲蓴菜欲及炎風朝露勻平居著鞭苦不早東坡南竄嶺南道海邊百物非平生獨數山前荔支好荔支色味巧留人不管年來白髮新得歸便擬尋鄉路棗栗園林不須顧青枝丹實須十株丁寧附書老農圃

次韻子瞻梳頭一首

水上有車車自翻懸霤如線垂前軒霜蓬已枯不再緣有客勸我抽其根枯根一去紫茸茁珍重已試幽

人言紛紛華髮何足道當返六十過去蒐近有道士相教拔白後以水火養之當不復生故以爲答

勸子瞻修無生法一首

除却靈明一一空年來丹竈漫施功掌中定有菴摩在雲際懸知霧雨濛已賴信心留掣電要須淨戒拂昏銅誰言逐客江南岸身世雖窮心不窮

石盆種菖蒲甚茂忽開八九華或言此華壽祥也遠因生日作頌亦爲賦此一首

石盆攢石養菖蒲沮洳沙泉韮葉鋪世說華開難值遇天將壽考報勤劬心中本有長生藥根底暗添無限鬚更爾屈蟠增瘦硬宅年老病要相扶

子瞻和陶公讀山海經詩欲同作而未成夢中得數句覺而補之一首

此心淡無著與物常欣然虛閑偶有見白雲在空間
愛之欲吐玩恐爲時俗傳逡巡自失去雲散空長天
永愧陶彭澤佳句如珠圓
成都僧法舟爲其祖師寶月求塔銘於惠州
還過高安送歸一首
少年能講大乘經法施堂中不出扃爲許先師傳後
世徑從西海集南溟忘身直犯黃茅瘴滿意初成白
塔銘寄我淚痕歸萬里遙知露滴澗松青
東西京二絶
親祀甘泉歲一終屬車徐動不驚風宓妃何預詞臣
事指點譏訶豹尾中
犀著金盤不暇嘗更須石上擣黃粱數錢未免河東
舊不識前朝大練光

唐相二絕

楊王滅後少英雄猶自澄思卻月中已得惠妃歡喜
見方頭笑殺曲江公
朝中寂寂少名卿晚歲雄猜氣益橫心怕無鬚少年
士可憐未識王奴兄

寓居六詠

手植天隨菊晨添苜蓿盤叢長憐夏苦花晚怯秋寒
素食舊所愧長齋今未闌殷勤拾落蘂眼暗讀書難

又

山丹炫南土盈尺愧西京所至曾無比知非浪得名
未須求別種尚欠剝繁英行復春風度天涯眼暫明

又

隣家三畝竹蕭散倚東墻誰謂非吾有時能惠我涼

雪深聞毀折風作任披猖事過還依舊相看意愈長

又

弱榴生掩冉插竹強支义旋疊封根石能開著子花
扶持物遂性綴緝我成家故國田園少何須恨海涯

又

大雞如人立小雞三寸長造物均付予危冠兩昂藏
出欄風易倒依草枯不殭後庭花草盛憐汝計與亡
或言矮雞冠卽玉樹後庭花

又

西隣分半井十口無渴憂歲旱百泉竭日供八家求
艱難念生理沾足愧寒流比聞山田婦出汲爭羣牛
山中瀾谷枯竭汲者每苦牛奪其水一人出汲輒數人持杖護之

和子瞻新居欲成二首

老罷子卿還屬國功成定遠恨陽關漂流豈必風波際顛沛何妨枕席閒伏臘便應隨俚俗室廬聊似勝家山因緣宿世非今日賴有陰功許旋還此說見佛書山連上帝朱明府心是南宗無盡燈過此敢危空比夢年來瘴毒冷如氷圖書一笑寧勞客音信頻來尚有僧梨棗功夫三歲辦不緣憂患亦何曾

次遲韻二首

老謫江南岸萬里修烝嘗三子留二子嵩少道路長累以二孀女辛勤具餱糧誰令南飛鴻送汝至我旁飢寒不能病氣紓色亦康拊背問家事嗟我久已忘力耕當及春無爲久南方還家語諸女素剛非王章

又

世事非吾憂物理有必至常暘百川竭顧亦防雨耳

陰陽相糾纏反覆更自治幽懷澹不起默坐識其意
長子念衰老遠行重慙愧疎慵身似僧岑寂家近寺
但聞事日新未覺吾有異器鍠本自出藩角徒不遂
得失衆共知窮達佛所記要令北歸日粗究一大事

次遠韻一首

萬里謫南荒三子從一幼謬追春秋餘賴爾牛馬走
憂病多所忘問學非復舊借書里諸生疑事誰當叩
吾兒雖懶教擢潁既冠後求友卷中人玩心竹間岫
時令檢遺闕相對忘昏晝兄來試謳吟句法漸翹秀
暫時鴻鴈飛迭發塤篪奏更念宛邱子頎然何時覯

次韻子瞻和陶公止酒一首　晉州作

少年無大過臨老重復止自言衰病根恐在酒盃裏
今年各南遷百事付諸子誰言瘴霧中乃有相逢喜

連床聞動息一夜再三起泝流俛仰得此病竟何理
平生不尤人未免亦求己非酒猶止之其餘真止矣
飄然從孔公乘桴南海涘路逢安期生一笑千萬祀

次韻子瞻過海一首

我遷海康郡猶在寰海中送君渡海南風帆若張弓
笑揖彼岸人回首平生空平生定何有此去未可窮
惜無好勇夫從此乘桴翁幽子疑龍蝦牙須竟誰雄
閉門亦勿見一鸔同香風晨朝飽粥飯洗鉢隨僧鐘
借問何時歸茲焉若將終居家出家人豈復懷兒童
老聃真吾師出入初猶龍籠樊顧甚窋俛首姑爾容
衆人指我笑韁鎖無此工一瞬千佛土相期兜率宮

過姪寄椰冠一首

衰髮秋來半是絲幅巾緇撮强爲儀垂空旋取海棕

子蜀中海棕即嶺南椰木但不結子耳束髮裝成老法師變化密移人不悟壞成相續我心知茅簷竹屋南溟上亦似當年廊廟時

寓居二首

東亭

十口南遷粗有歸一軒臨路閱奔馳市人不慣頻回首坐客相諳便解頤慙愧天涯善知識增添城外小茅茨華嚴未讀河沙偈偃仰明窗手自披

東樓

月從海上湧金盆直入東樓照病身久已無心問南北時能閉目待儀麟颶風不作三農喜是歲海無颶風船客初來百物新歸去有時無定在漫隨俚俗共欣欣

所寓堂後月季再生與遠同賦一首

客背有芳藂開花不遺月何人縱尋斧害意肯留栫偶乘秋雨滋冒土見微茁猗猗抽條穎頗欲傲寒冽勢窮雖云病根大未容拔我行天涯遠幸此城南茇小堂劣容臥幽閣粗可躡中無一尋空外有四隣匝窺墻數柚實隔屋看椰葉葱蒨獨兹苗愍愍待其活及春見開敷三嗅何忍折

浴罷一首

逐客例幽憂多年不洗沐予髮櫛無垢身垢要須浴顛隮本天運憒恨當誰復茅簷容病軀稻飯飽枵腹形骸但癯瘁氣血尚豐足微陽閱九地浮彩見雙目枯槁如束薪堅緻比温玉長齋雖云淨閱月聊一沃石泉瀞巾帨土釜煮桃竹南窓日未移困臥久彌熟華嚴有餘秩默坐心自讀諸塵忽消盡法界了無矚

悅如仰山翁欲就潙叟卜猶恐墮聲聞大願勤自督

次遠韻齒痛一首

元明散諸根外與六塵合流中積緣氣虛妄無可託俶陋少空明婦姑相攘奪日出暵焦牙風來動危蘀喜汝因病悟或免終身著更須誦楞嚴從此脫纏縛

子瞻聞瘦以詩見寄次韻一首

多生習氣未除肉長夜安眠懶食粥屈伸久已效熊虎倒掛漸擬同蝙蝠衆笑忍飢長杜門自恐莫年還入俗經旬輒瘦駭隣父未信腦滿添黃玉海夷旋覺似齊魯山蕨仍堪嘗菽粟孤船會復見洲渚小車未用安羊鹿海南老兄行尤苦樵爨長須同一僕此身所至即所安莫問歸期兩黃鵠

次韻子瞻獨覺一首

咄咄書空中有怪內熱搜膏發癰疥羹藜飯芋如固
然飽食安眠眞一快午雞鳴屋呼不起欠伸吉貝重
衾裏此身南北付天工竹杖芒鞋即行李夜長卻對
一燈明上池溢流微有聲幻中非幻人不見本來日
月無陰晴

次韻子瞻夜坐一首

月入虛牕疑欲旦香凝幽室久猶薰清風巧為吹餘
瘴疎雨時來報斷雲南海炎涼身已慣北方毀譽耳
誰聞遙知掛壁瓢無酒歸船還將一酌分

次韻子瞻寄賀生日一首

弟兄本三人懷抱喪其一頎然仲與叔耆老天所騭
師心每獨往可否輒自必折足非所恨所恨覆鼎實
上賴吾君仁議止海濱黜淒酸念母氏此恨何時畢

平生賢孟慱苟生不謂吉歸心天若許定卜老泉室
凄涼百年後事付何人筆于今兄獨知言之泣生日

次韻子瞻寄黄子木杖一首

老至亦有漸五十惟杖始行年日辰匝幸免鄉閭耻
罪重瘡難平餘痂未脫痏登山足猶健不用扶兒子
我兄念辛勤贈此攜且倚它年賜環日田舍尤須此
早收藤節杯旋綴烏皮几茅簷數間足不用伐桐杞

次韻子瞻謫居三適

旦起理髮

道人雞鳴起趺坐存九宮靈液流下田茯苓抱長松
顛毛得餘潤冉冉欺霜風俯就無數櫛九九為一通
洗沐廢已久徐之勿怱怱氣來自湧泉至此知幾重
近聞西邊將袒裼擁馬鬃歸來建赤油不復儕伍同

笑我守尋尺求與真源逢人生各有安未肯易三公

午窗坐睡

定中龍眠膝定起柳生肘心無出入異三昧亦何有
睛窗午陰轉坐睡一何久頹然擁褐身剝啄叩門手
褰帷顧我笑疑我困宿酒不知吾喪我氷消不遺壽
空虛無一物彼物自枯朽夢中得靈藥此藥從誰受
侵尋入四支欲洗自無垢從今百不欠只欠歸田叟

夜臥濯足

海民慢寒備不畜衾與裯雖苦地氣洩亦無徒跣憂
逐客久未安集舍占鵂鶹念昔使胡中車馳卒不留
貂裘遡北風十襲猶颼颼中塗履氷河馬倒身自投
宛足費馮翼千里煩帣韝十年事湯劑風雨氣輙浮
南來足憂慮此病何時瘳名身孰親疎慎勿求封侯

同子瞻次過遠重字韻一首

孟子自誇心不動未試永嘉鐵輪重弟兄六十老病餘萬里同遭海隅送長披羊裘類嚴子罷食豬肝同閔仲大男留處事田畝幼子隨行躬釜爨低眉語笑接隣父彈指吁嗟到蠻洞茅茨一日敢忘葺桑柘十年須勉種來時邂逅得相攜歸去逡巡應復從莫驚憂患爾來同久知出處平生共雖令子孫治家學休炫文章供世用潁川築室久未成夜來忽作西湖夢

次韻子瞻和淵明擬古九首

客居遠林薄依墻種楊柳歸期未可必成陰定非久邑中有佳士忠信可與友相逢話禪寂落日共杯酒艱難本何求緩急肯相負故人在萬里不復爲薄厚米盡鬻衣衾時勞問無有

又

閉門不復出茲焉若將終蕭然環堵間乃復有爲戎我師柱下史久以雌守雄金刀雖云利未聞能斫風世人欲困我我已安長窮窮甚當辟穀徐觀百年中

又

蕭蕭髮垂素晡日迫西隅道人愍我老元氣時卷舒歲惡風雨交何不完子廬萬法滅無餘方寸可久居將掃道上塵先拔庭中蕪一淨百亦淨我物皆如如

又

夜夢被髮翁騎驎下大荒獨行無與遊闖然款我堂高論何崢嶸微言何渺茫我徐聽其說未離翰墨場平生氣如虹宜不葬北邙少年慕遺文奇姿揖昂昂衰罷百無用漸以圜斲方隱約就所安老退還自傷

又

海康雜蠻蜒禮俗久未完我居近閭閻願先化衣冠
衣冠一有耻其下胡爲顏東隣有一士讀書寄賢關
歸來奉親友跬步行必端慨然顧流俗歎息未敢彈
提提烏鳶中見此孤翔鸞漸能衣裘褐袒裼知惡寒

又

佛法行中原儒者耻論茲功施冥冥中亦何負當時
此方舊雜染渾渾無名緇治生守家室坐使斯人疑
未知酒肉非能與生死辭熾哉吳閩間佛事不可思
生子多穎悟得報豈吾欺時俾正法眼一出照曜之
誰爲邑中豪勤誦我此詩

又

憂來感人心悒悒久未和呼兒具濁酒酒酣起長歌

歌罷還獨舞黍麥力誠多憂長酒易消脫去如風花
不悟萬法空子如此此心何

又

杜門人笑我不知有天遊光明遍十方咫尺陋九州
此觀一日成衮衮通法流竿木常自隨何必返故邱
老聃白髮年青牛去西周不遇關尹喜履迹誰能求

又

鉏田種紫芝有根未堪採逡巡歲月度太息毛髮改
晨朝玉露下滴瀝投滄海須牙忽長茂枝葉行可待
夜燒沉水香持戒勿中悔

雨中招吳子野先生一絕循州作

柴門不出蓬生徑暑雨無時水及堂辟穀賴君能作
客暫來煎蜜餉桃康

答吴和二絕

三間咧水小茅屋不比麻田新草堂問我秋來氣如火此間何事得安康

慣從李叟遊都市久伴藍翁醉畫堂不似蘇門但長嘯一生留恨與嵇康子野昔與李士寧縱遊京師與藍喬同客曾魯公家甚久

閏九月重九與父老小飲四絕

九日龍山霜露凝龍川九日氣如烝偶逢閏月還重九酒熟風高喜不勝

獲罪清時世共憎龍川父老尚相尋直須便作鄉關看莫起天涯萬里心

客主俱年六十餘紫萸黃菊映霜鬚山深瘴重多寒勢老大須將酒自扶

尉佗城下兩重陽白酒黃雞意自長卯飲下床虛已

散老年不似少年忙

求黃家紫竹杖一首并引

予於龍川買曾氏小宅宅西南隅有紫竹百餘竿爲藤蔓所困無復直幹雖爲伐藤而見竹偃弱無可爲杖者黃氏老家有紫竹甚茂乞得一莖勁挺可喜聞黃氏竹舊自曾氏移植偶爲詩示之

曾家紫竹君家種曾園竹與荒藤共藤驕竹瘁如畏人不似君家竹森聳我來買宅非爲宅愛此風稍時一弄磨刀向藤久未忍樹倒藤披眞自送繁陰一豁新笋地狂鞭欲向青春動我身病後少筋力遍求拄杖扶腰痛蕭蕭瘦幹未能任一畝君家知足用一枝遺我拄尋君老酒仍煩爲開甕

賦豐城劍一首北歸途中作

劍氣夜干斗精誠初莫隔全身寄獄戶隱約還自得
張雷彼知我勉爲汝一出腰間雜環佩亦旣報之德
凜凜天地間要非手中物躍入延平水三日飛霹靂
出當乘風雷歸當臥泉石千年故穴在三嘆泉上客

范丞相堯夫挽詞二首許州作

持身守忠恕臨事恥浮沉直道更三黜平生惟一心
家風來自遠國論老彌深令德眞如玉泥沙枉見侵

又

南遷頭已白北返病初加君意知無罪天心許到家
同朝曾忝舊握手一長嗟時事紛無已還應付棣華

卜居一首

我歸萬里初無宅鳳去千年尚有臺誰爲遶池先種

竹可憐當砌已栽梅囊眥只數腰金在歸計長遭釁
雪催欲就草堂終歲事落成隣舍許銜杯

和子瞻過嶺一首

山林瘴霧老難堪歸去中原荼亦甘有命誰令終返
北無心自笑欲巢南蠻音慣習疑傖語睥病縈纏帶
嶺嵐手挹祖師清淨水不嫌白髮照毿毿

子瞻贈嶺上老人次韻代老人答一絕

嶺頭廬老一爐灰長短根莖各自栽輕賤已消先世
業知君海上去仍回

欒城後集卷第二

欒城後集卷第三

詩七十首

大行皇太后挽詞二首

累朝宗內治晚歲擅鴻勳立子得元聖收簾奉長君

一言消橫逆多難弭紛紜仙馭曾非遠長瞻鞏洛雲

又

家風承舊相國體繼皇姑定策從中禁傳聲震海隅

春風開閟蟄朝露濕焦枯萬里生還客冠纓淚雨濡

追尊皇太后挽詞二首

月缺年何久龍飛事一新追崇名號正同祔禮容均

鳳翣低迎日龍輴細起塵都人知舜孝擁紼盡霑巾

又

德美鍾岐嶷榮華倍感傷一時朝野恨百世本支長

出祖悲無憾因山險有光宅年過嵩洛望拜裕陵旁

贈史文通奉議二首

牆北史居士掛冠心轉閑頂開人共怪神去夜深還
白雪微侵鬢丹砂久駐顏從君欲問道何日徑開關

又

有叟住東野畏人希入城君時共還往我欲問修行
早歲識巖客近時逢絳生真能訪茅屋屣履試將迎

次前韻示楊明二首

晚歲有餘樂天教一向閑嵩陽百口住嶺外七年還
卜宅先隣晏攜瓢欲飲顏吳僧來不久相約叩禪關

又

甘井元依廟平湖亦近城幅巾朝食罷芒屩雨中行
擾擾初何事悠悠畢此生欲邀東郭叟煩子作郊迎

唐修譔義問挽詞二首

家風臺柏老遺直故依然節見南遷後神凝未瞑前

臨民舊有法訓子適成篇九轉今猶在參同豈妄傳

又

我返南荒日君臨舊許初笑談寬老病旌旆擁茅廬

酒盞開雖數溪堂到尙踈誰言生死隔近在浹旬餘

寄題登封揖仙亭一首

靈王太子本讀書縱談穀洛參諸儒生來不見全盛

初老成遺訓誰楷模心知漸失文武餘蕭然直入山

中居山閒吹笙鳳凰呼升天白日乘龍車周人聚觀

背路隅明月爲佩雲爲裾歸來千歲孰在無赤松老

彭自爲徒上侍玉宸臨九區烜赫不類山澤癯依山

作邑賢大夫夜中焚香遡空虛我欲從之駕肩輿秋

風八月來徐徐

吳冲卿夫人秦國挽詞二首

國老相隨盡家風慨獨存見夫成相業聽子得忠言（夫人長子起居昔將論事以南遷之憂訪於夫人夫人以當官許焉）氣節慙多士聲華盛一門平生高義重末易俗人論

雅頌成章早春秋發論長風規留叔向文采似中郎覽古明興廢臨危喜激昂南遷初不恨李杜得從滂

十一月十三日雪一首

南方霜露多雖寒雪不作北歸亦何喜三年雪三落我田在城西禾麥敢嫌薄今年陳宋災水旱更爲虐閉糴斯不仁逐熟自難卻飢寒雖吾患尚可省鹽酪飛蝗昨過野遺種遍陂濼春陽百日至鬪若蠶生箔得雪流土中及泉盡魚躍美哉豐年祥不待炎火灼

呼兒具樽酒對婦同一酌誤認屋瓦鳴更願開雪脚

補子瞻贈姜唐佐秀才一首并引

予兄子瞻謫居儋耳瓊州進士姜唐佐往從之遊氣和而言道有中州士人之風子瞻愛之贈之詩曰滄海何曾斷地脉白袍端合破天荒且告之曰子異日登科當爲子成此篇君游廣州州學有名學中崇寧二年正月隨計過汝南以此句相示時子瞻之喪再逾歲矣覽之流涕念君要能自立而莫與終此詩者乃爲足之

生長茅間有異芳風流稷下古諸姜適從瓊管魚龍窟秀出羊城翰墨場滄海何曾斷地脉白袍端合破天荒錦衣宅日千人看始信東坡眼目長

遷居汝南一首

我昔還自南從此適舊許再歲常杜門壁觀無與語
何人自驚顧未聽卽安處亟逃潁州籍來貫汝南戶
妻孥不及將童僕具樽俎身如孤棲鵲夜起三遶樹
故人樂安生風節似其父忻然蹵一笑拾我西南去
去已還閉門時作野田步蕭條古僧舍遺像得顏魯
精神凜如生今昔吾與女已同羈窮厄但脫生死怖
幸世方和平有土非寇虜春寒燒黃茅晝飯煮青茹
何必瀼上田幸此足粳稌歸心念狂簡裁製時已莫

索居三首

索居非謫地垂老更窮途去住看人意幽憂賴我無
小園花草穢陋巷犬羊俱近覺根塵離忘言日益愚

又

平生亦何事十載苦顛躋夢嶮曾非嶮覺迷終不迷

客居兼壯子別久愧良妻稍訝音書闊春陰道路泥

又

許蔡古鄰國風煙相雜和蕭然客舍靜不願主人過
野薺春將老淮魚夏漸多街南病居士有酒對酣歌

聞諸子欲再質卞氏宅一首

我生髮半白四海無尺椽卞氏昔冠冕子孫今蕭然
願以棟宇餘救此朝夕懸顧我亦何有較子差尚賢
傾囊不復惜掃地幸見捐南鄰隔短牆兩孫存故廛
松竹手自種風霜歲逾堅幽花亂蜂蝶古木嘶蜩蟬
垂陰可數畝成功幾百年人心苦無厭隱居恨未圓
得之苟有命老矣聊息肩畚土塡隙穴結茅苴漏穿
粗爾容偃息豈復求華鮮西歸信已乎永雜孫陳編

任氏閱世堂前大檜一首

君家大檜長百尺根如車輪身弦直壯夫連臂不能抱孤鶴高飛直上立狂風動地舞枝榦大雪翻空洗顏色人言此檜三百年未知昔是何人植君家大夫老不遇一生使氣未嘗屈沒身不說歸故里遺愛自知懷舊色此翁此檜兩相似相與閱世何終極汝南山淺無良材櫟柱楝椽聊障日便令殺身起大廈亦恐衆材無匹敵且留枝葉撓雲霓猶得世人長太息

贈蔡駜居士一首

結茅汝上只三間種稻城西僅一廛梅老外生詩律在秀公弟子佛心傳埋盆疊石常幽坐留客開樽輒醉眠聞道隣僧乞米送時無韓子定誰憐

癸未生日一首

我生本無生安有六十五生來逐世法妄謂得此數

隨流登中朝失脚墮南土人言我當喜亦言我當懼
我心終頹然喜懼不入故歸來二頃田且復種禾黍
或疑潁川好又使汝南去汝南亦何爲均是食粟處
兒言生日至可就瞿曇語平生不爲惡今日安所訴
老聃西入胡孔子東歸魯我命不在天世人汝何預

白鬚一首

中歲謬學道白鬚何由生故人指我笑聞道未能行
我笑謝故人唯唯亦否否老聃古道師白髮生而有
佛告波斯匿汝有不白存亭中掌亭人何嘗隨客奔
客去不用留主在亭不毀墁牆支折棟在我不在爾
道成款玉晨跪乞五色丸肝心化黃金齒髮何足言

寒食二首

寒食今年客汝南餘樽傾瀉亦醺酣道人久厭世間

濁僧舍猶存肉食慙花折園夫時送客餳留孫女尚分甘永叔詩有爲翁寒食留餳之句欲遊紫極誰爲伴長揖孤松對不談紫極宮有巨松可數人抱寄住汝南懷嶺南五年一醉久猶酣身逃爭地差云靜名落塵寰終自慙耳畔飛蠅看尚在鼻中醇酢近能甘今朝寒食唯當飲買酒先防客欲談

潁川城東野老一首姓劉氏名正

我歸潁川無故人城東野老鬢如銀少年椎埋起黃塵晚歲折節依仙真走如麞鹿人莫親呼來上堂飲清樽踞牀閉目略頻伸指我黃河出崑崙東流入海還天津沐浴周遍纔逡巡嬰兒跏趺乘日輪脫身遊戲走四隣逢人不告非自珍許我已老知閑門東朝太山款真君告我不返遊峨嵋還家一舍臥不晨闔

棺空空但衣巾平生自言師洞賓嗟世世賤目貴所聞

汝南示三子一首

此生賴有三男子到處來看老病翁飲食粗便魚稻足音塵不隔馬牛風道場莫問何方是舍宅元依畢竟空且爾不歸歸亦得汝曹免復走西東

謝任亮教授送千葉牡丹一首

花從單葉成千葉家住汝南疑洛南亂剝浮苞任狼籍併偷春色恣醺酣香穠得露久彌馥頭重迎風似不堪居士誰知已離畏金槃剪送病中菴

思歸二首

汝南百日留走遍三男子思歸非吾計聊亦爲爾耳行裝理肩輿客舍卷床第兒言世情惡平地風波起舟行或易搖舟靜姑且已匏繫雖非願蠖屈當有竢

老人思慮拙小子言有理晨炊麞粟紅曉市淮魚美索居庖無人歸去迎伯姊終歲得安閑幽居無彼此

又

我老不待言有女年四十念我客汝南無與具朝食翩然乘肩輿面有風土色許蔡雖云近傳舍三經夕衰老累汝曹愧歎心不懌磨刀鱠縷紅洗盞酒花白母老行役難女來生理葺外孫跨鞍馬遇事亦閑習居然數口家解我百憂集厄窮須父子它人非所及

萬蝶花一絕

誰唱殘春蝶戀花一團粉翅壓枝斜美人欲向釵頭插又恐驚飛鬢似鴉

春盡一首 三月二十三日立夏

春風過盡百花空燕坐笙簫起滅中樹影連天開翠

幕烏聲入耳當歌童楞嚴十卷幾回讀法酒三升是
客同試問隣僧行乞在何人閑暇似衰翁

夢中詠醉人一首 四月十日夢得篇首四句起而足之

城中醉人舞連臂城外醉人相枕睡此人心中未必
空蹔爾頹然似無事我生從來不解飲終日騰騰少
憂累昔年曾見樂全翁自說少年飲都市一時同飲
石與劉不論升斗俱不醉樓中日夜狂歌呼錢盡酒
空姑且止都人疑是神仙人誰謂兩人皆醉死此翁
年老不復飲面光如玉心如水我今在家同出家萬
法過前心不起此翁已死誰與言欲言已似前生記

立秋偶作一首 六月二十三日

十年憂患本誰知慙愧仙翁有舊期度嶺還家天許
我斸山種粟我尤誰秋風欲踐故人約春氣潛通病

樹滋心似死灰鬢似雪眼看多事亦奚爲

汝南遷居一首

病暑暑已退思歸未成歸人事不可期當受不當違
客居汝南城未覺吾廬非忽聞鵲反巢坐使鳩驚飛
三逵擇所安一枝粗得依我來衆草生漸見百卉腓
天行若循環物化如發機閉目內自觀此理良窈微

寄內一首

與君少年初相識君年十五我十七上事姑章旁兄
弟君雖少年少過失昏晨定省歲月短五十還朝定
何益憂深責重樂無幾失足一墜南海北身居穽中
不見天仰面虛空聞下石丈夫學道等憂患婦人亦
爾何從得歸來舊許生白鬢回顧慙君髮如漆遷居
汝南復何事龜老支牀隨所擲相望一月兩得書聞

君肺病久消釋我經三伏常暴下近喜秋風埽烝濕病除寢食未復故相見猶驚身似腊劉根夫婦俱有道去日饒君著鞭策

病愈二首

學道雖云久沉痾竟未除炎烝度三伏晻曖覺中虛嘉穀不自長荒榛終費鉏何辭用藺石梨棗得扶疎

又

病退日身輕身輕心轉清山空流水上海靜寸燈明朝市誰留住林泉自不行筠溪慙丐士流蕩過平生

九日三首

早歲寡歡意衰年仍病纏客居逢九日斗酒破千錢萸菊驚秋晚兒孫慰目前登高懶不出多酌任頹然

又

狂夫老無賴見逐便忘歸小酌還成醉僑居不覺非
妻孥應念我風雨未縫衣憂患十年足何時賦式微

又

黃菊與秋競白鬚隨日添時人知不憙野老未相嫌
但酌清樽盡猶存薄俸霑日西聞客至更問酒家帘

立冬聞雷一首 十九月二十九日

陽淫不收斂半歲苦常燠禾黍飼蝗螟粳稻委平陸
民飢强扶耒秋晚麥當宿閔然候一雨霜落水泉縮
薈蔚山朝隮滂沱雨翻瀆經旬勢益暴方冬歲愈蹙
半夜發春雷中天轉車轂老夫睡不寐稚子起驚哭
平明眎中庭松菊半摧禿潛發枯草萌亂起蟄蟲伏
薪槱不出市晨炊午未熟首種不入土春餉難滿腹
書生信古語洪範有遺牘時無中壘君此意誰當告

將歸二首十月三日

久客初何事言歸似有名騰騰且隨俗落落竟無成病苦醫猶厭囊空身自輕家人驚別後無限白鬚生

又

爲客不滿歲還家見兩孫遙知臨竹戶相對引瓢樽老罷那嫌瘦心寬尚喜存風波隨處有何幸免驚奔

示資福諭老一首并引

予讀楞嚴至塵既不緣根無所偶反流全一六用不行釋然而笑曰吾得入涅槃路矣然孤坐終日猶苦念不能寂復取楞嚴讀之至其論意根曰見聞逆流流不及地名覺知性乃嘆曰雖知返流未及如來法海而爲意所留隨識分別不得名無知覺明豈所謂返流全一也哉乃作頌以示諭老

幽居百無營孤坐若假寐根塵兩相接逆流就一意
意念紛無端中止不及地寂然了無覺乃造真實際
百川入滄溟衆水皆一味止爲潭淵深動作濤瀾起
動止初何心乃遇適然耳吾心未嘗勞萬物將自理

三不歸行一首

客心搖搖若懸旌三度欲歸歸不成方春欲歸我自
懶秋冬欲歸事自變問我欲歸定何時天公默定人
不知孔公晚歲將入楚磐桓陳蔡行且住昭王已死
不復南意欲歸老父母邦衞靈父子無足取姑爾息
肩竢東魯三桓豈知用聖人哀公亦自不能臣冉求
一戰却齊虜請君召師君亦許歸來閉戶理詩書弁
冕時出從大夫夢見周公已不復老死故國心亦足
孔公愈老愈屯邅顧我未及門下賢鄉邦萬里不能

往妻孥近寄潁川上依嵩架潁結茅茨自問此志於
何期汝南一寓歲行復來年歸去栽松竹

罷提舉太平官欲還居潁川一首

避世山林中衣草食芋栗奈何處朝市日耗太倉積
中心久自笑公議肯相釋終然幸寬政尚許存寄秩
經年汝南居久與茅茨隔祠官一掃空避就兩皆失
父子相攜扶里巷行可卽屋敝且圬牆蝗餘尚遺粒
交遊忌點染還往但親戚閉門便衰病杜口謝彈詰
餘年迫懸車奏草屢濡筆籍中顧未敢爾後儻容乞
幽居足暇豫肉食多憂慄永懷城東老未盡長年術

次遲韻寄适遜一首

飢民畏寒尤惡雪旋理破裘紉敗纈我雖久客未成
歸黍酒甕還潑節汝南薪炭舊如土爾來薄俸纔

供爇眼前熯熱無可道心下清涼有餘潔潁川歸去知何時祠宮欲罷無同列夜中髣髴夢兩兒欲迓老人先聚說

次遲韻對雪一首十一月二十七日

雪寒近可憂麥熟遠有喜我生憂喜中所遇一已委平生聞汝南米賤豚魚美今年惡蝗旱流民鬻妻子一食方半菽三日已于耜號呼人誰聞愍惻天自邇繁陰忽連夕飛霰墮千里卷舒驚太速原隰殊未被貧家望一麥生事如毛起薦飢當逐熟西去真納履

還潁川一首甲申正月五日

昔賢仕不遇避世遊金馬嗟我獨何爲不容在田野敂區寄汝南落泊反長社東西俱畏人何適可安者故廬已荊榛遺壠但松檟頽齡迫衰暮舊物一已捨

安能爲妻孥辛苦問田舍平生事瞿曇心外知皆假
歸休得溟渤坐受百川瀉何人實造物未聽相陶冶

題鄜城彼岸寺二首

文殊院古柏

曾看大柏孔明祠行盡天涯未見之此樹便當稱子
行宅山只可作孫枝棟梁知是誰家用舟楫唯應海
水宜日莫飛鴉集無數青田老鶴未曾知

武宗元比部畫文殊玄奘

遺墨消磨顧陸餘開元一一數吳盧本朝唯有宗元
近國本長留後世模出世眞人氣雍穆入蕃老釋面
清癯居人不惜遊人愛風雨侵陵色欲無

上巳日久病不出示兒姪二首

春氣侵脾久在牀閑門桃李著泥香牛鳴頗覺西湖

近鳳去長憐北樹荒欲出老人無伴侶退歸諸子解
農桑南隣約賣千竿竹拄杖穿林看筍長
臥聞諸子到西湖鵠鷺翩翩衆客俱紈扇藤鞵試輕
快隻雞斗酒助歡娛行歌久已饒渠輩睡美猶應屬
老夫春服既成沂可浴孔門世不乏迂儒

葺東齋一首（三月十八日）

敝屋如鷰巢歲歲添泥土泥多塹完潔屋老終難固
況復非吾廬聊爾避風雨圖書易新幌几杖移故處
宵眠不擇安鼻息若炊釜兒孫喜相告定省便蚤莫
我生溪山間弱冠衡茅住生來乏華屋所至輒成趣
苦恨無囊金莫克償地主投老付天公著身豈無所

次遲韻千葉牡丹二首

漠上名園似洛濱花頭種種鬭尖新共傳青帝開金

屋欲遺姚黃比玉真秦嶺猶應篆詩句杜鵑直恐降
天神老人髮少花頭重起舞攲斜酒力勻
老人無力年年懶世事如花種種新百巧從來知是
妄一機何處定非真園夫漫接曾無種物化相乘豈
有神畢竟春風不揀擇隨開隨落自勻勻

盆池白蓮一首

白蓮生淤泥清濁不相干道人無室家心迹兩蕭然
我住西湖濱蒲蓮若雲屯幽居常閉戶時聽遊人言
色香世所共眼鼻我亦存隣父閔我獨遺我數寸根
潩水不入園庭有三尺盆兒童汲甘井日晏泥水溫
及秋尚百日花葉隨風翻舉目得秀色引息收清芬
此心湛不起六塵空過門誰家白蓮花不受風霜殘

詠竹二首

湖濱宜草木脩竹可三尋廛居多野思移種近牆陰
及爾迷未醒方予熱正侵無嫌不逮本地薄肯成林
又
南鄰竹甚茂門巷不容賓縣印君當往囊金我患貧
翠旌稍亂起犀角筍初勻不惜圖書賣端來作主人
見兒姪唱酬次韻五首
芝蘭生吾廬一兩一增稽本亦何預人懷抱終眷眷
老傳時已迫塵垢日須浣永慙舊文書展讀不終卷
又
讀書雖不惡不讀亦自好根牙就區別花實隨時老
耘鉏不可無雨露勿憂少我釣不在魚一竿寄洲島
又
宇宙非不寬閑門自爲阻心知塵外惡且忍閑居苦

跏趺默非睡龕燈翳復吐道士爲我言嬰兒出歌舞

又

身病要須閑閑極自成趣空虛雖近道懶拙初非悟偶將今生脚還著古人履大小適相同本來無別處

又

西湖雖不到甘井竊餘涼三伏罷飲酒桂漿攜一觴冠者五六人起舞互低昂人生有離合此歡未易忘

初得南園一首

倒囊僅得千竿竹掃地初開一畝宮十里故園魂夢裏百年生事寂寥中晏家不願諸侯賜顏氏終成陋巷風洗竹移花吾事了子孫宅日記衰翁

移竹一首

牆陰竹蒙密板築念相妨欲補園東缺欣乘雨後涼

三年生筍遍一徑引風長但恐翁彌老笻枝懶復將

記夢一首七月二十六日

長魚三尺困橫盆送入清流喜欲奔報我金匙僅盈寸擲還聊喜不貪存

欒城後集卷第三

西元二〇二二年一月一日重製一版

欒城集 冊三（宋蘇轍撰）

平裝四冊基本定價參仟元正
（郵運匯費另加）

發行人：張敏君
發行處：中華書局
臺北市內湖區舊宗路二段一八一巷八號五樓（5FL., No. 8, Lane 181, JIOU-TZUNG Rd., Sec 2, NEI HU, TAIPEI, 11494, TAIWAN）
客服電話：886-8797-8396
公司傳真：886-8797-8909
匯款帳戶：華南商業銀行西湖分行
179100026931
印刷：維中科技有限公司
海瑞印刷品有限公司

No. N3078-3

國家圖書館出版品預行編目(CIP)資料

欒城集/(宋)蘇轍撰. -- 重製一版. -- 臺北市 : 中華書局,
2022.01
冊； 公分
ISBN 978-986-5512-72-9(全套 : 平裝)

845.16 110021466